NF文庫
ノンフィクション

われは銃火にまだ死なず

ソ満国境・磨刀石に散った学徒兵たち

南 雅也

JN200433

潮書房光人

はじめに

全軍布告及ビ特記事項

一、甲種幹部候補生隊ハ戦闘間克クソノ面目ヲ発揮シ、彼ノ惨メナル他隊ヲ超然、軍ノ真骨頂ヲ発揮セリ

(イ)挺身斬込隊、全軍ニ布告サル

(ロ)戦車ノ攻撃ニ於テハ爆薬ヲ抱キ、欣然トシテ戦車ニ突入セリ

(ハ)敵戦車ノ擱坐ヲ見ルヤ直チニ戦車ニ乗込ミ、彼ノ砲ニテ戦車ヲ射撃破壊炎上セシメタリ

二、軍ノ最モ信ズベキ部隊トシテ、常ニ困難ナル状況ノ下奮闘セリ

(イ)磨刀石ノ敵戦車部隊ノ阻止

(ロ)軍ノ撤退掩護

ソ満国境、磨刀石《まとうせき》という名の戦場――ここで若い学徒兵たちが死んだ、終戦を目の前にして……。知られざる戦場、磨刀石に戦った学徒兵はいずれも陸軍甲種幹部候補生であり、平均年齢弱冠二十歳。この地に九百二十余名が出陣し、わずか二日間の戦闘でその大半が散華したのである。

冒頭の示達の通り、候補生たちはそれが初陣で、つい昨日までペンを持ち学窓にあったとは到底思えぬような、文字通り軍人らしい最期を遂げた。その戦いは、大挙して南下して来たソ連赤軍の大機甲軍団に銃剣と手榴弾《しゅりゅうだん》、そして手づくりの急造爆雷を抱えて敵戦車に体当たりを挑んだ凄絶無比の死闘だったのだ。しかもその任務は、軍主力が撤退して後方に、最後の防禦線とすべき複郭陣地を築き上げるまでの死の抵抗戦であり、国境付近から避難して来た在留邦人の大群が無事南下するまで、急追するソ連軍を阻止する身代わりの防波堤であった。

その戦いの記録と、候補生一人一人の生き様、死に様を私は、生き残り候補生の一人として、ここに書き留めなければならない。

われは銃火にまだ死なず——目次

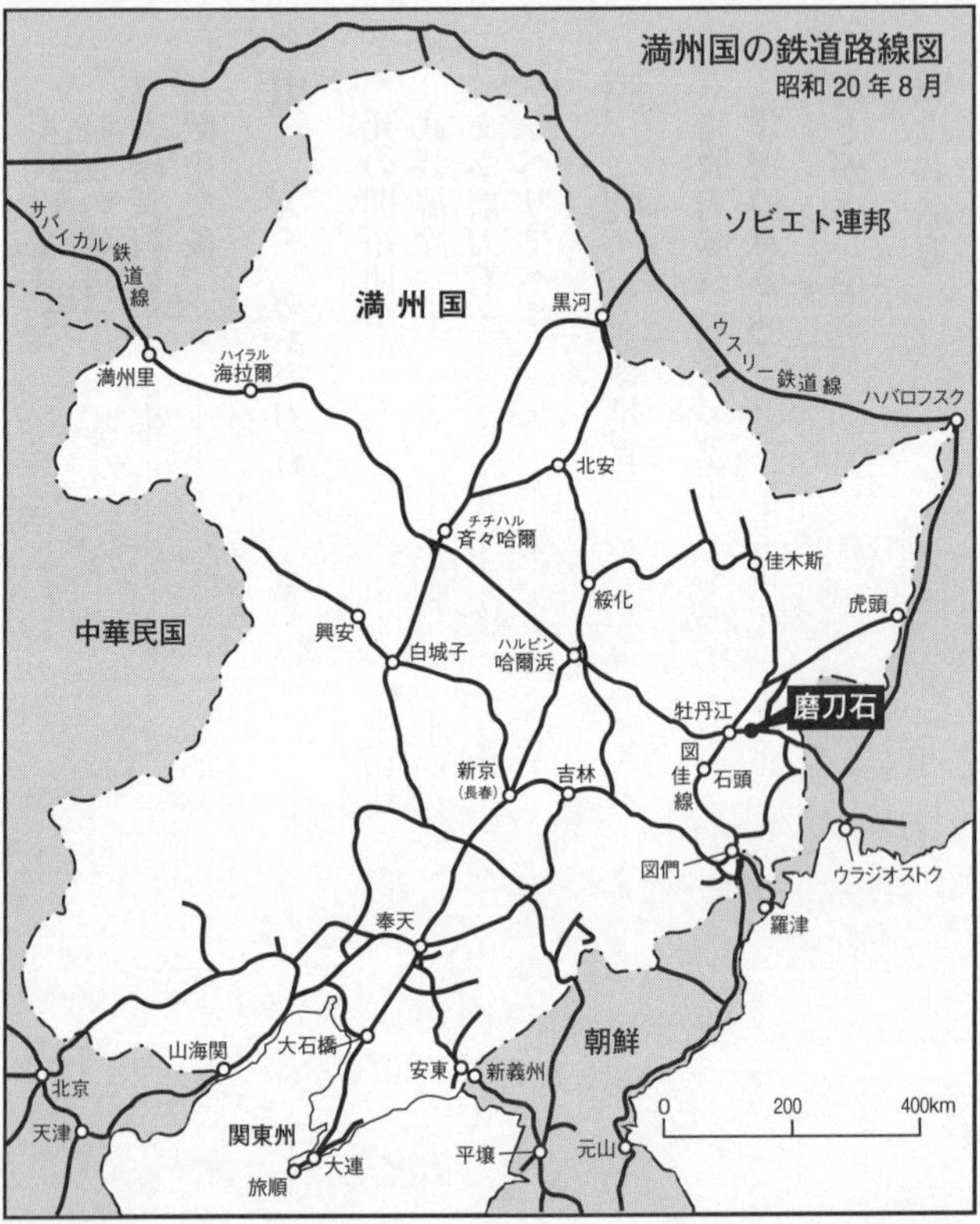

満州国の鉄道路線図
昭和20年8月
ソビエト連邦
サバイカル鉄道線
満州国
黒河
ウスリー鉄道線
ハバロフスク
満州里
海拉爾《ハイラル》
北安
斉々哈爾《チチハル》
佳木斯
綏化
虎頭
中華民国
興安
白城子
哈爾浜《ハルビン》
牡丹江
磨刀石
図佳線
石頭
新京
(長春)
吉林
図們
ウラジオストク
羅津
奉天
朝鮮
山海関
大石橋
安東
新義州
北京
0
200
400km
天津
関東州
大連
旅順
平壌
元山

われは銃火にまだ死なず

——ソ満国境・磨刀石に散った学徒兵たち

楨《てい》幹《かん》

土道練磨

石頭への道

今は中国東北部と言われるかつての満州の東部に、「石頭《せきとう》」と呼ばれる寒村があった。朝鮮北東部に近い国境の町、図們から北に延びて、松花江の下流右岸にある町、佳木斯《ジャムス》に至る図佳線の沿線に、その村はあった。赤土の肌に立ち枯れの木が不様な恰好を亀わせている山々が立ちはだかり、レンガ積みの兵舎群と黒ずんだペチカの煙突が散見する他は赤茶けた草原が広がるだけの、広漠たる土地だった。

日本兵が、この寒村にやって来て部隊を駐留したのは太平洋戦争が始まって間もなくのことである。日本ではまだ珍しい機甲軍団の新編部隊であった。新設された戦車第一師団の主力がこの地に展開し、戦車第一連隊、機動歩兵第一連隊、機動砲兵第一連隊と呼ぶ新式名称のいくつかの部隊が寒村に犇《ひし》めいた。

名は新式だったが、帝国陸軍のもっとも古い体質が幅を利かしていたのも、この石頭だった。なにしろ、ノモンハン事件の戦訓によって新設された部隊であり、つわものどもの多くは悲劇の戦いノモンハンの生き残りだったからである。気はすさみ、演習は荒々しかった。荒れた風土が、それに拍車をかけた。送り込まれて来る初年兵たちにとって、そこは魔か鬼か、地獄の石頭かと恐れられたところである。

石頭へ行く前、牡丹江市近くの掖河《えきか》で初年兵教育を受けたある兵士は聞きしに勝る石頭へ着任してから、掖河でのこんな思い出をたまらなく懐かしく思い出した——たまの日曜の外出日、初年兵たちはよく連れ立って十六キロも離れた牡丹江河の近くへ行った。遊興に行くのではない。国境の町綏芬河《すいふんが》から一日二ダイヤ、ハルビンに向かって走って行く汽車を見たさに行くのである。

牡丹江河の山の上に寝ころび、しきりに耳を傾けていると、逞しいドラフトの音が稜線を越えて聞こえて来る。やがて煙が見え、機関車に牽かれた数輛の汽車が丘陵の狭隘な中を驀進して来るのである。ちょうど眼下を通る時、煙突の側に揺れるチャペルが、カランカラーンと鈴の音を高鳴らせてドラフトの音とともによぎって行く。それが初年兵たちにはたまらなかった。何故なら、この列車は国境からハルビンへ、つまりその行先は遙かな故国、内地へつながる一本の道だと思うからであった。こうして郷愁を癒やし、束の間の命の洗濯をしたことを懐かしく思い出したという。人里離れた石頭ではそれも出来なかった。

裂帛《れっぱく》の気合が横溢していたこの戦車連隊に、本土防衛の大命が下り、内地へ向かって行ったのは昭和二十年が明けてすぐのことである。空き家となった石頭へ、こんどは間島省延吉市にあった幹部候補生隊が移駐して来ることになった。その前、先遣隊約二十名が一月も終わる頃、営舎設営と下検分のためやって来たのである。だが到着早々、度胆を抜かれることになる。

先遣隊長露詰博一少尉らの一行が人気《ひとけ》のない石頭駅に着いたのは、零下を遙かに越える凍《い》てつく深夜だったが、整列しているところへ一頭の黒豚がごそごそと這い出してきた。追い払おうとしたところが、これが何と大熊で制止に向かったある下士官は猛烈なパンチを受けて昏倒、意識不明となる大騒ぎ。全員慌てて構内に逃れるという予想もせぬことが起こった。熊の襲撃を警戒しながら、暗闇の道を辿り真っ暗な営舎に着いて、さらに度胆を抜かれた。ぶら下がった裸電燈をつけ、ふと見た舎内の整理棚の上にはたくさんの頭骸骨が並べられていたのだ。聞きしに勝る戦車連隊の〝遺物〟であった。炊事室に入ると、何とまた大熊が侵入しており、砂糖らしきものを悠々となめているのを発見、びっくりして射殺するという一幕もあったりして、延吉幹候隊はその春四月、千五百名の第十二期甲種幹部候補生が移駐して来たのであった。

関東軍石頭予備士官学校、通称号は徳第一三九八一部隊という。当時日本の軍隊は、職業軍人としての将校は陸軍士官学校で養成し、中等学校（旧制）以上の教育を受けた者を短期間に初級士官として教育するのが、予備士官学校であった。戦局悪化の中で、昭和十八年十二月、大学・高専在学中の学生が学業半ばにして軍に学徒応召されていった。いわゆる学徒出陣である。初級指揮官の不足を補うのが狙いであった。それまで満州には予備士官学校はなかった。延吉と、もう一つ旅順に新設されたのが昭和十九年六月のことだったのである。

石頭にやって来た十二期生が昭和二十年六月に卒業、そのあとへ大挙して入校したのが、各地で幹候教育を受けていた真っ最中の我々第十三期生だった。同期生は三千六百名。全満の歩兵をはじめ、工兵、砲兵、騎兵（すでに兵科は廃止され乗馬歩兵となっていた）、輜重《しちょう》兵などからの転科兵と、北支派遣軍、朝鮮軍からの一部を加えたそれは大陣容であった。

私は、北支派遣軍から送り込まれた一人として、遙々この地へやって来たのである。だが決して、勇躍として、ではなかった。のちに石頭からソ満国境へ出陣する時、なぜこの時、あれほど懐疑的になってしまっていたのか、信じられないほど私は深く心をさいなまれていたのである。移動の命令が下り、北支の駐屯地をあとにした列車の中で、私は学徒応召で入隊してからのことを様々に思い浮かべていた――。

あれからまだ八ヵ月。召集令状を受けてから八ヵ月しか、経っていないんだなと思った。だがずいぶんの月日が経ったような気もする。正直言って辛い毎日だった。軍隊に理想の灯を夢見ていた私に、事毎にうらはらな日常起居が腹立たしかった。こんど行く先には、一体何が待ち構えているのだろうか。

――昭和十九年十二月十日、私は町内の国防婦人会や大勢の学友たちに見送られて東部六部隊の営門をくぐった。ドイツ語と戦時国際公法の部厚い本を抱えて帰宅したある日、母は玄関で顔をひきつらし私に令状の来たことを告げたのだった。私は母の顔をじっと見つめながら、わけもなくこみ上げてくる涙を押さえることが出来なかったことを覚えている。仲間が皆、征ってしまったことへの焦りもあった。暗いかげがつきまとい、息の詰まりそうな日もあった。目的のないドイツ語の学習が自分を萎縮させ、自分自身を狭いカラの中に閉じ込めてしまいそうな不安があった。令状は、私に救いだったのである。

北支の弘《ひろむ》兵団から、初年兵受領に来た将校、山野井勝司准尉に引率され、東京を旅立ったのはそれから一週間も経たない内だった。地下足袋に竹製の水筒、ゴボウ剣一本の腰の雑嚢《ざつのう》には、高粱《コウリヤン》めしを詰めた飯盒《はんごう》が入っていた。関釜連絡臨時就航船白山丸で、朝鮮海峡を機雷の脅威にさらされながら乗り越え、十余時間の輸送ののち釜山《ふざん》に上陸、そこで内地からの貧弱な武装はすべて一装用のものに代えられて、列車で一路北上した。長蛇の輸送列車の先を、二輛の装甲列車が驀進していく。砲塔を灰色に光らせた勇姿が、車窓から迂回した前方に見えた。

一夜明け、兵士たちは薄明るくなって来た大陸の、広漠と開けた見渡す限りの平野に目を走らせながら、膝の間に抱えた三八式歩兵銃を握りしめていた。熟睡出来なかったまぶたに重く、畑からぼんやりと見送っている老爺が見える。土壁の農家から、寒そうな朝餉《あさげ》の白い煙が細々と立ちのぼっている。枯れたアシの茂みを縫って、ゆるい川が次々に目に飛び込んで来る。

私はその時、かつてこの地に旅した父のことを思い浮かべていた。父がロシア革命直後の満州へ渡ったのは、大正七年の冬のことであった。青雲の志を抱いて二十三歳の冬、大陸ハルビンに第一歩を印した父であった。見知らぬ異郷の空で革命旋風に巻き込まれながらも、青春の精魂を打ち込んだのである。昭和七年、満州建国の頃にはすでに父は内地へ還ってい た。しかし、新建国の要人に青春時代の旧友が就任したことを知った父は、矢も楯もたまらず再度渡満して旧交を温めた。さらに昭和十二年初夏、日華事変勃発とともに父は初老の血を沸き立たせて、青春を捧げた思い出の大陸に、転戦する皇軍将士と従軍記者たちの慰問行脚へと旅立ったのだった。父の思い出の足跡が幾度か刻み込まれたに違いないこの沿線を走りつづける列車の中で、私は深い郷愁にひたりながら、まだ見ぬ華北への夢を追いつづけていたのである。

列車は石家荘を通過し新郷《しんごう》に到着、新兵の中の五十九名がさらに送り届けられた先は、開《かい》封《ふう》を越えて蘭封《らんぷう》県のある寒村だった。城門をくぐると中国の民衆や友軍協力の保安隊が兵営までガヤガヤと堵列《とれつ》しており、凸凹の道の両側には、低い屋根の煤けた民家の前で小孩《ショウハイ》（こども）たちが寒そうに綿入れの肩をちぢめて日の丸の小旗を振っていた。ピラミッド型に積み上げたマントウ売りや、焼餅《シャオピン》を並べている老爺もいた。

周囲ぐるりを掘り囲らした壕に架けられた橋を渡ると、そこが我々の配属される中隊であった。廟を改造したお寺のような中隊本部の前で入隊申告を行ない、初めて部隊の、正式称号を知った。弘一四六九部隊二〇五大隊竹垣隊、というのが私たちの隊の名前であった。

ここが実は八路軍の巣窟なのだという。中隊衛兵所前の架け橋も、兵営を取り囲む土壁も、すべては八路軍の敵襲に備えてのことなのだとは、私にはその時信じられなかった。老爺も、村の辻々で店を張る中国人も、人なつこそうに我々を見ていたではないか。小孩《ショウハイ》が何か語りかけて来たではないか。だが到着のその深夜、中隊は敵襲を受け、兵舎の回りは爆竹がひっきりなしに破裂音をあげて我々の〝歓迎式〟が行なわれたのだった。

中隊での初年兵教育は、苛烈なものであった。黄塵万丈の文字そのままに、城外で戦闘訓練する風の強い日は防塵眼鏡なしには、過ごせなかった。肌を突き刺す寒風とともに、黄色い土砂は容赦なく頬をうち、襟から入り込んで来た。兵営に戻って面洗《めんせん》する時、指の爪でこそぎ落とさないと、顔の皮膚にこびりついた泥は容易に落ちなかった。夜は、凄絶な体刑《リンチ》が待っていた。アカぎれでひび割れた唇が、鉄拳でさらにザクロのように裂け、眼鏡が飛んで、拾おうとする背中に擲弾《てきだん》筒の手入棒が叩きつけられた。

開封で一ヵ月の集合教育を終え、幹部候補生として戻って来てからも、座金《ざがね》（幹部候補生徽章）付きの階級章は古年次兵たちによって無視しつづけられた。制裁は相変わらずひどく、容赦なかった。引金《ひきがね》を落とし忘れていた、編上靴の裏の鉄鋲の間に泥がついていた、飯《めし》食器の盛りが多すぎる（！）、故郷から女文字の手紙が届いた――つける理屈はいくらもあった。軍隊を純粋に信じ、人格の重さを軍人に映し描いて見ていた私には、到底耐えられるところではなかったのである。そして、この上は一日も早く見習士官となり将校となって、内務班の不義を正せる立場になりたい、と何度歯ぎしりしたか知れなかった。だが私は弱く、内向の性格である。それが出来るか。多くの仲間たちは逞しく、鉄拳制裁によって受ける精神の衝撃を弾き返すほど強く見える。私に、それが出来なかった。将来が不安であった。

やがて、中隊に移駐命令が下った。と同時に、幹候のうち四人が甲種幹部候補生に採用され、保定《ほてい》にある予備士官学校へ派遣を命ぜられた。内務班の机の片隅で、新しい伍長の階級章を縫い付けながら、これでここを出ていけるという思いが募った。駐屯地の日日は次第にその頃、息苦しいものになり始めていたのである。

何度か討伐戦があり、共産匪という名目で捕えられた捕虜の処刑も行なわれていた。学徒兵なるが故に、その処刑の執行に当たらされたこともある。兵営の城壁上を動哨中、いつもついて城壁沿いに外を回った小孩が姿を見せなくなった。衛兵上番の時気付いたことだが、衛兵所の前を通る民衆は、足早に目をそむけて挨拶もしなくなっていた。駐屯地の毎日は、治安に名を藉《か》りた破壊と殺戮《さつりく》だったといえよう。そして、いつもぶち当たるのは、彼ら民衆のゆるぎない〝抵抗〟であった。無言、不笑、冷酷な眼差しは、飛んで来る銃弾より無気味だった。全くそれは、あの土砂と石畳で積み上げ、何百年微動だにしなかった町々の城壁のように、逞しい抵抗の壁であった。

数日後、わずかの留守隊と訣別を告げ衛兵所をあとにした。鉄帽の下からアゴを突き出し、装面したガスマスクのズック袋を押さえ込みながら早駈けした部落の町角。色とりどりの包装函の支那煙草。棗《なつめ》、杏を売る老爺。マントウと焼餅の屋台。彼女の見ている前で古兵にビンタをとられる我々を、悲しそうに見つめていた劉海《リユウハイ》（前髪）の可愛い姑娘《クーニャン》たち。仄かな期待を抱きながら、とうとう誰一人親しんでくれなかったこの村。低い軒先に紅い燈籠が吊るされ、一陽来福の対聯《トイリエン》が風に鳴った。もはや再び、この辺境の地を訪れることもあるまい。

北城門外に出る頃、強い風が黄塵を巻きあげ、古めかしい城隍廟《チャンホアンミョウ》も姿を消した。城門外から馬車《マーチョ》に分乗した我々は、一路大平原を開封へ向かって疾走していく。激しく揺れる馬車の上で、私は身をこごめて装具を抱きしめていた。

保定予備士官学校における一ヵ月余の教育は、駐屯地時代とは打って変わった精神練磨の場であった。初めて軍幹部研修の真髄に触れた思いがしたのは事実である。区隊に編成され、区隊付き下士官が生活の指導をし恵まれた内務の毎日となった。給与は四千カロリーを充たそうとするほどの最高カロリーで、木曜日の朝食の食パンにカレー汁は、余さず食べ切るのに骨を折るほどであった。演習は容赦なかったが、戦術の演練実習は候補生教育の基幹をなしており、取り組み甲斐のある毎日だったといえよう。

教育が終わる頃、内地転属の風聞が立ち、我々は学校長少将閣下以下のキラ星の如き見送りを駅頭に受けて、保定をあとにした。だが一週間ほどして列車輸送中に明確にされたことは、関東軍への派遣命令であった。それも、国境警備の第一線に動員される、というほぼ確かな情報であった。

軍用列車は、やがて新京に着き、京図線に乗り換えるため駅前大広場で大休止となった。久し振りに見る〝地方〟である。叉銃線を組んだ候補生たちは、嬉しそうにニレの木の下に立ちつくしていた。夕陽に照らされた広場から、真っ直ぐ真南に幅ひろい道路が延びていた。城のような天守造りの壮麗な建物がその先に聳《そび》えていた。関東軍司令部であった。父の従弟である今井亀次郎大佐（のちにソ連抑留中死亡）が、ポクラニチナヤ（綏芬河《すいふんが》）の特務機関長を経て、この地で教育参謀として建国大学にいるはずだった。だが一候補生の身に、面会も単独行動も許されるはずはなかった。私が小学生の頃、この叔父と神宮外苑に遊びに行った折、真新しい中佐の階級章を付け、軍刀の柄を左手でぐうッと握りしめて歩きながら、「俺はな、今陸大で三笠さんに戦術教えてるんだ」と言った言葉を思い浮かべていた。婦人会の人たちがタスキを掛け、我々に湯茶の接待をしてくれている前を、四列縦隊に並んだ女学生たちが白鉢巻、モンペ姿で整然と歩いていった。勤労奉仕の帰りでもあろうか。

大休止数時間後、我々は出発することになった。久し振りに見た、ここは娑婆の空気であった。日本人がおり、日本の女学生がいた。だがあとで思えば、これが今生《こんじょう》の見納めであり、二度とこの地にも平和は来なかった。再び我々は列車に乗り、国境へ向かったのである。

——当時、満ソ国境におけるソ連極東軍と関東軍の状況は、昭和十八年春以来ナチス・ドイツ軍の猛攻撃のためにスターリングラード、モスクワの攻防戦と追いつめられていたソ連赤軍が、冬に入り〝雪将軍〟の到来とともに一転反撃、二十年四月下旬ベルリン市へ突入してドイツの死命を制した頃より、それまで空白状態であった満ソ国境の前面に、続々と精強な兵力を送り込んで来ていた。この部隊は、いずれもスターリングラード攻防戦以来の歴戦の部隊であり、スターリン戦車を混じえた最大の機甲軍団が、大挙して独ソ戦線から転進を開始していたのである。

それに対するわが関東軍はどうだったか。かつて精強無敵の優秀装備を誇った、かの関特演（関東軍特種演習）当時の八十万の主力が、ガダルカナル島の守備隊玉砕を期に逐次、南方に転用され、国境における戦略戦術的に絶対不可欠の練達の将軍、山下奉文総指揮官が東満を去ったのを始め、第五軍の綾部少将（参謀長）、園田中将（東寧方面）、河辺中将（掖河《えきか》方面）等々、国境周辺のそれこそ草一本石一塊に至るまでも脳裡に刻み込んでいた国境守備軍が、戦況悪化の中で陸続と南方戦線へ送り込まれて行ったのだった。その数、十五個師団、飛行機二千、戦車約一千輌といわれた。そればかりか、米軍の沖縄上陸以来、本土決戦に備えて内地へまでクシの歯を抜くように関東軍の兵力が割《さ》かれていった。

そのため関東軍では、急拠その補充のため在満民間人約百二十万人の内、およそ二十万人に対して赤紙召集を令し、ソ軍侵入の不安に対処して態勢建て直しの方途を講じつつあったのである。このような北辺の急に備えて、わが中国総軍約百三十万からも、相当数を満州に移駐する動員計画が練られ始めていた。

我々はその第一弾として、北支軍から東満へ先発することになったのである。

座金の軍曹

荒涼とした丘の上に、我々の行く石頭予備士官学校が見えていた。衛兵所の轟くラッパの音の中を、北支派遣軍からやって来た一団は土煙りをあげて入って行った。驚いたことに、校庭にはまるで観兵式に臨むような第一装の軍衣袴に身を包んだ下士官たちが、見渡す限り蝟集《いしゅう》していた。巻脚絆も編上靴も、おろし立ての如く品良く光っている。眩しいほどだった。

襟には我々と同じ座金、そして伍長の階級章が光っている。各隊一選抜の幹部候補生に違いなかった。我々の夏の軍衣袴は、見るも無惨にすり切れていた。袖の先がほころび、膝には大きな継ぎ当てを当てていた。胸の注記は雨と汗に滲《にじ》み、ガーゼで即製のそれは糸が切れてぶら下がりかけていた。私は無性に恥ずかしかった。その上、北支派遣軍からの転入者の中には、実はチフス容疑の患者がおり、晴れの舞台に仲間入りするのが尻込みされる思いである。案の定、我々はマークされており、講堂のような建物に隔離されることになった。

出足は悪かったが、石頭の空気は保定のそれを上回るほど溌剌とした生気が満ち満ち、若々しい見習士官の区隊長のたたずまいは見事なものがあった。校内の士道神社と呼ぶやしろに引率された時、心地良い風の中で何か憑き物がふっ切れたような気が私はしていた。

教育第一中隊第六区隊——それが私の編入された教育配置である。中隊長は猪股繁策大尉、区隊長は慶応大学の学徒出陣組、二つ年上の田中治諸見習士官であった。むろん、それから四十日後には、この猪股大尉が我々の大隊長となり、戦車砲弾で壮烈な死を遂げるなどとは、その時知る由もない。そればかりか、同じ区隊の候補生の大半が、この教育第一中隊の大半が間もなく戦死してしまうことになるのだとは、夢にさえ思えなかったことである。編成は六個教育中隊に分かれ、学校長は小松茂九万大佐、そして教育主任に荒木護夫少佐がいた。貞夫大将の子息である。

教育六個中隊の内、一般小銃中隊が四個中隊で各中隊は七、八個区隊に分かれ、一個区隊は七十五〜八十名。一個中隊の編成人員は将校八、下士官十、兵四、候補生六百二十名程度

開戦直前石頭教育隊編成表

中隊（長）	区隊		区隊長		備考
第1中隊 大尉 猪股繁策	1	ひ	中尉	井上貢典	次いで少尉吉橋幸一
	2	ふ	〃	太田賢助	
	3	み	見習士官	大山繁	
	4	よ	〃	宮島一郎	
	5	い	中尉	倉光日出翁	
	6	む	見習士官	田中治諸	
	7	な	〃	若槻秀雄	
第2中隊 少佐 伊東洋一	1	ア	中尉	長尾正信	
	2	イ	〃	藤河覚	
	3	ウ	〃	梶尾康人	
	4	エ	見習士官	稲垣謙治	
	5	オ	〃	岡村茂樹	
	6	カ	〃	松崎邁夫	次いで（兼任）岡村茂樹
	7	キ	〃	宮崎良一	
	8	ク	〃	広瀬久	
第3中隊 大尉 和沢直幸	1	完勝	中尉	岩崎万夫	
	2	義烈	見習士官	湯治万蔵	
	3	菊水	中尉	高橋保治	
	4	葉隠	見習士官	二宮忠喜	
	5	天誅	〃	牧春海	
	6	烈火	〃	渋谷渉	
	7	万朶	少尉	津野正臻	
	8	神風	見習士官	杉斉	
第4中隊 大尉 佐藤宏夫	1	桜井	中尉	西田聰聃	
	2	千早	見習士官	留場俊光	
	3	菊水	〃	伊中卓郎	
	4	比叡	〃	寺沢清一	
	5	湊川	〃	広岡孝	
	6	吉野	中尉	鎮谷助二郎	
	7	金剛	見習士官	大塚最道	
	8	笠置	中尉	青木一夫	
第5中隊 大尉 菅原有太郎	1	至誠	中尉	上条元義	
	2	純忠	〃	大井田孝義	
	3	八紘	少尉	板倉国義	
	4	義勇	見習士官	柳沢繁邦	
	5	建武	〃	小山弥太郎	
	6	股肱	〃	松山羊一	
	7	神風	中尉	岩本明	
第6中隊 大尉 原口暎弘	1	梅	中尉	梅津慎吾	連射砲
	2	山	見習士官	山本達雄	〃
	3	伊	中尉	伊藤及也	連隊砲
	4	北	見習士官	北村喜八郎	〃
	5	鈴	中尉	鈴木悟	〃
	6	岩	〃	岩崎貞夫	大隊砲
	7	森	少尉	森川隆弘	〃
	8		中尉	岩崎貞夫（兼務）	曲射砲

であった。他の二個中隊は機関銃中隊と歩兵砲中隊で、それぞれ五百六十名程度の編成であった。学校本部には、副官部、経理部、教育部、軍医部、獣医部、兵器部の各部があり、各部主任の下に四十三名の隊付職員がいた。

教育演習は熾烈《しれつ》だった。営内はすべて駈け足が要求され、大声で怒鳴り合い、暇さえあれば軍人勅諭の奉唱、軍歌演習、号令調整と、声がかすれ喉から血を吐くまで発声の演錬をやるのであった。

将校教育ではあったが、すべて仮想敵をソ連赤軍とした図上演習、対戦車攻撃、第五匍匐《ほふく》を含んだ特殊戦闘教練、破甲爆雷・黄色爆薬・チビ（ガラス状の円球に化学液を入れてある）等による爆破攻撃、火焔放射機操作等、すべては実戦に備えての戦技訓練である。夜は夜で区隊毎に絶食訓練、その合間には自習と反省の修行が待っていた。

早駈け行軍は、肺活量の少ない私にはもっともこたえた。ある日演習から戻り、上衣が真っ黒に化すほど滝の汗を流していた私に、田中区隊長の呼び出しがかかった。その日、私は落伍したのである。

「あしたはもっと厳しい。早く休め」田中区隊長は赤い夕暮の空を区隊長室の窓から見ながら、私に小柄で細い背を向けてそう言った。その背も汗で真っ黒であった。当然激しい鉄拳制裁を覚悟していた私は、この一言がこたえた。（何が何でもやる、何が何でもやる）その夜、私は区隊長の顔を胸に描きながら営庭を歯を喰いしばって走り回った。命はいらない、この区隊長のもとに死ぬんだ——そればかり考えていた。多くの候補生がそうだった。深夜、駈けている者がいた。士道神社の一角から星空に五ヵ条の奉唱が高なるのをよく聞いた。

石頭陸軍予備士官学校の校歌は、金鵄輝く皇軍の楨幹《ていかん》たらん抱負もて……に始まる。「楨幹」とは軍隊内務令の一節で、こんな風にある——「将校ハ軍隊ノ楨幹ナリ。故ニ堅確タル軍人精神ヲ涵養シ高邁ナル徳性ヲ陶冶シ、識見技能ヲ向上シ体力気力ヲ充実シ、率先垂範以テ儀表タラザルベカラズ」。「楨」とは礎であり「幹」とは文字通りミキである。石頭教育の真髄は、軍の楨幹をつくり上げる、磨き上げる修練そのものにあったのである。

候補生の日常起居を自主的に律し、互いの切磋琢磨を励む手立てとして設けられたのが「区隊取締り」であった。区隊取締り候補生は、区隊全般の指揮と取締りに当たるもので一週間ごとに候補生が交替で勤務するのである。一日二十四時間、精神の緊張これ以上のものはないほどに張りつめた一週間である。遂には声も潰れ、目は澄き透るほどの輝きに変わっていく。全区隊内務の責任は、この区隊取締りという名の候補生に懸かっているのであった。こういう候補生たちの、反省と修養の覚え書として教育中書き綴ったのが修養録だった。己れの心を見直し、身を律する糧《かて》として思いのまま書き記すことを命令された。

開戦の時、病気入院して遂に磨刀石へ征けず奉天へ後送された一人に、福井恭司候補生がいる。コロ島経由で帰国した時、肌身離さず持っていたのが、彼のボロボロになった修養録であった。何章かを転記しよう。その一節一節に、散っていった候補生たちの「心」が現われていると思うからである。

七月四日　水曜日
中隊長殿訓示、注意要旨　一、自ら苦難につけ　二、停止敬礼後実況を報告せよ　所感
一日の主眼を「進んで難局に当たり喜んでその責に任ずる」とせり。若さは力なり、潑剌
とことに処せ。
反省　内務の確実な軍隊にして戦闘に強し。我が第五区隊は第六区隊の内務に劣れり。一
人一人の積極性が乏しき故なり。単才となれ、朱に染まるざるべき努力なし。内務の先達
となれ。
七月十日　火曜日　曇
週番士官殿より御注意あり。上官の命を受けて責任観念なし。上官より自己の行動、意図
につき質されたる時、善悪に拘らず即答する者少なし。不淡白極まりなし。これは自分さ
え良かれかしの我利我利根性より生まれるのだ。それこそ幾多玉砕英霊の最後の瞬間、何
を我々に托したかを深刻に感銘する必要あり。
反省　積極性なし。思索多し。私情が多いのだ。単才となれ。誰か指揮をとれと言われた
ら進んで出ねばならぬ。
七月二十日　金曜日　曇
我々の心理として、自分のこと、自分に関係あることとなれば極めて積極的であり、自分に
不都合な事柄、例えば紛失品が官給品なれば願い出て、価値なき私物品なれば我関せずな
り。いわゆる便宜主義なり。自分にも多分にこの傾向あり。私心あり。軍隊生活に入って

おれば、一本の明るい道のみ歩み誰も知らない影ある行動をやめねばならぬ。
七月二十一日　土曜日　晴
中隊長殿二泊三日の演習場見学より帰隊され、その感想を聞く。第一線の見習士官として我々には信念と気魄の人間を要求されている。その具体的徳目としてあげられた中に「温厚篤実人格者ぶりでは今の決戦には勝てない。飽くまでも先制にして覇気、気魄が必要だ」と言われた。今軍人にして「中庸は徳の至れるなり」等とおさまってはいられない。指揮権をとり第一線に立てば闘志満々〝生かしておかぬぞ〟の敵愾心に燃えねばならないのだ。来月の夜営演習こそ絶好の修練機会である。体験せよ。信を得よ。信は力なり。体験こそ力を得る基であり断行の母である。
七月二十二日　日曜日　晴
中隊長殿の注意事項の総括は、利己主義と無責任である。未来の指揮官として諸行動に責任を感じないことが、頼りないとされるのだ。部下から信頼される指揮者となれ。
反省　日々の行動の善悪は誠意だ。毎日同じ注意を受けるのも、作業に身を入れなかったのも〝やってやろう〟そのことをするのが当たり前だとの気持がないのだ。根本的に考えなおさねばならぬ。
八月一日　水曜日　晴
上司の訓話、訓辞、注意等に関する感銘事項　一、一大勇猛心とは不惜身命の謂なり。（中隊長殿）二、〝やろうか、やるまいかと思えば、やれ〟〝死のうか、死ぬまいかと思え

ば、死ね〟(週番士官渋谷区隊長殿)
反省(所感) 霊魂は不滅なり。七度生まれ変わり朝敵を滅ぼせ。この精神もここに存す。我等は陛下の股肱なり。我等は武士なり。武士道とは死ぬことと、みつけたり。今の自分達にあるべきは、決死の覚悟にあらず。必死であらねばならぬ。日本人の強みは、死をいとわぬことだ。誇らしき思いがしてならぬ。(ママ)

己れを直視し、思いのたけを綴った修養録であるが、もし今あの時の全候補生の修養録がこの世にあったとすれば、それは、素晴らしい当時の若者たちの生き様と信念にあふれた〝聖典〟として、誇らしく次代へ語り継げるものだろうに、と思われてならない。

それはさておき、この修養録を書いた福井候補生は前述のように発病、進撃する戦友とは逆にトラックで野戦病院へ運ばれていくことになるのだが、病床の彼を励ます区隊長の指導意見も別記されている——「福井の元気な姿を待つ。若さに充ち充ちたる姿に未だ接せず。若さ、実行力➡一大勇猛心。すべては腹なり。怒れ、福井」。区隊長見習士官もまた、学徒兵の出身であり、候補生とは二、三歳しか年齢が離れていない。純粋無垢な心で、ひたむきな修養の心で、階級の上下を越えて候補生と一緒に〝軍人〟への道を、切磋の日日を歩いたのである。共に苦しみ、共に泣き、そして一緒に死のう——どの区隊長の思いもそれであった。

候補生の〝心の広場〟だったものに、校門北側にあった士道神社がある。この神社は、いわば候補生の精神的支柱であり、悩みある時、叱られた時、望郷の念断ちがたく辛かった時と、さまざまに額ずいた場である。私などは、この神社の前で、故郷の父の神主姿を思い浮かべて不覚にも泣いたこともあった。候補生は朝夕ここに参拝するのが区隊の日課であった。そして、もし候補生が過失を起こした時、区隊全員は連帯責任としてこの士道神社前での反省が課せられるのである。やった本人に対してはこの他に軍人勅諭全文の浄書が命令される。のちに磨刀石で一中隊指揮班の伝令要員となった榊隆候補生も、この連帯責任の座に連なった思い出を忘れない。七月下旬のある日、前任の鈴木区隊長が転出、新しく井上中尉を区隊長として迎えた時、士道神社に区隊全員で参拝、練兵場の南東に設けられた遙拝石（前期第十二期生が卒業記念に切り石を積み上げて設営したものという）の上に、井上区隊長ともども正座したのである。東の山陰にのぼった月を眺めながら、歯を食いしばって痛みに耐えた榊たちは、これが第一線見習士官への登りつめるべき道なのだと、激しく自覚するのである。

石頭予備士官学校は、学徒兵の精神道場であり、生死修練の場であったというべきだろう。

ひと月経った八月一日、我々は軍曹の階級に進められた。金筋に星二つ付けるようになった我ら学徒兵の、かつての紅顔の頰からはいつの間にかうぶ毛がとれ、固く逞しい不敵な面構えが出来上がっていった。学園の夢も、望郷の思いも断ち切って、体臭までが本物の兵隊になっていった。生きる苦悩も忘れ去り、朝な夕な五ヵ条を奉唱し泥に伏せ山を駈け、〝何かの時〟を待ち構えていたのであった。

情勢はすでに不穏であった。荒木教育主任はその前三月上旬頃、教育資料打ち合わせのため内地へ出張、豊橋の予備士官学校と予科士官学校を訪れているが、本土はすでに連日の空襲であった。そして時あたかも硫黄島玉砕の悲報をも聞いたのである。荒木少佐は十日間の出張を終え帰満直前、実家に立ち寄った時、父貞夫が電話で近衛元首相と時局の収拾を話し合っているのを耳にした。そして父の判断によれば、ソ連の侵攻が早ければ五月または六月頃にはあると少佐は教えられたのである。帰満直後から、情勢はすべて我に不利になっていった。ドイツは敗北し、海軍に連合艦隊はすでになかった。じり貧の戦局は掩うべくもなかった。

当時、種々の情報に基づいて判断されることは、遅くとも十一月にはなんらかの形で、国境に異変があるのではないかという予測であった。というのは、その頃すでに国境ウスリー江岸一帯にわたって小規模な越境挑発があり、東満・北満国境前面には未だかつて見られなかった大装備の極東軍が、陸続と送り込まれ始めているという憂うべき情勢にあったからである。

我々は急がねばならなかった。内地への通信は一度だけであとは一切禁止、日曜返上、一挙手一投足すべては戦闘の基本でなければならなかった。しかし候補生たちは、よくこの試練に耐え抜いた。装面の早駈け行軍、区隊での断食訓練、四里の早駈けも将校たり得るためには、各自が一人残らず完全に身につけなければならぬのだ。演習事故による練兵休、入室、入院が続出(のち開戦時には入院患者は百五十名となっていた)、遂には不幸にも二人の死者さえ出たが、一人の落伍者がそのまま戦意を鈍らす源となるのだと思うと、弱気は吐くべきでないのだと励まし合うのであった。

八月に入ってすぐ、我々は命令会報の折に中国総軍の各部隊が精鋭を選《え》りすぐって現地を出発したことを知った（註―この内、わずか華北からの二個師団が奉天に着いた九日にソ連参戦となった）。また削減されていた航空部隊も、内地から増強されるということである。この分でいけば、遅くとも十一月までには関東軍の建て直しは、ほぼ完全なものになり得るだろう。

手薄になっている国境第一線からは、すでに作戦資材が緊急に後方へ輸送され、第二線・第三線の強固な防禦陣地が着々と構築されつつあった。各兵団は、興安嶺――穆稜《ムーリン》――老松嶺――敦化《とんか》に至る線に強力な抵抗線を構築し、また、東辺道の山岳を利用して長期防衛のための大地下壕の建設、鮮満横断鉄道の敷設等、文字どおり昼夜兼行の作業が強行されていた。万が一、ソ連赤軍が機甲師団をもって国境を突破して来たとしても、このような抵抗線で何とか阻止し得るはずであると思われた。さらに一縷《いちる》の望みを託し得ることは、例の日ソ中立条約であった。

しかし今日、歴史の事実が示すようにソ連はこの条約を破棄し、遂に参戦した。今にして思うと、昭和二十年六月初め頃から広田駐ソ大使をしてマリク駐日ソ連大使を通じ、内々和平工作を進め、さらに七月に入ってからは佐藤駐ソ大使を通じ、近衛公を和平仲介依頼のためソ連に派遣する交渉を持ちかけていたのだが、ソ連は当時すでに対日参戦の準備を着々と推し進めていた。チャーチル英首相が昭和十九年九月、モスクワを訪れた際、スターリンとハリマン米大使との間に話し合いがあり、その予備会談の結果、スターリンは極東の赤軍を三十個師から六十個師にまで増強し、対日攻勢を開始すること、それにはドイツの降伏後三ヵ月を要すること、そしてさらにアメリカは、ソ連に対して翌二十年六月までに輸送機関、燃料、食糧等の厖大な軍事物資を送り込むという密議が、すでになされていたのである。

火　蓋　挺身斬込

国境へ前進

「起床！　起床！」

不寝番が怒鳴り回っている声に夢を破られた。「非常呼集、非常呼集だぞッ。早くせんか！」けたたましい絶叫である。四肢の付け根の痛むのを押さえ、私は寝台を飛び下りた。乾布摩擦をいつものようにワッショ、ワッショとやり始めた候補生がいたが、「点呼は舎前《しゃぜん》、乾布摩擦を中止して直ちに整列！」という区隊取締り候補生の声が響く。「非常呼集！」「非常呼集！」と叫ぶ命令が営庭に聞こえて来る。軍衣袴をまとうのももどかしく、我々は舎前に殺到した。まだ三時頃である。暗い東の空にわずかに朝靄がかかり、彼方の連山はその姿を見せぬ。一体何事か。

だが常ならぬ異様な一群に気付き、我々は愕然とした。いつもは姿を見せぬ小松学校長を始め、荒木少佐以下の本部要員がすでに堵列しており、緊迫した空気に満ちている。（何かある）ハッと気付いた時、「点呼報告は各隊とも後で行なう。只今より学校長殿から訓示がある」週番士官のただならぬ声であった。

八日二十三時、ソ連が対日宣戦布告、国境全線にわたってソ連軍戦車が侵攻開始という、寝耳に水の状況が報告された。「諸子は教育半ばにして、本日より戦時編成に移されるが、あくまでも甲種幹部候補生としての矜持と自覚とをもって、ご奉公の誠を捧げるよう、小官からとくに切望するものである。なお、軍司令部より別命あるまで、各区隊長の指示に従い環境の整備を実施するように。終わり」

——遂に来た。来るべきものが来たというのが実感だった。蒼白になった顔を引きつらせ、わけもなく肩を激しく叩き合っている候補生たちがいる。私は五体が震え、容易にとまらなかった。敵戦車侵入、元寇《げんこう》遂に来るかと私は思った。誰もが、昂揚した気分を押さえ切れぬのか、点呼の掛け声が割れるような大声でそこら中から沸き起こったのである。

八月九日は終日、対空警戒と出動準備であった。兵器受領、糧秣と弾薬受領、被服の支給と、次々に使役差し出しが下令された。その合間を縫って入浴、遺髪・遺爪が刈り取られた。舎前では各区隊ごとにさかんな軍歌演習が繰りひろげられていた。久し振りにくつろぐ昼間の区隊である。寝台に仰向けになっている者、修養録に向かっている者、小銃の手入れに余念のない者と、候補生にとって入隊以来初めてのくつろぎの一刻《ひととき》であった。

ところで関東軍直轄だった幹部候補生隊は、軍命により直ちに半数を第一方面軍（牡丹江）、残りの半数が第五軍（掖河）の指揮下に入ることになった。そして前者を伊藤連隊

（のち小松連隊）として教育第二・第四中隊の全員と第五・第六中隊の半数が、後者を荒木連隊として教育第一・第三中隊の全員と第五・第六中隊の残り半数で編成され、出陣に備えることになった。教育第一中隊である私は、当然この荒木連隊の配下に入った。運命の岐路はここから始まる。

石頭教育隊の編成は、前述のように本部の他一般教育中隊が四個中隊と、機関銃（五中隊）、歩兵砲（六中隊）の各中隊に分かれていた。第五軍の指揮下に入ることになった荒木連隊は、同じく前述のように一般教育中隊の奇数中隊である第一と第三、それに機関銃・歩兵砲中隊の半数から成り、一千六百八十名の兵力である。この中で荒木連隊は、一つの大隊をつくった。教育第一中隊は第一大隊、第三中隊は第二大隊となり、両大隊には機関銃中隊が配属され、歩兵砲は直轄となった。各区隊は中隊となった。

教育中隊長は大隊長に、将校の区隊長は中隊長に、見習士官の区隊長は指揮班長となり、同じ軍曹の階級章を付けた小隊長、連絡下士、分隊長、指揮班、そして兵が生まれた。恐らく当時の関東軍では、全軍にあって初めての優秀戦闘部隊だったろう。なにしろ下《しも》一兵に至るまで能力を持った幹部候補生であり、将校教育を受けていた身である。

この戦時編成が発令された十日午後、山本雄吉候補生のいる第三区隊もごった返していた。彼は新たに第三小隊長に任命されていた。太田賢助中隊長からもらった軍刀に緊張し、初陣の興奮を反芻《すう》しているところへ、ハルビン学院時代後輩だった平本稔候補生（新潟県出身・戦死）が訪ねて来た。

「先輩、いよいよお役に立つ時が来ましたね。お互いに頑張りましょう」静かにそう言う彼の眼鏡の奥が、キラリと光っていた。彼もまた小隊長に任命されていた。そして、この時が二人の永遠の別れとなった。平本はそれから四日後、敵戦車と戦い死んだのである。


朋有り、来りて我を訪ぬ。出陣、豈生を期せんや。

握手、別れを為し難し。粛々易水の情。


山本は戦後そう詠んだ。その山本も、軍刀を抜き放ったタコツボ壕で生死の境をさまよったのだった。

彼の兄は、ハルビン学院を出てから久留米予備士官学校を卒業、少尉に任官してすぐ南方へ派遣された。十八年の暮、その兄は山本に宛てて一通のハガキを寄こしている。「私は北方の経綸《けいりん》を語るために勉強して来たが、只今命令によって南方に行くことになった。これも仕方がない。お前は俺の分まで頑張ってくれ……」だが彼の兄は、このハガキを門司港で出港直前投函した三日後の十二月十三日、鹿児島沖で敵潜水艦の攻撃を受け戦死していたのである。

ソ連軍侵入の飛報とともに、石頭教育隊から二キロ離れた通称水道山に対空警戒のため陣取ったのは、機関銃の五中隊である。陣地構築中、時折り北の空がパッと赤くなるのを見た。初めは遠くで稲光りがしているのだと、その中の一人、中山義隆候補生は思った。だが区隊

石頭幹候隊戦時配備表（候補生のみ）二重ワク内が猪股大隊

教育 中隊別	荒木連隊 猪股大隊（磨刀石）	 和澤大隊（掖河）	小松連隊 （東京城）
小銃小隊 （1～4中隊）	第1中隊 第1区隊・吉橋少尉以下 第2区隊・太田中尉以下 第3区隊・大山見士以下 第4区隊・宮島見士以下 第5区隊・倉光中尉以下 第6区隊・田中見士以下 第7区隊・若槻見士以下 （小計）750	第3中隊 第1区隊 ・ ≀ 第8区隊 （小計）610	第2中隊　第4中隊 第1区隊　第1区隊 ≀　≀ 第8区隊　第8区隊 （小計）1,200
第5中隊	第5区隊・小山見士以下 （小計）80	第2区隊　80 第6区隊　（$\frac{1}{2}$）40 第7区隊　（$\frac{1}{2}$）40 （小計）160	第1区隊　80 第3区隊　80 第4区隊　80 第6区隊　（$\frac{1}{2}$）40 第7区隊　（$\frac{1}{2}$）40 （小計）320
第6中隊	第1区隊・梅津中尉以下 （速射砲）　70 第6区隊・横山曹長以下 （大隊砲）　25 （小計）95	第1区隊（軍馬輸送）　10 第3区隊（連隊砲）　70 第4区隊（〃）　35 第5区隊（〃）　35 第6区隊（軍馬輸送）　10 第7区隊（大隊砲）　70 第8区隊（曲射砲）　30 （小計）260	第2区隊（速射砲）70 第4区隊（連隊砲）35 第5区隊（〃）35 第6区隊（大隊砲）35 第8区隊　30 （小計）205
総計	925	1,030	1,725

長が言った――「見ろ、今光ったのが砲弾の閃光だ。今あそこで関東軍の精鋭が戦っているのだ」と、しきりに力んでいる。その内、壕の中は水びたしになり、靴はびしょびしょに濡れた。

一夜明け、銃手交替で朝食をとりに学校へ戻り、濡れて泥だらけの編上靴をぬいで区隊へ入ろうとすると副日直候補生が「ぬがんでいい。戦時体制だ」と言う。あとで掃除が大変だと思いながら、自分の寝台へ行き、手箱の裏に隠しておいた故郷の写真を、何となく見つめていた。中山たちは、その後十日の真夜中、出動下令のあるまで水道山で空を睨んでいたのである。

私はその日、区隊で遺髪を刈り、遺書を書き認《したた》めた。弟に宛てたものである。

すっかり夏らしくなりました。夏負けで病気でもされていないかと案じております。今日は入浴でさっぱりした気分で最後のお便りを書いています。

私たちに最期の機会が来たようです。兄は、その時に人から笑われないようにするためにはどうしたらよいか、今それればかりを考えております。そして私たちの死が、無駄死ではなく、何とかお前たちの未来のために有意義であるように念願しております。一年足らずの軍隊生活を送ってみて、兄はいろいろな障碍に突き当たりました。一見単調で一つの形式にはめ込もうとする、そこには遅疑や思索が許されない、機械のような人間が要求されるように考えられ勝ちな軍隊が、実はもっとも人間味や、人間の苦悩や喜びの交流で支えられているのだということを知った時、つくづく、自分が、自分を見つめようとする力の足りなさ、人の苦悩や情理の見分けがつかぬ愚かさを発見して、どんなにか学問が、真理の探究が必要なものであるかを身につまされて考えさせられたことでした。

兄は今、一つの死場所を得てこの生涯にピリオドを打つことに、ある安堵を感じています。その死場所が、神から祝福されるものであるかどうか、また、この戦争が正しかったものであるかどうか、兄には分らぬことです。それらは、いずれ、後世になって歴史が物語ってくれるでしょう。が、今の兄としては、これから与えられようとしている死場所が祝福されるものであるのだと思いながら、死んで行きたい。すべてが中途半端で終わって行こうとする兄たちにとって、それがせめてもの願いであり、喜びです。兄さん（長兄）も出征されているし、松原の家は、これからお前が中心になってやっていかなければならぬのですから、毎日を大事に生きて下さい。勉強もいろいろと不如意でしょうが、中学から先の勉強は一生を支配するのですから、我慢して頑張りなさい。お前へ言いたいことはそれだけです。決してくじけたりしないでやって下さい。

お父さんやお母さんには、お前から（戦死の公報が入った時）兄の言ったことを話しなさい。それから外語の村上が、もしも船舶兵から無事凱旋して来たら、二階の私の書棚の下一列は全部彼のですから、一旦返してから改めて読みたければ借りなさい。

長生きをして、お前の好きなことが出来るよう祈っています。さようなら

尚武殿

私は、弟へ最後の手紙を書いた。そして遺髪とともに、区隊長室へ届けたのである。

前夜来、営庭には弾薬が集積され、不寝番が立哨していた。無気味な情報は刻一刻と入って来ていた――九日早朝以来、東部方面に於いては沿海州国境を全面にわたって突破して来た敵が、東寧、綏芬河地帯で友軍と激戦を展開中。ハバロフスク方面よりの敵は、アムール・ウスリー両江を渡河し虎林、東安及び撫遠、同江に侵入してハルビンを目指している模様。さらにザバイカル地区では満州里・ダライ湖の両面から進撃してハイラルで交戦中。西部国境では外蒙から索倫鉄道に沿って南下、同じく北部奇克の渡河に成功した赤軍も南下中……。全満にわたる悲報が、断続して情報として伝えられて来る。満人の蜂起に備えて、衛兵要員は倍加され、灯火管制を施した各区隊では徹宵、兵器手入れが行なわれていた。炊事の煙が細々と月光の中へとけ込んで行く――。

その十日夜。午後十時頃のことである、出動が下令されたのは。

非常呼集である。遂に来るべき時は来た。完全軍装二十キロのわが身の重さを忘れ、眼を血走らせた顔、顔。襟に付けた甲幹の座金が闇にキラキラと輝いて、みんな樫の木のようにガッチリと立っている。ああ、これがかつて学生だったのだろうか。目を光らせ、新装の軍衣をまとった候補生たちは、身じろぎもしないで灰色の靄の中に立ちつくしている。（お父さん、お母さん、征きますよ。見てて下さい）誰もがそう呼びかけて、ワッと叫びたい衝動を歯を喰いしばり堪えていた。

「ここに、幹部候補生による世界一の精鋭部隊が編成された。国境を突破し侵入せるソ連軍を粉砕すべく、只今より出陣する……」今は第一大隊長となった猪股大尉の命令が、ずしりと胸にこたえる。乾パンの糧秣と、わずか五発の小銃弾を各自受領し、東京城《トンキン》方面へ南下するという小松連隊配下の候補生たちに訣別の礼、そして遙かに東方を向いて宮城遙拝、故郷への最後の別れが命令された。期せずして、候補生たちの中から海ゆかばの大合唱が津波のように沸き起こる。涙がとまらなかった。

十一日、午前一時を過ぎていた。我々の出発の時が来た。校門近く万歳の声がする。「二中隊前へーッ」の号令の中、りゅうりょうたるラッパの音が轟く。軍靴の整然たる足並みが営庭にこだまして、万歳の中に吸い込まれていく。やがて、早駈けの号令が下った。

先頭の一中隊が出発したのはその直前、午前零時過ぎのことである。指揮班、榊候補生は吉橋幸一第一中隊長（神奈川県出身・戦死）が大声で言うのを聞いた――「いいかみんな。石頭駅午前一時発の列車に乗車するので落伍しないようついて来い。もし午前一時までに石頭駅に到着出来ない場合は、牡丹江まで強行軍することになる。絶対に遅れるな。いいか、ついて来い！」

第二中隊の一団も、早駈けでワッショ、オィショヨッと怒鳴りながら駅をめざした。ヒューッと曳光のような明りが、校舎の回りに数本上がり、無気味な色どりを見せた。満人の挑発か、それとも我々の出撃を敵に知らせる諜報か。

参考書や万葉集まで持って来た候補生もいた。だが八キロ余の早駈け行軍、装備は余りにも重い。駈けながら雑嚢からそっと大切な本を投げ捨て、青春に闇の中でさようならした者もいる。重機の中隊も大変だった。なにしろ馬連れである。肩に軍装は喰い込み、馬は時折、駄兵の背嚢《はいのう》に頭をこすりつけて来る。水道山に張りついていた中山候補生は、前をゆく候補生に何度もぶつかりつまづきそうになっては行軍に耐えていた。

ところで荒木連隊が出陣して行った直後、一中隊の営舎を見に行った候補生がいる。小松連隊に編成され南下することになった四中隊の木屋隆安先任候補生である。彼は我々が石頭駅へ向かって早駈けしていた頃、最後の見納めにと思い、今は人ひとりいなくなった区隊を見て回ったのだった。

出陣のあわただしい最中《さなか》、あるいは散乱しているかも知れぬと思った。だが、窓から差し込む淡い月光を浴びて、しーんと静まり返った真っ暗な区隊の中に立った時、彼は胸が迫った。どの寝台も、まるで定規《じょうぎ》を当てたようにキチッと毛布でくるまれている。もう二度とこの寝台で寝ることはないだろうのに、どの寝台も候補生たちがつい昨日までそうして来たのと変わらず、整然としつらえてあったのだ。その枕許の上の手箱は、一寸の狂いもなくいつもの定位置に見事におし並んでいた。黒く油光りする通路の上には、編上靴の鉄鋲の跡が無数に、まるで螢の光のように点々とそれだけが光って見えた。

ふと、ある寝台の片隅に何かが置いてあるのに気付いた。手にとって見ると、それは一冊の英和辞典である。出陣を前にその候補生は、この辞書を戦場に携えていこうかどうしようかと迷ったのであろうか。結局その候補生は、迷いの末置いていったのだろう。誰なのだろうかと思い、木屋が手箱を見上げると一つだけ引出しが開いたままになっている。学窓から携えて来たに違いないこの辞書への断ち難い愛着を、その候補生はどのようにしてふっ切ったのか。迷いに迷ったらしい辞書の持ち主のことが今も思い出され、木屋は涙ぐむのである。

士道神社へ札《さつ》入れをお供えしていった候補生も多い。武運長久を祈るのか、それとも戦う身に金は要らぬと考えたのか、手つかずの紙幣を入れたまま出陣して行ったのだ。再び生きてここへは還らぬ、お世話になりましたとお礼をしたのであろうか。

また、これものちの話になるが、国境へ出陣して行った荒木連隊を送り東京城へ向かっていた南下部隊の中で、急迫する敵ソ連軍に我らが石頭校舎を渡すまじと、急拠立ち戻った候補生たちがいる。経理部将校星野孝少尉ひきいる今井真澄候補生ら七名は、遙かに砲声殷殷《いんいん》と轟くのを聞きながら石頭に帰着、直ちに校舎群に火を放って回った。だが、この士道神社にだけは遂に火をつけることは出来なかったという。

出陣していく候補生たちの軍靴の音を、病床で聞いていた候補生もいる。教育一中隊の猪股力三候補生は演習過労のため胸部湿性肋膜炎を発病、七月中頃より石頭病院に入院していた。ソ連軍侵入の情報が病床にもたらされ、約半数の入院候補生が診察を受けて教育隊に復帰したが、彼は認められなかった。焦りと困惑の中で彼はいても立ってもおられぬ気持だった。深夜、営門を続々と出撃していく軍靴の音を聞いた。彼は病床に正座、その力強い足音に全身を耳にしながら涙で見送ったのだった。

十一日になると、早朝より病室の窓から遙か寧安方面に黒煙が見えた。殷殷と砲声が轟き、爆風がビリビリと病室のガラスを震わす。戦場はすぐそこまで来ていた。白衣を着た猪股候補生たちは軍医、看護兵たちとともに六十数名が石頭駅へ向かった。手にするはわずかな小銃と手榴弾だけである。戦友たちが出撃していった道を辿り、駅へ着いてみると、東安、東寧の方向から避難して来た開拓団の家族が溢れ、大混乱を呈している。この上は山中を撤退していく他なしと悲壮な決意を固めた彼らだった。

——猪股が日本へ帰って来たのは、二十三年も終わり近くの頃である。

軍用列車爆破

——夜はかなり明け始めている。石頭駅にはすでに長い貨車が白い煙をふき上げて我々の乗車を待機していた。八キロの道を駈け下り、全身流れるような汗である。喉はひきちぎれるほどひりついた。弦の眼鏡がずり落ち、その眼に辛い水が滲み込んだ。ボーッ、ピェーッと、時々悲鳴のような汽笛をあげている機関車の側板から、上半身裸で黒い戦闘帽を冠った運転員が、身を乗り出すようにしてこちらを見ている。三十七、八歳だろうか。非戦闘員だろうが、彼の任務もまた大きいのだ。(戦場までどうか無事に連れて行ってくれよ)祈るように見渡した貨車の下を、若い鉄道員がこれもまた帽子だけの半裸の姿で、コンコンと車輌を叩いて回っている。

乗車命令が下る。第一車輌は機関銃中隊、次に歩兵、砲兵が乗り、最後尾に機関銃から解放された軍馬が乗った。貨車の中では全員折敷けである。山間《やまあい》を走り抜ける貨車の動揺は、これから戦場へ赴くとは思えぬほど、心地よいリズムを体に伝えてくる。「逓伝《ていでん》――、上空を警戒せよ」前の方からのどかな声が流れて来る。「逓伝、対空射撃準備――」「逓伝、貨車が駅へ停車しても下車するなーッ」風に乗って、後へ後へ申し送られて行く。暁雲の下見よ遙か……と誰かが関東軍の歌を唱い出す。唱和するその声が風にちぎれ、びっくりするほど調子の良いハーモニーとなって、それは聞こえた。そろそろ空腹を覚え出し、雑嚢《ざつのう》に手を入れてひそかに携行の乾パンを口にほうり込む候補生もいた。気付かれないようにこっそりだが、皆が皆やったらしく、のちに装備点検でこれがばれ、こっぴどく叱られるおまけがついた。

貨車はやがて牡丹江駅に着く。駅付近は避難民でごった返し、事態の重大さがひしひしと身に迫って来る。一機二機、上空を旋回する飛行機がある。退避命令が出、広場でしばらく様子をうかがうが空襲はまだなかった。駅には南下する列車を待ち構えるのか、軽装の邦人で人の渦である。着のみ着のままで避難していくのであろう。二中隊の江波戸舜候補生は出陣前、穆綾《ムーリソ》の満鉄工務区に勤めていた。誰か知っている者でもと貨車から身を乗り出してホームを見るが、分らない。完全軍装の下士官部隊が国境へ向かうのを、「頑張って……」「頼みます」と口々に叫び手を振ってくれる。正午過ぎ、貨車は間もなく動き出し、掖河で再び停車となった。

聞けば、ここで第五軍の団隊長会議実施中という。貨車から大隊長、将校たちが軍刀のツカを握りしめて飛び降りて行った。乗車のまま待機していた我々に、第五軍より軍命令が下された。

「一部を磨刀石に派遣。小林部隊の指揮に属し、敵戦車の侵入を阻止するとともに、主力は掖河東方台地を占領。軍の複郭陣地を構築すべし」

そこで現在地に荒木連隊長以下の連隊本部と和澤直幸大尉指揮する第二大隊を残し、わが第一大隊が猪股大尉の指揮で次の磨刀石駅へ向け、さらに前進することになった。国境へもう一歩、肉迫していくのである。前進する貨車とすれ違いに右手には、前線から後退して来る多数の兵士らやトラックが望見される。（何故、逃げて来るのか？　回れ右ッ）と口の中で号令をかけた。だがまだ戦場の悲壮感は沸かない。尻に当たる車輌のリズムは、何か楽しい出張演習のような錯覚を呼び起こし、我々はとりとめもなくシャベリつづけていた。死に行く運命、とは誰一人思っていない。暢気にも、大伴家持の万葉の一誦を空を仰いでそらんじ、「貴様、よく覚えてるなあ」などとやっている。

掖河を発車して間もなくの頃、豆粒ほどに上空を貨車の進行方向に向けて飛来している飛行機があった。上空警戒で軽機の脚《きやく》を開く車輌もあったが、そのうち視界から消え、いつしか忘れていた。線路のすぐ近く、開拓団の人だろうか、旧式の長い銃を肩にした父親らしき男が、妻子と訣別している姿が見えた。その静かなたたずまいを、二中隊指揮班の前川幹夫候補生は、今も感動的に覚えている。敵はもうすぐそばまで、実は迫っていたのだが神ならぬ身の知る由もない。

無蓋貨車がガクンガクンと速度を落とし、磨刀石駅へ停車した時だった。

「おいッ、あれは何だ！　友軍のか？」悲鳴のように叫ぶ声がした。下車が始まろうとしていた。突然、駅北側の山側から山肌すれすれに縫うような超低空で、緑色の三機編隊が迫って来た。

「敵だーッ。退避ッ、退避ッ」たちまち騒然となる。爆音は、ほとんど聞こえなかった。バリバリバリッバリバリバリッ、機銃掃射だ。ガクンッと急停車した貨車から、私は横倒しに転げ落ち、線路わきの溝に無我夢中で飛び込む。貨車の下に逃げ込む者、前方の給水塔の下に飛んで行く者、森へ走る一群を、機銃掃射の土砂が追いかける。胸は早鐘のように打つ。「落ちつけーッ、落ちつけーッ。ここで死んだら何にもならないぞーッ」区隊長らしい声が、上ずって聞こえて来る。ズダダーンッ、物凄い炸裂音が轟き、真っ黒に土砂がふき上がる。レールが空に突き上がるのが一瞬見えた。ふと気が付くと、すぐ傍でメラメラと炎が上がり始めていた。私は夢中で匍い出し、部落の方角へ脱兎のように駈け出した。

第一中隊の田中通剛候補生はその時、貨車の下にもぐり込んでいた。土煙がどっと体にかぶさって来る。うなりを上げて大きな薬莢《やっきょう》が落ちて来る。突然「ウウ……」と肺腑をえぐられるような呻き声を彼は聞いた。誰かやられたか、狭い貨車の下を匍いながら近付いて見ると、一中隊長吉橋幸一少尉が腹を押さえてうなっていた。機銃掃射でやられたらしい。「被甲をはずしてくれ」中隊長は苦しそうに言う。もう一人の候補生と、胸にしめつけたガスマスクの紐をはずし、少しでも楽な姿勢にと体をずらそうとするが、狭い貨車の下で身動きするさえままならぬ。傷が重いらしく、吐く息が切れ切れになって来た。

「中隊長殿、中隊長殿ッ」とゆさぶり、叫んだが、ついに瞑目したまま少尉は目をあけることもなく、息を引きとったのだった。田中は、段々と冷たくなっていく中隊長の手を握りしめながら、涙をポタポタとこぼした。（クソ、この仇は必ずとる）敵愾心が初めて彼に勃然と沸き、無性に腹が立ってならなかった。

敵機は四波、五波と波状攻撃を繰り返していた。態勢を立て直した候補生たちは軽機を、小銃を空に向け銃声を轟かせる。一中隊の有村正恭候補生は電柱に銃を支え射ちまくったが、機銃掃射が身の回りに近づき始めると、この柱に身を隠すようにぐるぐると回りながら、それでも射ちつづけた。敵機の翼に、誰かの機銃弾が一発命中したのか、突入して来る敵機の翼端に白い粉のようなものがパッと散ったのを、彼は見ている。だが、そのあとが恐ろしかった。怒れる怪獣が目玉を光らせるように両翼の銃が火を吐き始めた。駅構内のホームからは、重機関銃が盛んに応戦していた——。

戦死者は十二名を数え、負傷者もかなり出ていた。一中隊の児玉寅雄候補生はすぐ眼前で、一人の候補生が頭を射ち抜かれ即死、若槻秀雄見習士官（北海道出身・斬込隊長として戦死）がすぐさま「しっかりせい」と抱き上げた姿を、今もまざまざと覚えている。太田賢助第二中隊長の数メートル前に伏せていた小野道男候補生（岡山県出身・戦死）は、後頭部をぶち抜かれ一言も発せずに死んでいった。「小野どうした！」中隊長が叫んだが、伏せたままの姿で即死したのだった。

小野のすぐ側にいたのは同郷の神崎紀之候補生である。彼が夢中になって小銃で対空射撃している時、伏せたまま動かぬ候補生に気付いた。見れば鉄帽は真っ二つに割れている。銃弾は後頭部から顔へ抜け、鮮血が白いコンクリートの上に流れていた。貨車から駈け下りて来たところを直撃されたらしい。

ぐにゃぐにゃに曲がった眼鏡ですぐ小野候補生と判ったという。県立高松農学校を出て満鉄に勤めていた彼の先輩であった。また隣りにいた林田真候補生は、彼の戦闘帽を遺品として内地に持ち帰った。夜、屍《しかばね》衛兵に立った日下章候補生は、ローソクの明りの陰に彼の遺体を見守りつづけ、気象学の話をよくしていた眼鏡の小野を思い出して泣いていた。

敵機が去り、全員集合の号令を聞いて泥を払い落としながら起き上がった古嶋止雄候補生は、目の前に候補生がまだ伏せているのに気が付き、「オーイ集合だぞ」と声をかけた。だが一向に起きる気配はない。見れば顔を半分泥に突っ込み、後頭部に拳《こぶし》大の穴があいていた。機関砲弾に射ち抜かれたのである。原幸志候補生（長野県出身・戦死）、原代志夫候補生（東京都出身・戦死）らもこうして死んだ。初陣の洗礼にしては、候補生にとって衝撃が大きかった。中隊長まで死んだのである。

吉橋幸一少尉の実家は、ミナト横浜で大きな鮮魚問屋を営む旧家である。少尉はむろん、生え抜きのバリバリ職業軍人ではない。あの日早朝、石頭校舎から駅まで早駈けで八キロの道を必死に走った時、少尉は一中隊の先頭を指揮班とともに走りながら、皆に大声でこう言ったことを、伝令要員の榊候補生は覚えている――「わしはこの年まで実戦の経験がない。これが初陣であるが、貴様らはこの若さで出陣出来るのだから幸せと思え」

また、戦場へ向かう無蓋貨車の上で、次から次へ吉橋少尉は驀進中の貨車を乗り移って行き、候補生のはやる心、高ぶる心を沈静させるため、こんなことを言ったという。一中隊の擲弾筒班だった田中通剛候補生はこう記憶している――いつの間にか乗り移って来た吉橋中隊長は、無蓋貨車の外わくに腰をおろし、静かに言った。「戦争をすることは誰でも、最初はこわいものだ。ふだんどんな強がりを言う人でも、実戦の経験のない者は、身近に弾が飛んで来たり、爆弾が落ちると、生きた気持はしないものだ。これはどんな者でも皆同じだ。わしもそうだ。心配するな……」勇気づけるように、静かに諭すように少尉はこう言ったという。

そういう少尉が、中隊長として初陣の地上戦闘の指揮をとる間もなく、誰よりも真っ先に壮烈な死を遂げてしまおうとは、候補生の誰一人思いもしなかったことである。少尉もまた、どんなにか残念であったことだろうか。

貨車の中で一緒だった一人に、大日方栄美候補生もいる。吉橋少尉はふと、こんなことを言って皆の顔を弾ませたという。「おれの将校カバンの中にな、小豆と砂糖があるから、磨刀石に着いたら皆におしるこをご馳走するからな」。大日方は、少尉がたしか一番最後まで貨車にいたはずと言っている。候補生たちが車上から退避するのを励まし、そして最後まで

磨刀石出陣部隊編成表

- 第五軍司令官
  - → 第三野戦築城隊（第四八三八部隊）
    - → 本　部（小林達輔大佐以下42名）
    - 第3中隊（吉田中尉以下115名）
      - 荒木連隊第一大隊（猪股大隊）猪股大尉以下約九二〇名（石頭教育隊ト略称ス）
        - 本　部
          - 猪股繁策大尉
            （後任）梅津慎吾中尉
          - 副官　大山繁見習士官
        - 第1中隊
          - 本部　吉橋孝一少尉
            （後任）宮島一郎見習士官
          - 指揮班宮島一郎見士（兼任）
          - 第1小隊　平本稔候補生
          - 第2小隊　冷泉賢亮候補生
          - 第3小隊　雷昌文候補生
        - 第2中隊
          - 本部　太田賢助中尉
            若槻秀雄見習士官
          - 指揮班　若槻秀雄見士
            （後任）阿倍恭候補生
          - 第1小隊　向井彰候補生
          - 第2小隊　中村秀喜候補生
            （後任）豊田勲候補生
          - 第3小隊　山本雄吉候補生
        - 第3中隊
          - 本部　倉光日出翁中尉
            田中治諸見習士官
          - 指揮班　田中治諸見士
          - 第1小隊　森田幸男候補生
          - 第2小隊　青木茂候補生
          - 第3小隊　藤田実候補生
            （後任）山本郁造候補生
        - 配属機関銃中隊
          - MG小隊　小山弥太郎見士
        - 配属歩兵砲中隊
          - 本部　梅津慎吾中尉
            - 指揮班　丸子徳兵衛伍長
            - 連射砲小隊
            - 大隊砲小隊横山元司曹長
    - 神　谷　隊（神谷少尉以下29名）

〔装備〕
大隊砲一門、速射砲二門
重機関銃一梃
各自小銃（弾薬120）
手榴弾2個、急造爆雷、擲弾筒若干
糧食2日分（乾パン）

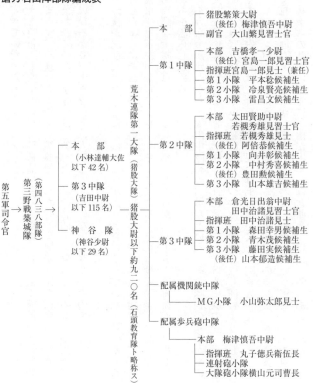

見守っていたのだろうか。
——昭和三十四年の夏、某日私は少尉のご遺族のお手紙で横浜の住所を知った。矢も楯もたまらず、不躾けも承知で突然お伺いした時、少尉がどんなに生前、家族や問屋筋の人たちに慕われていたかが痛いほど判った。私の訪問——兄ちゃんの部下が来た、の報がまたたく間にひろがり、大きな仏間は人びとで一杯になってしまったのである。
敵機が飛び去ったあとに、白いビラが点々と舞い落ちていた。森の木立ちから、時々思い出したようにそれは舞っている。呆然と拾いあげ、すぐ破り捨て踏みにじった候補生もいる。極東ソ連軍総司令官ワシレフスキー名による、それは投降勧告ビラだったのである。侵攻準備周到な余裕を見せつけるビラだった。折からシトシトと細雨が煙り出し、音もなく候補生たちを濡らし始める。

集合命令がかかった。太田中隊長の訓示だという。その隊長の鉄帽が雨に濡れ、ギラリと光って恐いようである。諄々と諭すように言葉をつづける中尉の姿。雨が頬を伝い、口許に流れ込み、五体が小刻みに私は震えつづけた。中尉を取り囲むようにして、音もなく立ちつくす候補生たちは、背をこごめ眼だけ上目遣いにして聞き入った。

——コンバットという戦争映画がある。数年前、このテレビ映画を深夜見ていて、どこかで見た場面だという気がしてならなかった。外被を着た俳優ビック・モローの軍曹を取り囲む兵士らの鉄帽に軍服に、雨が黒ずむほど叩きつけている。ああそうだ、あの時だと私は愕然と中隊長を思い出していた。そっくりなのである。テレビは白黒だった。だがやはり、あの時も白黒だったとしか記憶にない。不思議に色が思い出せないでいる。戦場の色は、兵士の目に映る色は、もしかしたら白黒なのかもしれないと思った……。太田中隊長の訓示は、次のようなものだったと記憶している。

「現在地は、穆稜《ムーリン》県磨刀石である。只今は敵機の襲来を受け若干の戦友を失ったが、戦いはまさにこれからである。諸子は学徒兵の栄誉を担って今まで、練磨を重ねて来た。この未曽有の国難に際し、畏れ多くも上御一人のご宸襟《しんきん》を安んじ奉る重大な責務を、我等は今こそ全うせねばならぬのである。勇猛果敢、肉弾もってよく敵の侵攻を阻止し、最後のご奉公をせよ」

諄々と説く中隊長の鉄帽から、ポタポタと滴り落ちる雨が顔を濡らすが、身じろぎもしなかった。

挺身斬込隊出撃

情報によると、わが第五軍正面の敵は密山を通過、すでに上亮子河、小城子を越えて穆稜が突破されるのは最早時間の問題とのことである。しかも快速で一路牡丹江街道に突入南下しつつある敵戦車はおよそ二百輛、さらにこれに倍加する機動部隊が随伴していると推定された。

我々は現在地磨刀石に陣地を構築、対戦車戦闘に備えて肉攻壕を掘ることになった。そしてこの地に展開する第三野戦築城隊の二個中隊に協力を仰ぎ、その指揮下に入って翌朝より鋭意壕構築が開始された。

その晩は、一夜中キャタピラの轟音がひっきりなしにつづいた。満人部落付近で幕舎野営をしていた候補生たちは、その無気味な音のためほとんどまんじりとも出来なかった。その轟音は、前線から友軍の榴弾砲が牽引車に曳かれどんどん下がって来る音だったのである。

情勢はすでに急迫していた。果たして十二日早朝、第五軍司令部より伝令が「敵戦車は代《だい》馬溝《まこう》に侵入」の報を伝えて来た。掖河から輜重隊が弾薬を運んで来たのもその頃である。大あわてに部落入口付近に弾薬を積みあげると、早々に引き返して行った。そこに残されていたのは黄色火薬の他に飛行機の五キロ爆弾、一斗缶入りの黒色火薬、満州事変頃使用の古いアンパン地雷、そしてこれも旧式の手榴弾が三種類だった。これで侵入を予想されるソ連戦車を爆破阻止しようというのである。

第二中隊は、大隊最前線から敵侵入を予想される道路脇に肉攻壕を掘る三中隊の左翼に位置することになった。道路両側にタコツボ壕を構築するのである。タコツボの間隔は約七〜十二メートル。円匙《えんぴ》も十字鍬《しゅう》もない我々は、鉄帽と指先で石をおこし、赤粘土をしゃくって全身深く隠蔽する穴を掘らなければならない。爪が剝がれ、血に滲んだ指先の感覚がなくなって来る。ブリキの石けん箱まで使った候補生も多い。

大隊本部と直属の歩兵砲中隊は、磨刀石部落の東側台上に位置していた。二中隊の主力は、後方北寄りの台上に陣を構え、我々を側面より支援することになっていた。そのすぐ前面に機関銃小隊の二個分隊が布陣した。真っ暗な山間にカチンカチンドッスンと器材の触れ合う音が間断なく響いて来る。眼前の道路上に山積された弾薬函がどんどん台上に運ばれて行く。機関銃小隊らしい。伝令の呼び合う声、声。銃座を構築しているのか、大勢の声が「もっとこっち！」「よしッ」などと聞こえて来る。見渡す壕の周囲には、限りなく点々と鉄帽や銃の先が閃めいて、無気味な戦場の様相を形どっていた。

軍衣とシャツもぬぎ捨て、一服しているところへ握り飯が運ばれて来た。各自一個宛てである。久し振りの食事だった。乾パンを貨車の中で食べて以来の糧食であった。少しじゃりじゃりするが素晴らしい塩加減の味――これが磨刀石での最初にして最後の食物だった。壕の外へ立って道路を見渡すと、大隊最前線へ向かって点々と穴が掘られていた。ほとんど第三中隊の主力のようである。その一番突端は第三野築の兵士らが応援しているらしく、数十人の群れが右往左往して陣地構築中である。西寄りの遙か北方台上には、満人の部落が垣間《かいま》見え白い煙が上がる傍らで大勢が弾薬函を担いでいるのが望見出来た。あの付近は確か、大隊砲と速射砲の陣地が構築されているはずだ。まだ戦車の轟音は聞こえず、砲声も轟かぬ。敵はどこまで来たのだろう。もしや、あるいは、代馬溝以北の抵抗陣地で喰い止めたか？いや、そんなことはあるまい――私はそんな自問自答を繰り返して陣地を見回していた。

命令受領から戻って来た伝令の話では、敵は本日正午頃には代馬溝へ近付くらしいという。そして我々の任務はあくまで爆薬による奇襲攻撃であるから、敵を発見しても別命あるまで濫《みだ》りに発砲してはならないと告げられた。

いよいよ近付いたか。今夜半か遅くとも明朝には、この陣地も戦場と化すだろう。（後一日か。それまで内地の想い出を楽しもう）そう思った私は、穴の中で寝そべると眼をつぶって楽しかったことを想い浮かべようと、記憶の糸を手繰った。ところが、どうもいけないことに辛かったこと、悲しかったことばかりが頭に浮かんで来て自分の愚かな願いは無惨にも砕けてしまった。やはり戦闘を前にして気が昂《たか》ぶっているのか。

傍らのタコツボの中から、音吐朗々、軍人に賜わった勅語の暗誦が聞こえて来た。寝そべっていた私は、姿勢を正して聞き耳を立てた。この一年間、座右の銘のごとくに誦《とな》えて来た軍人勅諭――覚え切れず散々に絞られたあの内務班だったが――今、敵を前にして厳粛に我々の胸を搏《う》つ。我々はいつしかこれに唱和し始めた。「軍人たらむものは常に能《よ》く義理を弁へ胆力を練り、思慮を尽くして事を謀るべし……」隣接の三中隊にも聞こえているのであろう、鳴りをひそめて威儀を正した姿が、直立したまま、穴の傍らに坐ったまま、ここかしこに見えた。

その内、恩賜の酒が回されて来た。一升瓶に三分の一ほどになっていた酒を口呑みにすると、隣りの壕へ運んで行った。始めての「恩賜の酒」、戦場ではこうやって呑む慣習なのだろうか。甘酸っぱい舌触わりの感触と名残りをいつまでも楽しんでいた。

ところで磨刀石の部落では、満人たちが農耕の傍ら養蜂を営んでいたらしく、草叢のあちこちの陰に大きな巣箱があった。候補生たちはタコツボを掘る傍ら、飯盒の蓋を持っては真っ白な蜜をすくいに行った。それは、目の眩むような甘さで、激しく胃袋を刺戟したちまち下痢をしてしまうほどだったが、ひとかけらの乾パンもすでになくなった陣地では、唯一の飢えしのぎであった。血の滲んだ指にべたつく蜂蜜の、あの奇妙な舌触わりを今も忘れられない。

正午頃、私は二、三の候補生と陣地周辺の情況偵察に出発した。道路に添って川を通過すると一中隊の肉攻小隊が旧満人部落の壁を背にしてタコツボを構築している。その部落から南側は一帯に広々とした大湿地帯で、谷地坊主《やちぼうず》の草が水に沈んで泥沼のようである。我々の陣地の南面は、ことごとくこの湿地帯に蔽われている模様である。

北へ上がって磨刀石駅が見えた。昨日の貨車が横倒しになって、残骸を晒《さら》している。我々は磨刀石満人部落を左手に見ながら、大隊本部の位置を確認した。その北方東側には歩兵砲陣地、さらに後方に第三野築の本部があるという。鉄道を横断した我々は、山沿いに道路の背面へ降り、二中隊、三中隊各指揮班の位置を確認、重機関銃座の傍らを通って戻って来た。私は見取り図を手帳に書き、一般的な配置を頭に刻み付けた。万が一にも連絡が途絶えた場合を考慮し、我々の合流すべき本隊の位置、そして地形を知っておかなければならない。

——午後三時頃から、代馬溝方向に異常音が聞こえ始めた。ボーンッ、ゴーンという低いかすかな轟音である。あれが戦車砲であろうか。その内、道路上を彼方から三々五々歩いて来る十数名の兵士の一群を見た。「オーイ、どこの部隊か？」誰かが怒鳴る。「オーイ、ご苦労さん、代馬溝だ」という返事に、我々はびっくりして壕を飛び出すと、見覚えのないこの兵士たちは立ち止まって汗を拭いながら、「掖河に連絡だ」と言う。引率者は中尉の襟章を襦袢一枚の胸に付けていた。いずれも泥にまみれ、軍衣袴はところどころ裂けて、顔は埃でくすんでいる。「どうだ、敵の戦車は?」「凄い。近付いているから気を付けて下さい」こんな会話の中を引き立てるように中尉は隊列を急がせると、どんどん南への道を辿り始めた。

(無線連絡が出来なくなったのか?)ふと不安な胸騒ぎがする。相変わらず遙かな遠雷のような音が、山間を縫って聞こえて来る——。

三中隊の肉攻突撃を支援する狙撃隊は、土本吉夫候補生らの擲弾筒分隊である。擲弾筒と軽機、小銃で武装する彼らは、道路から七、八十メートル離れた山腹にタコツボ壕を掘っていた。法政大学学徒出陣組だが石頭に来る前、北支で八路軍との遭遇戦も経験し、その上生来剛毅な土本は、駅付近で激しい機銃掃射を受けた空襲の恐怖もよそに、しきりに昂揚する気持を押さえきれないでいた。彼は、戦車の侵入して来る前に今生《こんじょう》の見納めとばかり、壕を出ると付近の偵察に歩いた。二百メートルほどの山がいくつも重なり合い、子供の頃連れて行ってもらった古戦場・関ヶ原によく似ているなと思った。道路と鉄道は小高い山に狭まれ、敵戦車がここを直進して来れば要撃するにはかなり効果的だと判断した。

道路に降り立つと、前線から負傷者たちが泥だらけのトラックで運ばれて来るのに出会った。

(ひどい、こんなにも国境はやられているのか)土本は、血の気を失ったように立ちすくんだ。応急手当てをするゆとりもなかったのだろう、引き裂かれた軍服も、手足も、どす黒く血まみれになった十数名の兵士たちが、荷台に重なるようにして横たわっている。バラバラと飛び出して来た武装姿の候補生たちを見ると、それでも、

「お願いします。頑張って下さい」と弱々しく手をあげるようにして通り過ぎて行く。その中にうめき声も聞こえた。しばらくすると、傷ついた兵士たちが二、三人肩を組み、足を引きずりながら「頼みます、頼みます」と撤退して行く。擬装した鉄帽を冠り、上半身裸の兵士が二人がかりで、重そうな木箱を地面すれすれに持ち上げながら撤退して来る。中味を訊ねると、「手榴弾であります」と言う。

「退却するのに手榴弾は不要だろう。置いてゆけ」土本はそう言うと、片方を持って自分の壕へ運ばせた。恐らく上官の命令で持たされ後退して来たが、あまりの重さに困惑していたらしく重荷から解放されて嬉しそうにしている。しばらくあたりを見回していたが、急に土本の顔を見つめながら、

「私たちもここで一緒に戦わして下さい」「自分もお願いします」と言った。その兵の裸の胸には、泥がこびり付き、幾条も傷が滲《にじ》んでいる。土本は言った。

「ここは俺たちにまかせて撤退しろ。無理することはない」銃もないこの兵士たちは、今にも泣きそうな目で土本を見つめ、挙手の礼をして「ハイ」と去って行った。

――やがて夜が訪れ、陣地は隅々まで明るい月光に照らし出されていく。その頃、急造爆雷を作っていた候補生の一団がいた。本部の太枝公夫曹長を中心に十数名の候補生たちは、爆薬に手榴弾を縛着していた。一式信管がないのでその代用に手榴弾を結び付けるのである。

だがこの十キロの急造爆雷に付ける手榴弾は古く、しかも発火するのに十一秒、七秒、四秒と三種類もあった。取り扱う方法をのちに各中隊長に伝達したのだが、やはり発火秒数の違いのため、戦車突入の寸前に爆死した候補生、抱えて敵車に体当たりしたのに身は粉々に砕けても爆発しなかった候補生と、言うに言えぬ悲劇を生んだのだった。支給された飛行機の五キロ爆弾は、一中隊の候補生が侵入予想路に埋設した。

挺身斬込隊の出動が下令されたのは、その日夕刻のことである。五時頃、第五軍司令部より「ソ軍戦車はすでに代馬溝に侵入し、宿泊する模様である。これを奇襲攻撃せよ」という命令である。白羽の矢は、第二中隊主力の北方に陣地を構築していた二小隊に立てられた。猪股大隊長は、二中隊指揮班長であった若槻秀雄見習士官に対し、「君の頼りになる者を、君自身選べ」と命じたという。彼はためらうことなく直ちに、自分が教育中起居をともにした第七区隊員で編成された第二小隊を選んだのである。

二小隊に全員集合の命令が下った。タコツボからぞろぞろ出て来た候補生に向かって若槻見習士官は言った――「敵戦車は本日代馬溝に侵入、夜営する模様である。これを奇襲攻撃するため私が長となって挺身斬込隊を編成することになった。もとより生還は期し難い。きょう限り命を私があずかることになるので、私の区隊員である諸君に集まってもらった。希望者はいないか」夕闇迫る台上で淡々と、だが厳粛な面持でこう言うのを聞いていた梅林全守候補生や谷口進一候補生らは、すぐさま出陣を希望して手をあげた。「七区隊全員希望します」だが見習士官は、「人員に制限があるので自分が指名する」と言い、一人一人に聞いて歩いた。「自分は原隊で挺身奇襲の訓練を受けたので、その要領を知っています」「よしっ」何人目かに伊藤彰候補生の前へ見習士官が立った。

伊藤は「ただ区隊長殿と一緒に行きたいのです」と答えた。若槻はにっこり笑うと「よし」と言い、次へ移った。わけがある。伊藤候補生はその時のことをこう述懐している――開戦二、三日前の夜、自習時間中、余りの暑さに喉が乾き戦友と二人で禁を犯して洗面所へ行った彼は、水道の蛇口から水をごくごく呑んで「甘露甘露」と言った。その時、隣りで顔を洗っていた者が「水がそんなにうまいか」と言うので伊藤は「水が冷たくて実にうまい。それにしても君は心臓だな。水を呑むだけでもヒヤヒヤしているのに、君は顔を洗っているからな」そう言いながらふと顔を見ると、これが若槻区隊長だった。あっと驚いたがあとの祭り、二人で逃げるように区隊へ駈け込んだが果たして点呼後二人は区隊長室へ呼び出された。

規則を破ったので甲幹を取り消され、一等兵に下げられたうえ原隊へ帰されるのかとビクビクしながら隊長室へ行った。いきなりもう一人の候補生に若槻区隊長はビンタを喰わせた。伊藤は、これは処分はないなとホッとして掛けていた眼鏡をはずした。区隊長が「どうして眼鏡を取るのか」と言うので彼は「覚悟しています」と答えると、苦笑しながら「よし」と帰された。区隊長はその時のことをきっと覚えていて、「よし」と言ったのだと伊藤候補生は言う。

こうして全員希望の中から三十名の挺身隊員が指名された。大隊本部前で十キロ黄色薬と三発の手榴弾が支給され、腰には帯剣ただ一本である。川べりで行く者残る者の別離の盃が酌み交わされた。

二中隊指揮班の前川幹夫候補生はその時、若槻挺身隊を見送る列にいた。彼はその直前まで黄色火薬に手榴弾を縛着し、梱包爆薬を作っていた一人である。（誰が一番真っ先にこの爆薬を抱えて飛び込むのか）そう作りながら思わないでもなかった。それを今、親しかった仲間たちが真っ先に抱えて出撃していくのである。彼らは教育中、前川と同じ七区隊であった。佳木斯《ジャムス》時代に起居をともにしたノッポで眼鏡の横山堯、丸顔の井上巌、小柄な三枝博、浜弁の高佐初雄、それに出陣の日営内で妹の千人針を見せた木暮隆夫などの各候補生たちが押し並んでいる。前川は何とかして一緒に征きたい衝動に駆られた。

鉄帽を冠っていなかった伊藤候補生に誰かが、自分のをぬいで冠せていた。小林直人候補生は時計とタバコケースを遺品代わりに残る戦友に渡していた。井上巌候補生は、猪股大隊長からもらった恩賜の酒とタバコが、酒は白鹿、タバコは敷島だったと今も覚えている。別離の盃をあげる時、彼は飯盒の中蓋に頂いた酒を呑んだが緊張のせいか身震いが止まらず、指揮班の中島督郎候補生に「さらに一杯の酒を所望」して、ようやく震えが止まったという。

八月十二日二十三時――太田中隊長は一人一人の手を握りしめた。若槻見習士官は背中に十文字の白襷、各候補生は鉄帽に白布の目印をつけて、腕には携帯天幕に包んだ爆雷を抱えていた。

「征きます」若槻挺身隊長の最後の敬礼に、見送る候補生たちは喚声をあげて叫んだ。「区隊長殿、ご成功を！」「みな頼むぞ」区隊長は夜目にも白い歯を見せながら闇の中に消えていった。――これが陣地で若槻区隊長を見た最後となった。

肉攻壕にて

各陣地にタコツボを掘り終えた候補生たちは、戦い前の静かな夜を迎えていた。道路最突端の壕にいる三中隊一小隊の桜井喜芳候補生は、ぼんやりと二十年の来し方を考えていた――明日はいよいよ敵の戦車が来るだろう。今まで訓練を受けて来たことが実際に役立つ時が来たのだ。国のために俺も役立つ時が来たのだ、と思う反面、彼はこうも考えた。自分は一体何のために生まれて来たのだろう。学校が終わると間もなく軍隊にとられ、その間何もこれといった体験もないまま、ただ規律と苛酷な訓練に縛られ、それに堪えて堪え抜いて今二十歳の若さで自分の生涯を閉じようとしている。何となしに自分の人生に虚しさを感じた。

人生とは果たしてこんなものなのだろうか。生きていたら、これから本当の人生があるのではないだろうか。そう彼は思い、考えている内に何となく自分が情けないような気持になった。がしかし、やはり自分はこういう運命だったと思った。この世代に生まれて来た我々青年の宿命なのだと思った。ならば天皇陛下のため、国のため潔く死のう。これが結論だった――と桜井は言う。

私もその時二十歳だった。理科系を望む父の反対を押し切り私は文学に憧れていた。徴兵猶予がなくなるぞと言う父を〝非国民〟と言い、かたくなに自分の進路に固執した。だが、その短い人生ももうすぐ終わろうとしている。これが自分に決められた定めだったのだ、と私は自分に言い聞かせていた。

ところで甲幹の大部分は、当時まだ十九歳から二十歳の現役入隊者か学徒出陣兵で、それも歩兵科が多かったのだが、砲兵、騎兵、輜重兵等の転科生もあり、とくに教育第六中隊には砲兵出身が多かった。そして、三十歳以上の召集による候補生も中にはいた。

配属大隊砲の浜田実候補生も、そういった一人である。召集前、彼は国民学校高等科二年の担任教諭で、令状が来た十九年九月二日は、故郷九州の大日本製粉門司工場で小麦粉増産に生徒を引率して行っていた。当時身長百六十三センチ、体重五十キロ、裸眼視力〇・〇二、結核既往症を持つ彼は、筋骨薄弱、強度の近視で第二国民兵役に編入されていた。当時すでに三十五歳になっていた。浜田は最後の思い出にと妻子を連れ、町の写真館で記念撮影をとり、両親や妻に遺書を認《したた》め、近眼鏡を買い直し、遺髪と爪を残して、すぐ満州第七国境守備隊へ送り込まれて行った。

黒河北門鎮での演習と酷寒は凄まじく、ものの三月も経たぬ内に体重は四十二キロに減じていた。それでも歯を喰いしばって耐え、甲幹六人の一人として採用が決定した。そして、石頭へ来たのである。弱冠二十歳の紅顔の若者たちと、激烈な訓練のあけくれののち彼もまた、磨刀石の死の壕に入った。

戦い前夜、遙かな雷鳴のような砲声のやんだ夜空に、無気味な赤い照明弾が上、がっては消え、上がっては消えていた。壕の中で唯一人、浜田は三十五年の生涯を思った。(万が一にも生き残ることは難しいだろう、明日か、それとも明後日、自分は必ず死ぬだろう。家族は今どうしてるだろう。何も知らず帰らぬ父を待っているだろう。和子は八歳、小学校二年、幹雄は六歳、憲二は三歳。妻は三人の子をどうやって育てていくだろう。俺は満州のいずことも知れぬところで死んでゆく。妻は戦いに倒れ、死んでしまうことはないだろう。内地もきっと今頃は戦場だろう。だが全国民が戦いに倒れ、死んでしまうことはないだろう。そのためにも、自分らはここで死ぬのだ。この上はただ、潔く戦って敵を撃つのみ。死は避けられぬ運命と知れ)

故郷を想い、わが子の将来を思うと、彼は死んでも死にきれぬ思いに駆られた。だが、日本の将来と存続を希望して精一杯戦うことだと、自分に言い聞かせた。石頭で唯一回、通信を許された軍事郵便を彼は思い出した――浜田勇様方和子殿「忠孝ドンナ時デモ君ニ忠ヲワスレルナ。コドモデモ敵ヲコロスノダ。元気一パイ勉強セヨ」八歳の長女に、彼はこう激しいことを書いた。この軍事郵便は、九月二十日、九州の彼の家に着いた。満州第七六八軍事郵便所気付満州第一三九八一部隊原口隊「岩」浜田実、取扱者村山、検閲者原口の印があり、この軍事郵便の「岩」が手がかりとなって、彼の消息調べが家族の手で始まったのは、のちの話である。

その頃、若槻挺身斬込隊は黙々と重い爆雷を背負い山中を辿っていた。道のところどころに青白く螢光板が光っていた。地雷か何かの標識であろうか、伊藤彰候補生は、それがなぜか地獄への迎え火のような無気味な思いがしていた。

明け方、あたりが白々と明け始めた頃、隊員たちは代馬溝の線路の側溝に身を伏せ攻撃待機をしていた。敵戦車群は果たして轟々と迫っていた。数メートル近くまで敵が迫った時、斬込隊を発見した敵戦車が轟然と発砲した。ドカンという爆発音に若槻隊長は「やった！」と絶叫したかと思うと、手榴弾をかざし、中村秀喜候補生（佐賀県出身・戦死）とともに斜面を脱兎のように駆け下りて行く。再び爆発音が轟き、再び隊長の姿を見た者はなかった。入佐喜行候補生（宮崎県出身・戦死）は上唇に銃弾を受け、血をふき出していた。右肉攻班、左肉攻班、攻撃班の三つに分かれて戦車侵入路を攻撃した若槻挺身斬込隊は、こうして死傷者が続出、一斉砲火の砲撃と銃撃の前に、遂に山際に退避せざるを得なかったのである。

一方、一中隊二小隊に所属する斎藤嘉吉候補生らの分隊は、大隊本部援護のため駅北側の台上に布陣していた。十二日、固い土質と血まみれになって終日取り組み、タコツボを掘ったその真夜中、立哨中の斎藤は浜分隊長から呼び出された。敵戦車が穆稜街道を外れ、牡丹江に通じる農道に進行する可能性があるので、それを阻止するため斬込隊として出撃する。準備せよ、ということである。直ちに小銃、装具をタコツボに残し、大隊本部前に集合した。

月光の中にシルエットのように猪股大隊長と、宮島見習士官が立っている。整列した浜分隊長以下五名の傍らに、各自一個ずつの急造爆雷が天幕に包んであった。命令が下達され、出発直前、本部付曹長の手によって飯盒《はんごう》の蓋に蜂蜜が水盃代わりに入れられた。別離の乾杯である。さらに握り飯一個ずつが五名に配られ、それを紙包に包んだ時、猪股大隊長が低いがよく透んだ声で、静寂を破ってこう言った。

「もう一個ずつ持っていけ」星のきれいな静かな夜であった。斎藤は今でも大隊長のこの言葉が耳の底に残っていると言う。爆雷を背負い、本部付候補生たちの無言の別れを背に、死出の旅立ちである。宮島一郎見習士官（群馬県出身・戦死）は、隊列にひたと付き添い、山道のところまで一緒に行くという。部落のはずれに、一人の道案内役が待っていた。どういう人なのか、地方人であったという。星明りを頼りに、対戦車壕等の障害物を避けながら、第二、第三中隊の布陣する側を通り抜けて行く。タコツボの中から殺気のような気合いと、無言だが鋭い声援が五人を包んだ。黒ずんだ山なみの向こうに、まだ異常は感じとれない。やがて、「しっかり頼むぞ」と別れの言葉を残して宮島見習士官が、闇に消えるまで五人の候補生を見送った。

しばらく進むと、道路右側に少し離れ河が流れていた。その向こうは小高い山で、橋に通じて山道が延びている。道案内が「この道が牡丹江に通ずる道路である」と言い残し、来た道をゆっくりと引き返して行った。あるいは特務機関員であったかも知れぬ。

橋を渡りゆるやかな傾斜の山道を登り、小高い山頂に出た。夜はようやく白み始めている。かすかに轟音が聞こえ始めた。後方に見下ろす道路の彼方からであった。じっと音の方向に眸をこらすと、濛々たる砂塵の中から黒牛のような隊列が姿を現わし始めた。巨大な戦車群、そしてそのあとに歩兵を満載したトラックが、列をなしてゆっくりと前進しているのが一望のもとに見えた。戦機熟せり、いよいよきょうが最期の日か、と斎藤は思う。その時、戦車

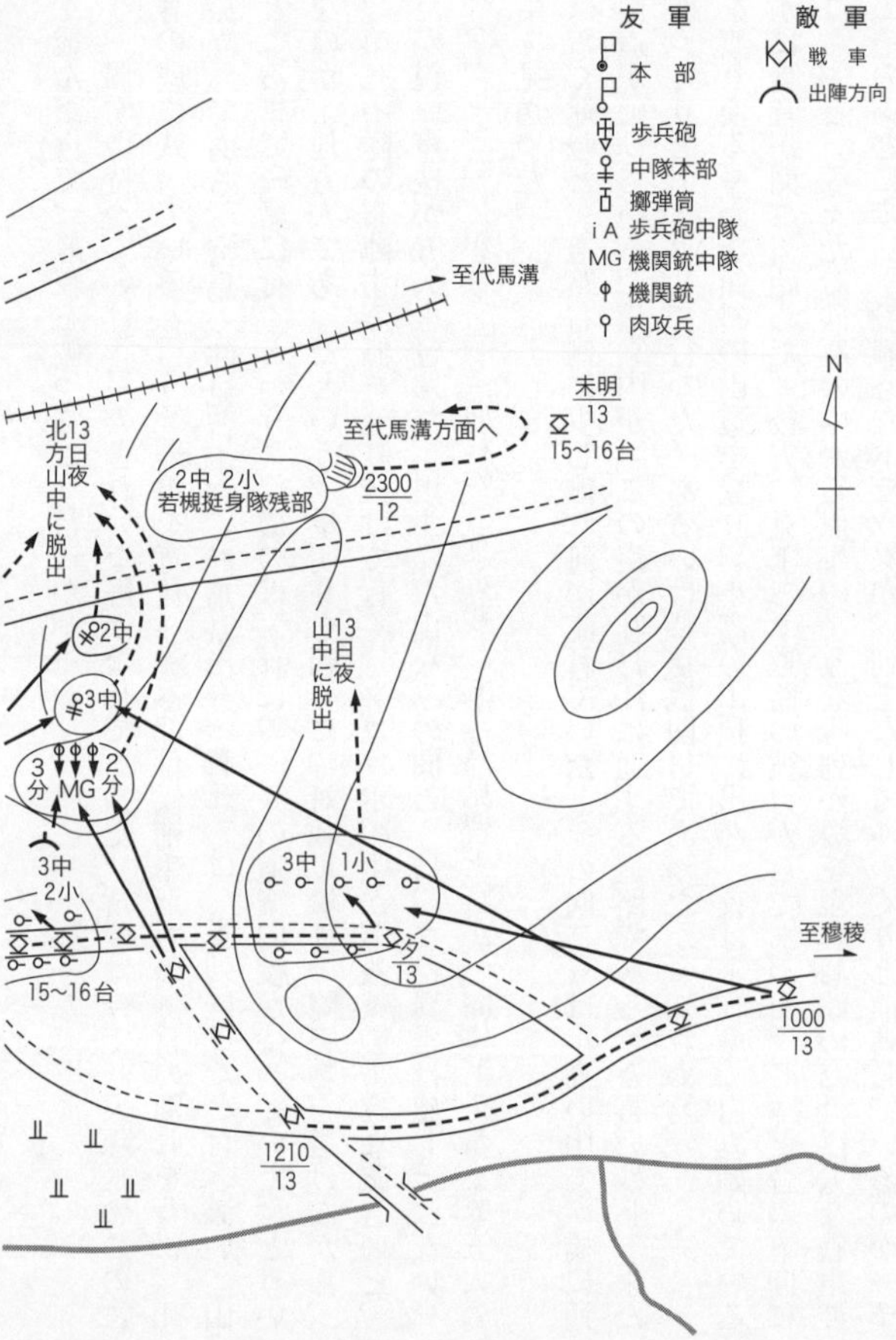

友軍
本部
歩兵砲
中隊本部
擲弾筒
iA 歩兵砲中隊
MG 機関銃中隊
機関銃
肉攻兵
敵軍
戦車
出陣方向
至代馬溝
N
未明 13
15〜16台
至代馬溝方面へ
2300 12
2中 2小
若槻挺身隊残部
北方山中に脱出 13日夜
山中に脱出 13日夜
2中
3中
3分
MG
2分
3中
2小
15〜16台
3中 1小
夕 13
至穆稜
1000 13
1210 13

猪股大隊戦闘概要図

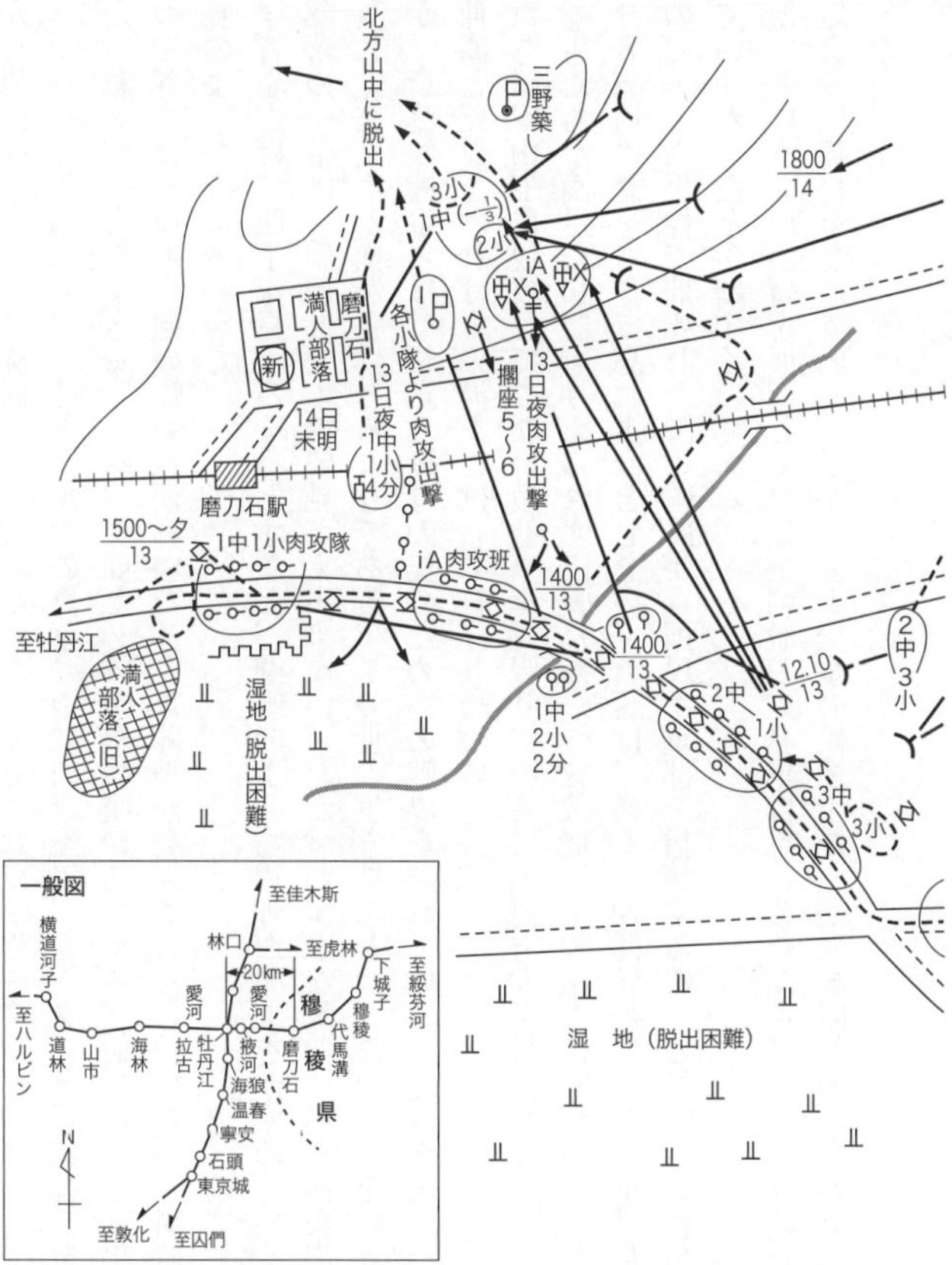
北方山中に脱出
三野築
1800
14
3小
1中（−1/3）
2小
iA
満人部落
磨刀石
新
各小隊より肉攻出撃
13日夜1中1小4分
14日未明
擱座5〜6
13日夜肉攻出撃
磨刀石駅
1500〜夕
13
1中1小肉攻隊
iA肉攻班
1400
13
至牡丹江
満人部落（旧）
湿地（脱出困難）
1400
13
1中2小2分
2中
1小
12.10
13
2中3小
3中
3小
湿地（脱出困難）
一般図
至佳木斯
林口
至虎林
横道河子
20km
下城子
至綏芬河
愛河
愛河
穆稜
至ハルビン
道林
山市
海林
拉古
牡丹江
掖河
磨刀石
代馬溝
穆稜
県
海狼
温春
寧安
石頭
東京城
至敦化
至図們
N

群の中から急に砲をこちらに旋回させる戦車がいた。発見されたか⁉

「伏せッ」パッと散開して、一メートル余の夏草の中に肉攻配置、キャタピラ音に神経を集中させた。殺気が全身をよぎる。一瞬、突如として重機の腹にこたえる連射音がうなり出し、鼓膜をつんざくような戦車砲の炸裂音が轟いた。友軍陣地が発見されたに違いない。瞬時にして雷鳴のような音に変わった。

思わず背をあげて眼下を見下ろそうとすると、悲鳴のような流弾が頭上をかすめていく。磨刀石部落の一帯は、硝煙と土埃で望見さえ出来ない。だが、わずかな隙間に真っ赤な焔と黒煙が激しく交叉する様が手にとるようである。この世の生き地獄とは、このことをいうのだろうか。斎藤候補生らは、斬込み挺身の任のためあの戦場を離れている。それが辛かった。一緒に仲間と死ななければ……涙をこぼして見守りつづけた。

斎藤たちは、山上に侵攻してこない敵戦車を見限り、のちに掖河方向を目指して行くのだが、候補生たちが満足な兵器も与えられず肉弾ただ一つで敵機甲部隊阻止に向かわされた悲劇を、今も痛憤の念をもって忘れようとしない。斎藤は、多くの仲間候補生の惨死を目撃し、今もあの二・二六事件で刑死した渋川善助が「国民よ軍部を信頼するな」と絶叫した言葉は間違っていなかったと述懐するのである。

関特演、という名の演習を展開してソ連を刺激し、赤軍に挑戦した関東軍は、今その報いを受けるように痛打を受けている。しかも徒手空拳の候補生たちが死を賭して向かわせられたのだった。

肉攻　候補生散華

砲撃熾烈

夜が白々と明け染めた頃、大隊最前線の彼方に当たって異様な轟音が聞こえ始めた。ゴーッ、ゴーッ　それはまるで地鳴りのように地を匐いながら刻一刻近付いて来るようである。遥かな稜線一帯にわたって濛々たる土煙に包まれている。（遂に来たか！）じっとかがんでいるタコツボの壁に、ジリジリジリと轟音が響いて来る。みな息をのんで耳を傾けているのか粛として声もない。

「みんな、聞こえるか。近付いたぞ、急造爆雷は各自出来ているか」隊長が穴から穴へ飛び回っては叫んでいる。轟音は次第に近付く。まるで地獄の底から響いて来るような地鳴りは、次第にその音を増幅し濛々たる土埃をあげながらじりじりと迫って来る。砲撃はまだ始まらぬ。南進を急ぐか敵は、大胆にもこの街道を強力な伏兵のいるのも無視した如く、山を登り始めたようである。敵戦車群が我々の肉攻配置している道路上に一線になるまでは断じて沈黙せよ、の命令である。（我ら候補生ここにあり。代馬溝のような訳にはいかんぞ）この陣地で必ず喰い止めてやると唇を噛んだ。

我々二中隊肉攻班は、道路最先端の三中隊肉攻兵とともに爆雷を抱え、一人一輌、戦車に体当たり攻撃をする。まさにこの日は、我々の最期の日となろう。もはや思い残すことなし。あとは爆破に成功することだけが、この世に残された最後の仕事である。

代馬溝方向から、一騎の騎馬斥候が飛んで来た。草色の軍服に長靴の将校である。

「来るぞー、来るぞー！」雄叫びにも似た声を轟かせながら走り抜けて行く。耳を澄ませば、遙かに地鳴りのような轟音が耳朶を打つ。戦車遂に現われる！　思わず身震いする。轟々と遠雷にも似た地鳴りが、激しくなり始める。稜線は濛々たる土煙で、視界が遮られる。地鳴りにも似た轟きは、刻一刻と近付いて来る。

汗と雨で茶色に変色した〝旭光〟を胸一杯吸い込みながら、私は次第に近づいてくる轟音の中で静かに自分を顧みる余裕が出来た。わが猪股大隊も、第三野築の工兵隊も全軍あげて最後の突撃の機会を待っている。待てどももはや、一機の友軍機来らず、また援軍を期待するにはあまりに敵戦車の侵攻は快速で、しかも広汎《はん》な戦線にわたっていた。従軍記者のいないこの戦場で、故郷の人たちにも知られず、よし全員満州の土と化そうと、功を誇らず潔く護国の鬼となろう。

――ソ連側の資料によれば、八月九日未明、綏芬河、観月台正面より国境を突破し進撃したのは、カ・ア・メレツコフ元帥麾下の第一極東方面軍で、機甲一個軍団に四つの一般軍と航空軍から成る大兵力であった。そして候補生たちが肉攻壕で待ち構えるわが第五軍の正面に雪崩を打って向かって来たのは、奇しくも同じ兵団番号のソ連赤軍第五軍であり、それは第十七軍団、第六十五軍団、第七十二軍団、第四十五軍団と戦車二個旅団から成り、火砲実に三千五百九門、カチューシャの異名を持つロケット発射機四百三十二基、戦車、自走砲七百二十輛を擁していた。率いるは歴戦の将メレツコフ、ドイツ撃砕の余勢を駆って進撃して来るのである。

見えた！　何という夥《おびただ》しい戦車群であろう。眸を凝らすわが眼に、前方北側の山上を迂回して道路に侵入して来る戦車を発見！　時速約二十キロと推定される敵戦車は、その間にそれぞれ三輛の自動貨車（トラック）、装甲自動車等を擁しつつ、傍若無人に近付いて来る。穆稜《ムーリン》からの道路上に黒々と犇《ひし》めいて接近して来るのだ。まるで黒い岩の塊のような戦車、あれがスターリン戦車というのか。二中隊の寺戸章兵衛候補生は、その時、戦友の榎本彰平候補生とともに本部へ飯上げに行っていたのだが、「敵がすぐそこまで来た。すぐ帰れ」と追い返され、腹を空かした戦友たちに申しわけないと思った。だがそれどころではなかった。

ダダダダダッ、突如銃撃が始まった。発見されたか！　思わず乗り出して見た左翼最前線にわたって、先頭戦車の銃口がさかんに火を吐いているのが見えた。戦車はゆるゆると進んで来る。突然、その砲口が尖光を発し腹に響く発射音をあげて砲撃を開始した。グォーッグワーンッ――何という凄まじい音だ。煙突を横倒しにしたように、太く長いその巨大な戦車砲はほとんど水平射撃をもって砲撃を始めた。午前十時頃であった。砲撃は正確に北方台上の三中隊指揮班の主力陣地を狙っている。砲撃を縫って、けたたましい機銃のうなりが断続して聞こえる。そして遂に、三中隊の肉攻小隊も発見されたらしく、しきりに壕の付近に黒煙が巻き上がる。だが、熾烈な砲撃を浴びながらも陣地は沈黙を守りつづけている。あくまでも敵軍を陣地内に引きつけ、一挙に撃滅を意図しているのだ。二中隊の村瀬勝海候補生はヒュルヒュルドカンと爆発する戦車砲の炸裂音がミズオチを打ち、そのたびに腹に力に入れては息をとめた。

大きく無気味な尾を曳いて、凄まじい炸裂音が後方台上に間断なく巻き起こる。指揮班は大丈夫か。三中隊は？　私は銃を握りしめたまま、タコツボの中から台上を振り仰いだ。グワーンッまたまた激しい砲声。狙われる主力陣地は濛々たる砂塵と黒煙に掩われて姿が見えぬ。

――集中砲火を浴びる第三中隊指揮班は、その日早朝、田中治諸指揮班長が二名の候補生を連れ将校斥候として前線偵察を強行していた。そして眼下前方三キロメートル付近に敵戦車数輌を発見した田中見習士官は、直ちに戦車の色、歩兵の服装等を併記して報告書を認《したた》め、小山享候補生に持たせて大隊本部に急行させている。ソ連戦車を全軍の中で真っ先に見たその指揮班のある第三中隊が、真っ先に今攻撃にさらされているのだ。

道路最突端に近く、死の待機をしていたのは三中隊一小隊の広瀬三郎候補生、近藤吉秋候補生たちである。戦車発見と同時に軽機の射撃を開始、たちまち戦車砲の集中砲火を浴びた。そして来襲した敵戦車群が台地下で停止して猛烈な銃砲撃を繰り返した。友軍の十五榴が頭上で炸裂し、小隊は全員壕に潜んで爆雷を抱きしめつづけた。

壕の応射が途絶えると敵歩兵がマンドリンを連射しながら壕の側を通って行く。広瀬の頭上にも幾度か銃弾が鳴り響いた。同じ一小隊の谷内清行候補生の目前に二人の敵歩兵が迫っていた。マンドリンを腰だめに構え向かって来る。「おい、射つぞ!」左隣りから押し殺した声がする。「いや、射つな」歩兵は射つな! 戦車をやれ! と命令されていたからだ。だがこらえ切れず引鉄《ひきがね》を引く。途端にギャーッと悲鳴をあげながら、谷内らのいる壕に乱射を浴びせ逃げて行く。敵弾は壕の後壁に土煙をあげて射ち込まれる。「やられた!」左隣りの候補生の額から血が溢れ出している。

――その頃、台上の三中隊指揮班は眼下に迫って来るおびただしい戦車群を凝然と見つめつづけていた。指揮班菅原三郎候補生は、その戦車の本体も砲もかつて見たことのない巨大なのに驚き、これが百五十輛も来るのでは勝ち目はないかもしれぬと考え、軍用箋に遺言状を書いて鉄帽の中に入れた。大隊本部からの伝令では、敵戦車八輛、次は十五輛、三回目は一挙に百五十輛という。そして伝令からはそのつど、敵戦車が全部この盆地に入ってから一斉攻撃をかける、それ以外勝ち目はない。小銃一発といえども撃つな。この命令が繰り返されていた。

崖の頂上に陣地をつくった二中隊指揮班に、本部から弾薬を受領して帰って来たのは白井信三候補生である。

小銃実包三千発がぎっしりと詰まった弾薬箱は小さな肩に喰い込み、足をとられ岩だらけの道で何度も転んだ。（戦争がはじまる。急げ！）目の眩むような思いで、彼は崖を攀《よ》じ登り始める。歯を喰いしばり、草をつかめばブツンと切れてズルズルと落ちかかる。土に爪を立て、両手の爪で匍匐《ほふく》しながらようやくの思いで匐い上った。

「指揮班長殿！　白井候補生、弾薬受領から帰りましたッ」「よしッ、ご苦労！」

彼は自分のタコツボに飛び込み、上衣と襦袢をぬいだ。石ばかりで深く掘れなかった彼の壕は棺桶のように浅く、横に長かった。あおむけに横たわり、ばんやりと空を見上げる。おびただしい汗がふき出し、弾薬庫の前で呑めるだけ呑んだ水は、全部出てしまったろう。

穴の中から見る空は美しく澄み、白い雲がひときれ、静かに流れていた。白井はその時ふと、在学時代長距離選手として最後を飾った、靖国神社から神田を抜けて板橋の志村清水町まで、十二キロメートルを完走した駅伝の日のことを思い出した。（あの日も暑い暑い日だった。空が美しかったなあ）そして、間もなく終わる二十年の生涯が、思えば短かったなと噛みしめていた。

「敵が来るぞーッ」突然その時、太田中隊長の声が響き渡った。彼は夢中で、肌にビタビタとくっつく襦袢を身に付けた。隣りのタコツボから宗像栄松候補生が、恐ろしい形相で鉄帽の頭を出している。嵐の前か、異常なほど無気味な静けさだ。と、遙か代馬溝方向に一瞬の動きを見てとった。かなたの峠の頂上を越えて、明らかに戦車が一輌、二輌……。カブト虫のように次々に見え出す。味方十五榴《りゆう》が、轟然と火ぶたを切った。戦車は次々に繰り出し次第にその姿を大きく現わして来る。その砲という砲がピカリ、ピカリと閃光を光らせる。遠雷のように砲声がこだまし始める。肉攻壕からも擲弾筒班が射撃を開始、同時に軽機がうなり出した。

その時、

「白井ーッ、白井候補生！」中隊長の声である。シュルシュルシュッシュッと頭上にうなる砲撃の下を、無我夢中で中隊長の壕へ飛び込む。

「貴様、うしろの方に小高い岩山があるが、あれだア、判るか！」「ハイッ……」「あそこへ行って、線路沿いの小径から敵が来るか見張れ。発見したら報告しろ。合図は打ち合わせて行け！」

「はい、すぐ行きますッ」

白井は怒鳴るように復命し、自分の穴に駈け戻ると擬装網をかぶった。宗像が匐って来て、肩と背中に草を付けてくれる。仲間から一人離れて行く白井は、体の震えが止まらなかった。草いきれの中を匍匐で進み、しばらくして直径一メートルほどの石がごろごろとしている所へ出た。石の間を隠れるようにして、崖を登って行く。すぐ頂上へ出た。くまなく見渡したが、前方の小径に人影はない。指揮班の位置は草の擬装に掩われ、さだかでないが、彼は宗像と打ち合わせておいた通り、手を大きく二回振った。しかし応答はない。さらに二回、だが応答はなかった。砲声は、いよいよ激しくなって来た。

その時、線路沿いの小径より右手の草原を、転がる石を遮蔽物にしながら二人のソ連兵が、こちらをうかがっては登って来るのを発見、敵の斥候か。背すじを、汗がすーと流れる。彼はじっと息を殺し見つめつづける。二人ともマンドリンを首にかけ、腰だめ射撃の姿勢で近付いて来る。白井は銃をまっすぐ上に伸ばし、左右に振った。敵発見の合図である。（宗像、見てくれ！）祈りつつ二回振った。

敵は気配を察したか、岩陰に身を寄せ、いきなり頂上めがけて射ち込んで来た。彼の回りが激しく掃射される。初めての実戦だった。心細いことこの上ない。助けを求めるように、血走った目で指揮班の方向を見る。と、三人の候補生と一人の教育助教の下士官が岩陰伝いに散開し、各個前進してくる姿が目に飛び込んだ。敵兵は、すぐ目の前三十メートルほどの所まで接近して来ていた。白井は、岩山からぐっと身を乗り出し、三八式歩兵銃を構えた。一瞬、敵のマンドリンが火を吐く。彼の回りに砕けた石が飛び散る。右手に、キラリと光るものが目を射た。支援の候補生が着剣した銃を構え、今にも飛び出そうとしている。

（奴を殺してはならない）彼はその時、手榴弾が雑嚢《ざつのう》にあるのに気付き、二発をとり出すと、歯で安全栓を夢中で引き抜き、力一杯岩に叩き付け敵に投げた。つづけてもう一発……。ズシーンズシーンッ、手ごたえのある響きが伏せている全身を襲った。硝煙の中に彼は身を乗り出し、下を見た。夏草が風に揺れ、あおぐさい匂いが鼻に迫った。ソ連兵は、影も形もなかった。死んだのか、逃げたのか。

――白井候補生は、夕闇迫る頃までこの岩の上に頑張った。激しい砲撃で耳はほとんど聞こえなくなっていた。西の空が紅く染まる頃、ソ連戦車の戦車砲弾が、赤や青の美しい光の尾を曳きながら、猪股大隊の本部と思われる辺りへ吸い込まれていくのが、異常なまでに心に灼きついた。彼は今でも、その光の条を時々思い出し、ハッとしたように故郷の空を見上げることがあるという。

肉弾突撃

敵は肉攻陣地を察知したか、小隊の位置を避けて本道に沿って前進中である。

正午頃、本道を北上する戦車は台上の機関銃中隊を発見した。砲撃が始まった。けたたましく重機がうなり出した。その時、二輌の戦車とともに約一個中隊の敵歩兵が砲撃の支援の下に、重機関銃座へ向かって進撃を開始したのを知った。腰を低くし、戦車のうしろにへばりついて山を登り始めている。(くそッ今に見ろ!) 汗でべとつく銃把を握りしめ、私は地団駄を踏んだ。

ヒューールヒューールッ。突然、頭上で空気を切る凄まじい音に思わず首をすくめる。ふと私は、隣接三中隊の方向に轟々と轟くキャタピラの音に気付いた。すぐ間もなく、肉攻陣地一杯に小山のような戦車が姿を現わして来た。

見ればすぐそのあとをトラックに十数名の歩兵が銃を肩にぶら下げ、鉄帽も冠らず車上で揺られている。何たる大胆不敵！　わが陣地はまだ発砲しない。タコツボの壁が、ボロボロと崩れ始めた。若い兵士がいる。上半身裸で、戦車の砲塔から首を突き出しているのも見える。耳を聾《ろう》するキャタピラの轟音、グァラグァラッとまるであれは悪魔が足を曳きずる音だ。激しい重油の灼けつく匂いがここまで一面に漂い出す。我々は最早これ以上沈黙を守ることが不可能になって来た。だがわが陣地からはまだ遠い。（早く来い、早く来い！）来たらここで刺し違えて死ぬ、と私は身を固くしてその戦車を凝視しつづけた。

その時、台上斜面の擲弾筒班がボーンッグワーンッと応戦し始めた。陸軍自慢の秘匿兵器である。進み来る戦車の周辺に黒煙が吹き上がるが、相変わらず戦車は轟々と進みつづける。その時、歩兵の一団がバラバラッとトラックから飛び降り、腰だめ射撃の恰好で歩き始めた。戦車は三中隊肉攻壕のすぐ側まで迫っている。（肉攻どうしたッ）思わず叫ぼうとした時、おお見よ、隣りの三中隊二小隊からバラッバラッと肉攻班が躍り出た。指揮班の菅原はその様を視界にひたととらえた――。

突然一人の肉攻手が飛び出すと、爆雷を道路にすえて伏せた。徐行の戦車は三、四メートル手前で止まった。腹匐いの肉攻手は爆雷を押して戦車の下に入ろうとしたが、直前で轟然と爆発した。あっという間の出来事である。戦車に添乗のソ連兵もマンドリンを撃たなかった。爆煙は眼前、高さ五十メートルぐらいまで真っ黒にふき上がり、その尖端で胸から上のなくなった半身が遠心力で巻脚絆の両足を開き、銃剣とまた剣先が外側に振られ、切断部から真っ赤な血を撒き散らしながらぐるぐる回転し、しばらくして元の位置に落下した。そして戦車砲の一斉砲撃が始まった。遂に肉攻陣が布かれていることが発覚してしまったのだ。これが磨刀石猪股大隊の運命を決した――と菅原候補生は言う。

この日、見渡す限り雲はなく、無風状態のまさに日本晴れであった。道路の両側にいる肉攻候補生に対する砲撃は猛烈を極め、しばらくつづき、ピタリと止む。だが何も見えない。砲煙と土煙が無風状態のため飛散しないのだ。見えて来るに従い、そこには阿鼻叫喚の地獄が現出していた。途端にまた、指揮班の位置からは姿の見えない戦車から一斉砲撃が加えられる。これが何回繰り返されたことだろう――菅原候補生はこの世のものとも思えぬ死闘をこう見た。

東典雄候補生（熊本県出身・戦死）が先頭切って肉攻に躍り出たのを、二中隊の林田眞候補生は息をのんで見た。

肉弾学徒候補生――文字通り肉弾と化した幹部候補生の死の戦いはこうして始まった。

ピカーッ、ズズーンッ。また一瞬物凄い閃光がひらめくと、黒煙が戦車に蔽いかぶさる。（やった、やったゾッ）激しく動悸《どうき》が打ち鳴る。またまた小さな体が、バラバラッと飛び出した。四角い爆薬の箱を、しっかと胸に抱きしめた戦友の姿。一瞬、天地の裂けるような轟音が轟き、黒煙の中に戦車が停止するのが見えた。これを目撃する壕の中から思わず喚声が上がる。

だが突如真っ赤な焔が敵戦車の砲塔の下側から吐き出した。火焔放射機だ。バリバリバリッと地上を低く散開して進んでいた敵歩兵が、腰だめ射撃を始めた。また一人、わが肉攻候補生が飛び出た。だが、火焔放射機の焔に巻き込まれ、凄まじい轟音とともに自爆した。だが何ということだろう。擱坐したと思えた敵戦車が、再びグワッグワッと動き始めた。爆雷攻撃は不成功なのか！　その進む戦車の側面を、自動小銃を射ちまくりながら歩兵が歩いていく――。

ガラガラと進む戦車の陰からまた敵の歩兵が姿を見せた。バラバラと飛び出して来ると、肉攻壕に潜む候補生を狙い射ちにマンドリンと火焔放射機で掃射を始めた。見下ろす擲弾筒陣地からは、それが手にとるように見える。真っ赤な焔が吸い込まれるようにタコツボに突き刺さり、のけぞる候補生の姿が見えた。壕の真上に立ちはだかり、穴の中に射ち込む敵兵がいる。

満を持していた二中隊の土本吉夫候補生たち狙撃隊は、怒りにふるえた。「この野郎ッ」と絶叫して身を乗り出したのは、土本の隣りに布陣していた山近浩候補生（石川県出身・戦死）である。小柄で痩身の土本とは対照的に頑健無比の体躯で、大胆不敵にも上半身をあらわに、肘を直角に張り銃を正しく構えて射ちまくる。

急に片手を高々と上げ手をひろげると、「これで五人目だ！」と土本に太い声をあげた。右隣りには、北支から一緒に来た梶原弘候補生がいた。一発ずつ確かめるように、慎重に狙撃をつづける。土本は唖然とした。勇敢なのか無知なのか、ソ連兵たちは中腰の恰好でマンドリンを構えながら、ノソノソと歩いている。頭には布の軍帽だけで、腰に何かぶら下げていた。（これではみんな命中してしまう）敵であるのに、ふとそんなことを思う。愕然と思い直し、夢中で引鉄を引く。崩れるように斃れるソ連兵を見て、彼はあえて下半身に狙いを定め直し、射ちまくった。

(こいつを殺さなければ、味方が殺されてしまう)何度か、そう自分に言い聞かせながら……。

斃れたソ連兵を仲間が戦車の陰に引きずり込んでいく姿も見られる。新手の敵兵は次から次へとトラックから、戦車のうしろからイナゴのように群がり出て来る。土本たちは直ちに擲弾筒攻撃に切り換えた。山近、梶原と一つの壕に飛び込むと、眼下の敵に瞬発信管の榴弾を叩き込んだ。

「弾込め!」「よしッ」右側からストンと榴弾を筒口に入れると、皮の引鉄《ひきがね》を引いてズドンと射ち出すこの陸軍秘匿兵器は、のちに敗戦後ソ連軍が真っ先に探し回った恐怖の兵器である。弧を描いて落下していく榴弾は、次々に敵戦車に命中。だが飛び上がって喜んだのも束の間、轟音の中に一瞬停止はするがすぐ動き出す。「畜生! だめだ、弾《はじ》き返されてしまうッ」「よし、天蓋を狙え!」ほとんど筒を水平射撃にして射ち込み、命中させていくがどの程度の損害を与えているのか見当もつかない。中には道路をそれ、後退していく戦車もある。その傍らにうずくまり、あるいは倒れているソ連兵の姿もかなり見られた。

突然、砲撃が激しくなり、擲弾筒陣地が狙われ始めた。マンドリンの敵兵たちが、台上を攀じ登り始めた。大地を震わせて近くに落下する砲弾のため、土本は匐い戻った自分のタコツボの周囲が崩れ落ち、次第に浅くなっていくのが気になって仕様がない。乗り出すように身をのけぞった途端、キィーンという金属的な爆発音とともに物凄い熱風を全身に感じ、彼は壕の中へ叩き付けられた……。

（先生や友だちと一緒にタンポポやスミレの花が一杯咲いている田舎道を歩いていた。小学一、二年の頃の遠足だったようだ。皆で大きな声で歌いながら歩いていると、山の向こうの方から祭りの太鼓が聞こえて来た。ドンドン、ドンドンとだんだん激しくなって来る……）

ザザーアッと頭や首筋に土砂が落ちて来て土本は目を覚ます。生死の境をさまよい、ふとわれに返って左右の壕を見ると、梶原、山近とも元気らしい。急に下の方からソ連兵のかん高い話し声が聞えて来た。壕から首を出して見ると、二、三十メートル下から数名の敵兵が用心深くマンドリンを構え、バラバラバラと断続的に射ちながら近付いて来る。土本はとっさに手榴弾を発火し投げ下ろした。悲鳴をあげながら敵は転がり落ちていく。すぐ報復攻撃が始まった。頭上で弾《はじ》ける音と火花が土本を壕に釘付けにした。いよいよ最期の時か、土本はそう思い、浅くなってしまった壕の中にあお向けに寝そべると、大胆にもタバコに火をつけた。

法政大学予科時代の楽しかったことだけが走馬灯のように通り過ぎていく。ふしぎにゆったりした静かな気持だった。

重機関銃は道路を見下ろす小高い山に陣地を構築していた。小山小隊である。その前日、指揮班長一ノ宮賢二郎候補生は、石ころだらけの浅い壕に横たわって、明日は戦闘になるだろうと考えながら夜空を眺めていた。(俺は田舎の学校を出てそのまま満州に来てしまった。もう三年になるなあ。一度帰っておけばよかった。親は元気だろうか)星が小さく瞬き、その上をうっすらと雲が時々よぎっていく。明日は死ぬかもしれぬ。祖国のために死ぬ。それでいいんだ、と自問自答していた。

――そして十三日、十一時過ぎ、前方の三角山の裏で戦車のキャタピラの音が聞こえて来た。いよいよ来たと思う。音は次第に大きくなり、やがて岩石を重ねたような大きな戦車が正体を現わした。十一時二十分を針が示していた。長い砲身が震え、兵士が四、五名ずつ跨乗している。悠々と前進しながら、一輌、二輌、三輌とつづく戦車砲が火を吐き、大隊本部方向へ集中砲火を浴びせている。突然轟音とともに真っ黒な煙が三輌目の敵戦車に吹き上がる。肉攻が開始されたのである。「やったーッ」と躍り上がる重機関銃陣地。だが突然、前方の三角山を横隊になって、敵歩兵が前進して来た。

戦機熟せり、今だと判断した一ノ宮候補生は、「小隊長、攻撃開始!」と発射を進言。敵歩兵の散開を凝視していた小山見習士官は、五秒、十秒……と満を持し、銃座が苛立ち出す。敵は山の斜面に向かって一列に並び、互いに口笛を吹き、肉攻壕から銃声がすると、匍匐《ほふく》して手榴弾を集中し、銃声を確かめ進んで来る。口笛の音はますます高く、近くなって来る。「前方三〇〇、射撃用意終わり!」四番手中山義隆候補生が低く叫ぶ。遂に敵兵の胸毛まで見える距離に来た。あと五十メートル、「ヨシッ」中山は決意を二番に目で示す。二番が今まで偽装に掛けていた木枝をパッとかなぐり捨てた。その時、発射の命令が鋭く下った。間髪を入れず一ノ宮は「一分隊射てッ」と号令、四番射手は上体をぐっと張ってたちまち発射を始めた。前にいた敵兵二十五、六名が一瞬の内に倒れ斜面を転がって行く。無我夢中でボタンを押しつづける。敵は全く斜面にへばりついてしまった。がすぐさま、機関銃座に集中攻撃して来る。その時、東北出身の二番の装塡手が左頸部から真っ赤な鮮血を吹いてのけぞり、機関銃の上にかぶさった。

「おいッ」と中山は抱き起こしたが全然反応がない。即死である。一秒たりとも猶予は出来ず壕の中へ引きずり込む。タコツボにいる候補生は、敵の射撃が停止したと見るや、てんでに手榴弾をぶっつけ出した。コロコロと斜面を転がっては敵中で炸裂する。二番をやられた四番手中山は、左手で装塡しなければならず気が気でなかった。

機関銃弾は重々しい音を轟かせながら飛び出していく。銃身はすでに真っ赤になっていた。だが故障一つ起きない。その時、くぐもった銃声が中山の右肩にし、突然ばったり倒れた。左手を回して触ってみるが血は付いていない。だが機関銃に匐い寄りボタンを押そうとするが、右手が利かない。ふと見ると右方に血が滲んでいる。「四番射手射撃不能、交替！」中山は声を張り上げた。ひったくるように三番が代わって、射ちつづける。だが敵は死角に入った。とっさに一ノ宮は「陣地変換！」と叫び、走り寄って重機を引きずり下げた。

友軍の十五榴がうなり始め、敵戦車の頭上を越えて重機小隊の上にも落下し始めた。

ふと小山小隊長の方を見ると、姿がなかった。やられたかと思い「隊長ッ」と叫ぶ。「オーイ」と聞き馴れた声が返ったが、少しうしろに立っていた隊長は、手から血をこぼしていた。右手を撃ち抜かれて鮮血が溢れているのだ。どのくらい射ちつづけただろうか。敵兵の姿が見えなくなり、陣地をうしろの高粱畑へ移動することにする。三脚を担ぎ上げ、一気に駈けた。再び銃を据え、攻撃の時機を待ちつづける。

——陽が沈みはじめ、俄か雨が降って来た。雨で葉音を立てる畑の中に散開して、左手後方の窪みから無気味に砲塔をこちらへ向けている敵戦車を警戒する。砲声は、ようやく静まり始めていた。何時間経ったのだろうか。（早く起きなさい。学校に遅れるよ）一ノ宮はふと、母親の声を聞く。いつの間にか眠りこけていたのである。目を凝らすと、暗い稜線を人が動いている。友軍が移動のようだ。一ノ宮は急いで近くの戦友を起こした。

肉攻壕蹂躙

敵の巨大な戦車砲は、正確に台上歩兵砲中隊の方向に集中攻撃をつづけている。グワッグワッ、ヒュールヒュルヒュル、頭上すれすれに砲弾が擦過音をあげながら吹っ飛んでいく。物凄い風圧だ。私の鉄帽がフワッと上へ持ち上がり首を激しく締め付ける。ハッとして銃を執り直した時、隣接三中隊の背面から突如として戦車が近付いて来るのを発見した。その距離わずかに五十メートル、敵はしきりに歩兵砲陣地方向へ砲撃を加えている。道路を外れ波のように揺れながら、その無気味な姿を近付けて来る。戦車砲は上下に震え、目の眩むような閃光をひらめかせる。歩兵がその真下を進んで来る。

激しい銃声が付近の壕から始まった。遂に攻撃の時は来た。夢中で引く引鉄《ひきがね》。一瞬ピクッと背を震わせそのまま動かない敵兵。無我夢中で射ちつづける候補生。二発、三発、五十メートルと離れていないこの穴から、標的のように大きな目標を狙撃するのだ。銃声はしきりにつづく。その時、あの無気味な砲がぐうーッと向きを変え始め、ピタリとわが陣地へ水平射撃の位置に構えた。しまった、発見されたぞ！　急いで銃を引っ込める間もなく、五体を引き裂くような炸裂が天を掩った。頭が痺れ、壕の中で体を叩き付けられた。ふっと意識がなくなりかけた時、また頭上から激しい炸裂音が轟き、ザザーアッと土砂が舞った。

遂に全滅！　意識の薄れかけた脳裡にそんな思いが一瞬かけ巡る。思わず首を上げた瞬間、眼前に轟く炸裂音――耳の奥がガーンと鳴り、首がぐいと締め付けられた。目を焼き爛《ただ》らす閃光がひらめき、気を失いかける。瞬間、またもや叩き付けて来る土砂にハッと我に返り、一発また一発、夢中で狙い射つ。次第に意識が遠のく。（おかしい、どうしたのか。しっかりしろ、しっかりしろ）と、声にならない声で叫びながらも、この夢うつつがつづくのだ。とその時、見えない網膜に母の顔が空一杯に浮き上がり、私を見下ろしている。

お母さん、どうしてこんなところに――思わず手探りに腰を浮かそうと焦った。不思議な魂の遊戯がハッと我に返らせる。首と肩が、丸太棒で撲られたように重い。砲口にひらめく閃光、左右に首を振りながら射ち込まれて来る敵の機銃が、すぐ眼前に絵のように見えるのに、どうしたことか耳が全く聞こえぬ。音のない世界で閃光と黒い硝煙だけが辺りを包む。

その時、タコツボの中の下半身が土塊で身動き出来なくなっているのに気が付き、冷水を浴びせられたようにゾッとする。

グォーッという激しい地響きが壕を揺るがす。土砂が叩き付ける。見上げる空は一面どす暗く、硝煙と土煙でまるで地獄絵そのままである。一瞬、物凄い風圧が私の鉄帽を引っ張った時、急に耳がガーンと鳴り、痛いほど音が聞こえ出した。事態はすでに最後の時へ来たようだ。凄い熱気とたぎる重油の匂いが壕を掩う。視界はほとんどなくなりかけていた。ただ、キャタピラの音だけが噛み付きそうにすぐ眼前をよぎっていく。

敵はわが壕に気付かぬのか。隣接小隊はすでに全滅か、肉攻の閃光は見えない。銃声も途絶えているようである。小隊背面と肉攻陣地を蹂躙した敵は、大隊本部の方向へ向けて進撃していくようだ。戦友たちはどうしたか。タコツボの中で両足を引っぱり出そうとするが、どうしても抜けない。目を凝らして見ると、すぐ眼前に二、三名の候補生がキャタピラの轍《わだち》の中に圧死している。肉攻のその直前、戦車に踏みにじられたのか。ソ連兵の屍体があちこちに見える。部落の方向に黒煙が上がっている。大隊本部も壊滅したのだろうか。歩兵砲陣地はまだ健在なのか。山を登り始める戦車の周辺に時々黒煙が吹き上がるのは、味方の砲撃なのか。

道路脇の肉攻壕は沈黙している。全員戦死？　愕然と不吉な思いが走る。突如、背面から十数輌の戦車が接近して来た。後続部隊に違いない。迂回した先頭戦車が、すぐうしろの台地へ這い上がって来た。中腰の敵歩兵が三々五々、わがタコツボ陣地を探しながら、ガヤガヤ言う声が遠くなり近くなりして聞こえて来る。戦車が見る見る内に大きく迫って来た。バリバリッ、誰かの穴が発見されたか、マンドリンの連射が聞こえる。

突然、ドスドスッと足音が頭に響いた。一瞬血が凍った。だが、大きな枯木の側に掘っていた半埋もれのこのタコツボは、目に入らなかったらしい。足音が遠のき、また発砲の音が轟く。タコツボの中にいるのは候補生の屍体か、それとも重傷者か？　何の抵抗も出来ずに頭から射ち込まれたに違いない。

頭上に突如、キャタピラの音がのしかかって来た。おお戦車が、すぐ眼の前だ！　踏み潰される！　穴の内側で土がボロボロと崩れ始めた。胸が圧迫されて息が苦しい。のしかかるように耳を聾するキャタピラの響きが穴すれすれに通って行く。歯の噛み合った大きな鉄が赤土を吹き飛ばして目の前に迫った。「お母さん！」思わず叫ぶ。枯木を踏み潰し、今にも穴に喰い込みそうな地響きをあげ、もう目の前に迫る。物凄い熱気が顔に叩き付ける。突然、鉄帽を何物かに激しく打ちのめされ、キャタピラがガリガリッと巻き込んでいくのを、この目で見た。胸が締め付けられ、真っ赤な視界の中に目がかすむ。そのまま意識を失った。

――道路両側のタコツボ壕にいる候補生は、悲惨であった。随伴歩兵は火焔放射機で一つ一つ焼き払って進むのだ。二中隊一小隊の佐藤邦夫候補生（宮城県出身・新京大同学院卒・戦死）もその一人だった。肉攻手として道路傍らにいたところを、タコツボに擬装していた草をまず焼き払われ、全身が丸出しになったところを頭上から、マンドリンで狙い射ちされたのである。腹へ背へ貫通する至近距離だったと、原隊同期の岩部忠夫候補生は言っている。

火焔放射とマンドリンをも恐れず、候補生は次々と飛び出して行く。迫り来る戦車をめがけ、爆雷を胸に抱きしめ突入の直前、ガクンと敵戦車が停止、そのため時間距離を狂わせられた候補生は縛着の手榴弾が炸裂して胸の中で爆薬が自爆、戦車の数メートル手前で首、胴、体、手足がバラバラになって吹き飛んだ。銃撃で足を射抜かれながらも、死力を尽くして戦車に辿り着き、そのまま炸裂の中をキャタピラに全身を巻き上げられた候補生も多い。

タコツボを狙い、一つ一つ潰していったのは火焔放射機だけではない。あの巨大なスターリン戦車は、道路を踏み越し、両側のタコツボを発見すると、その上にまたがりぐるぐると回転しながら候補生のうずくまる壕を踏み潰していったのだ。その中にいた候補生は身動き出来ぬ重傷者だったであろうか。それとも肉攻体当たりをひた待ちに待ちつづけていた突撃寸前の候補生だったのであろうか。

タコツボの中では、落下する砲弾で次々に候補生が爆死していく。二中隊の川合舜恵候補生は、肉攻配置直前支給された二発の手榴弾の内、一発は自ら死を選ぶ時もあると思い、大事に残して来た。今は、死ぬ時が来たようである。砲声の中で彼は何度、手榴弾の信管を抜こうとしたことか。取り出しては眺め、眺めてはいやまだだと決断し切れずにいた。同じ北海道の出河鉄三候補生（北海道出身・戦死）はすでに死んだ。優しく包み込むように話しかけて来た彼の笑顔、反面男らしい若者だった。その彼ももういない。川合は、何度死を選ぼうとしたことか。

こういった候補生たちの死闘を、その時台上から眼下に望見していた一群の将兵たちがいる。国境に布陣していた百二十六師団砲兵である。

彼らは八月九日、ソ連軍の国境突破と同時に戦車部隊を要撃しながら、日本人避難民の大群を牡丹江方面に誘導、やがて樺林街道を急進してくる敵に備えて掖河の線に布陣、さらに一部を以て穆稜《ムーリン》街道を望む稜線に砲兵を布陣して、十榴、十五榴、連隊砲の砲列をずらりと布いた。十二日のことである。

師団経理部の難波武成主計少尉はその日、この陣地西端の小高い丘上で、補給路選定のため地形偵察を行なっていた。ここへ布陣する途上、難波少尉は街道筋に無数のタコツボを掘って肉攻配置していた候補生たちを見た。聞けば、黄色爆薬一個というあまりにも命知らずの装備である。即座に「お前たちの出る幕はない。命を粗末にせず、砲兵の射撃を高見の見物でもすることだ」タコツボからふり仰ぐ候補生に、馬上から少尉はそう言った。だが数刻ならずして、この時の発言がザンゲの心でさいなまれることになる。以下は難波少尉の手記である。

——一段高い所で砲隊鏡をのぞきこんでいた隊長は大尉であった。あたりを眺め回していた私の双眼鏡はある一点でピタリと止まった。「おい！　あれを見ろ」と件《くだん》の大尉の叫ぶ声とが同時であった。居並ぶ将兵は眼鏡で肉眼で、一斉にそちらを見た。早くも代馬溝を抜いた敵戦車はそこまで迫っていた。白煙が所々ボッボッと上がる。最初砲撃の弾着だと思っていたが、そうではなかった。爆薬を抱え敵戦車に飛び込む肉攻手の散華する姿であった。岩が動いていると見えたのは白煙の間を右往左往する敵戦車の群れだった。

真昼の輝く太陽は緑一色の真夏の戦場を照らし、緑と岩と地肌との遙か右下方を照らしていた。一台の戦車が斜めになった。多分丘へ上がろうとした所だろう。バラバラと肉攻手がイナゴのように飛びかかった。パッと上がる白煙、逆さに落ちる日本兵。動かなくなった戦車の砲塔だけがぐるりと廻って下を向いた。「やったア」観測班から歓声が上がる。五十メートルぐらい離れた所では敵戦車が小さな円を描いてグルグル廻っている。キャタピラを破壊したのだ。肉攻手が次から次から飛び出して行く。戦車の機関銃が火を吐いているのか小さな火がパッパッと見える。「ほら、うしろだ、うしろだ。轢《ひ》かれるぞ、早く転がれ！」だがいくら叫んでも聞こえるはずがない。

今砲撃すれば味方も死ぬ。砲列の位置はすぐ後方のロケット部隊へ通報され、百倍ものカチューシャがうなりをあげてお見舞いに来る。戦車群を叩く前に砲兵隊は全滅する。いくら助けたくてもどうにもならない砲兵たちの歯ぎしりが聞こえるようである。わずか一、五〇〇メートルぐらい前方の出来事なのだ。砲兵たちにとっては耐えがたい焦燥であったろう。そして誰もが生まれて初めての対戦車肉迫攻撃の壮絶さを目前にし、固い決意を抱いた。

私はハラハラしながらも眼鏡から目が離せない。脚はガクガクし顔は火照《ほて》り、掌はじっとり汗ばんでくる。激しい感動に喉はカラカラだのに腰の水筒に手をやることも忘れた。なんという壮烈な光景だろう。どこの部隊だろうか。四年間も軍隊生活した私だが、敵戦車を眼前に、果たして私の脚は動くか。「あッ、上に乗った」走っている戦車に岩の上から一人の兵が飛び降りたのだ。砲塔がぐるぐる廻り、その兵は振り落とされた。落ちた兵は動かない。動き出す戦車。轢かれたのだろうか。「起き上がれ、起き上がれーッ」眼を射るような閃光が走った途端、赤い火柱が吹き上がった。「やったあ」また叫び声が近くで上がる。一台の戦車ごとに肉攻班が取り巻いて、これでもか、これでもかとぶつかって行くように見える。だが飛びかかるたびに確実に、日本兵の命が消えて行きつつあるのだ。「そのくらいにして、こっちに寄こせッ、仕止めてやるぞ」絶叫のような声が上がる。

鉄道線路が山間をうねっていたあたりに、緑色の大型トラックが数台姿を現わした。ソ連軍の歩兵がこぼれ落ちるように飛び降りて、死闘を繰り返しているあたりをめがけて散開を始めた。あまりに執拗で死を恐れぬ日本兵の肉攻に手を焼いた戦車隊が、歩兵に救援を求めたのであろう。樹木の間からまた一団の戦車が現われた。と見る間に次々と飛びつく肉攻班の姿、時折きらめく鋭い閃光、幾条も上がる赤黒い煙、パッと上がる白煙に戦闘の舞台は次第に煙の中に薄れていった。豆を煎るようなけたたましいマンドリンの銃声が風に乗って聞こえ始めて来た。きな臭い硝煙が鼻を衝く。爆発音は全く絶えてしまった。彼らは全滅したのであろうか——。

難波少尉たちは、こうしてこの世とも思えぬ阿修羅の姿を見、直後、敵戦車群を真正面に据えて戦うことになる。その砲撃戦は弔い合戦の様相を呈し、狂気のように師団砲兵たちは射ちまくった。そして、カチューシャ砲の集中砲火を浴びながら砲煙と砂塵の中で戦車に狙いを集中しつづけた。

辛うじて生きのびた難波少尉は、やがてあの時の肉攻手たちが石頭予備士官学校の候補生であることを知った。そして、偶然にもその後、あの陣地の生き残り候補生たちに出会うことになる。それは囚われの身となってからのことである。(以下同前)

ある朝、私たちが例によって高粱《コウリヤン》の粥をすすっている時、私たちの耳に信じられない声が聞こえて来た。それはおおぜいで軍人勅諭を奉誦する声だった。「おい何だいあれは」「帝国陸軍いまだ健在か」などと傷兵たちは口々に言いながら、匙《さじ》を運ぶ手をやめて数人が屋外へ出た。私も大急ぎで外へ出て声のする方へ足の痛みも忘れて歩を運んだ。かつて病馬廠の本部であった建物の裏手の広場に、数十名の兵たちが毅然と整列し東方に向かって声高らかに軍人勅諭を奉誦しているではないか。私は目を疑った。なんと勇敢な兵たちであろう。その声には敗戦による打撃など微塵も感じられない凛とした若々しい力がみなぎっている。柵にもたれて眺めていた傷兵や衛生兵たちも寂として声なく、つい先日まで兵舎において自分たちが過ごしてきた規則正しい毎日を想い浮かべているのであろうか。やがて奉誦が終わり、彼らに指揮官の中尉が号令をかけた。彼らの襟に光る軍曹の階級章と座金《ざがね》を見て、甲種幹部候補生だとすぐ分かった。

それにしても彼らはどこから来たのか、食物も我々と変わりあるまい、空腹にさいなまれているはずだ。それにも拘らずキビキビした動作は、一体どこから来るのか。継ぎはぎでボロボロの軍服さえ彼らのためにあるかのように光って見えた。それにしてもこの大胆な行動はどうであろう。一敗地にまみれ捕虜となり、望楼から機関銃で狙われている日本軍の将兵たちが、何ら憶する色なく堂々と「軍国主義」の訓練を誰はばかることなく行っているのだ。どう見てもまさに天を恐れざる大胆不敵な行為と言わざるを得ない。指揮官は果たして豪傑なのか、馬鹿なのか。そして崩れゆく階級制度の中で唯々諾々とこれに従っている甲幹たちは、純心なのか、抗する術《すべ》を厳しい教育によって忘れたのか。このような行動の原動力は何なのか。何かあるはずだ。この勇敢なる一団は何者なのだ――。

難波少尉は、心に快哉を叫びつつもこう自らに問い、ある懼《おそ》れのような気持で聞き廻った。そして彼らが、平然とソ連軍の中で軍人勅諭を読むこの彼らが、あの磨刀石の勇士であることを知ったのである。

溢れる涙の底に、あの時の死闘がまざまざとよみがえり、今ボロボロの軍衣袴に身をやつす候補生たちの姿にあの鮮烈な映像が重なった。そうだったか、そうだったか、あたり揮《はばか》らず号泣する難波少尉であった。

歩兵砲全滅

その日正午過ぎ頃から敵戦車の集中砲火を浴び始めた歩兵砲中隊は、十一日磨刀石に到着以来、猪股大隊唯一の支援大火力として砲と運命をともにする決意でいた。到着の夜も歩兵砲中隊は、砲側でまんじりともせず雨に打たれながら夜を明かしている。中隊の肉攻班も同じだった。

歩兵砲中隊は、大隊本部と一中隊の前方の小高い位置に布陣して、敵に近い所に大隊砲一門、その西城壁の東に速射砲一門、城壁内建物の傍らにもう一門と、かなりの間隔を置いて配置していた。正午頃、東方五キロほどの稜線から砲声が聞こえ始めた。すぐ戦車が目に飛び込んで来た。大隊砲小隊の命令受領者として大隊本部にいた藤代朗候補生は、猪股大隊長より砲撃開始の命令を受領、直ちに吉田繁人候補生（長崎県出身・戦死）を大隊砲小隊長まで伝令として出した。

台地に立って双眼鏡で偵察していた梅津慎吾中隊長はその時、戦闘日誌に「一二時十二分、敵戦車ヲ発見。刻々進入シ来ル。第二中隊方向ノ肉攻小隊ハわら人形ヲ倒ス如ク次々トヤラレテイク」と書いたと、浜田実候補生は言っている。浜田は戦車が進んではしばらく停止し、また前進しては次第に大きくなって来るのを見た。そして一列に道路上を突進して来る戦車は三輌が一隊となり道路の左右に分かれて砲列を布き始めた。

歩兵砲陣地から五百メートルほど離れた所で分散隊形をとったかと思うと、戦車砲を陣地に向けて動かし砲撃を開始した。しばらくして、藤代候補生が「大隊砲は敵戦車を破壊する力がないため、戦車後方の随伴歩兵を狙って砲撃せよ」という大隊長命令を伝えて来た。陣地は耳を聾するほどの炸裂音に包まれていた。戦車のうしろにそれぞれ五名ほどの歩兵が銃を構えて立っているのが豆粒ほどに浜田の目に映った。戦車を橋梁の手前まで引き付けた時、三門は一斉に火蓋を切り五発、六発と射ち込んだが、またたく間に熾烈な砲火が集中、やむなく少し陣地を転換してさらにソ連戦車の接近を待った。

午後三時——橋を越え戦車が数十メートルに迫った時、満を持していた三門から閃光がほとばしった。だが見る間に一門の速射砲は粉砕され、つづいて大隊砲は二発目を発射した直後、閉塞器に敵弾が命中、砲側の弾薬が轟然と爆発して一瞬の間に砲手も戦死した。残された一門の速射砲だけが、それでも健気に砲撃をつづけていた。砲座は血みどろだった。梅津中隊長は砲声の中で声を励まし、「大隊砲は破壊された。小隊は全員肉攻準備をせよ。保有爆薬、手榴弾の数を報告せよ」と、小隊に命令を伝達した。

陣地には頭も上げられぬほど銃弾が飛んで来る。味方十五榴が敵戦車群に砲撃の火蓋を切って落とした。凄まじい擦過音をあげて飛んで行く榴弾が、間もなく味方陣地にも落下し始める。そこへ敵戦車が砲陣地にまで侵入して来た。もはや死の突撃しか残されていない。手榴弾を投げ付け、小銃を射ちまくり、肉攻突撃が繰り返された。一人の候補生が吸着爆雷を戦車に投げ付けた。その時である、肉攻壕にいた藤代候補生のところへソ連兵が転げ落ちて来たのは。驚愕した彼はたちまちその兵士とつかみ合った。五、六名の候補生が躍りかかると、肩を押さえていた藤代の手を振り切り、死に物狂いで反対側の畑の中へ逃げて行く。ふと足元を見ると肩章が落ちていた。将校のものだった。

「戦車をやったぞッ」という叫び声に近くにいた数名の候補生が飛び出し、戦車を調べ回った。中にあった乾パンを梅津中隊長は、戦利品だと配った。キャタピラは破損し動きそうもない、だが戦車砲弾は戦車内にまだ相当残っている。よしこれで敵戦車を砲撃しようと、直ちに大隊本部に通報した。大隊砲出身の藤代は何とかしたいと思い、候補生の一人が中に入り砲身を藤代が持って力一杯動かそうとしたがビクともしなかった。そこへやって来たのが本部の和泉技術伍長だった。砲はすぐ反転した。

喚声をあげて見守るその戦車の中へ、一瀬貞雄候補生（山梨県出身・戦死）と鈴木秀美候補生（岐阜県出身・戦死）が和泉伍長のあとから入った。後続敵戦車は間もなく迫って来ていた。戦車砲はほとんど水平の零距離射撃に構えられた。一瞬、凄まじい砲声がつんざき、戦車に轟然と命中、つづいて数発、次々に敵戦車に命中弾を浴びせた。たちまち数台が擱坐してしまった。これを知った後続戦車群は、ずるずると後退を始め、突入して来るソ連軍を一時、完全に阻止したのだった。息をのんで見守っていた候補生たちは壕の外へ躍り出し、初めて腹の底から万歳を絶叫したのである。

だが悲劇が砲塔中でその時起こっていた。敵戦車を狙い射ちしていた鈴木候補生は、戦車砲の構造機能を充分知らず、砲の後座に気が付かなかった。発射と同時に反動で下がる砲身が、鈴木候補生の顔を撃突し、血がふき出した。しかも彼は陣地で速射砲をやられた時、大腿部にも負傷を負っていた。戦車から匍い出して来た鈴木候補生は、大声で叫んだ――。

「中隊長殿、戦友よ。自分は重傷でこれ以上の戦闘は不能になった。みんなに迷惑をかけるばかりだ。自分は速射砲の分隊長として砲と運命をともにする責任ある立場にありながら、砲は射撃不能に陥った。この砲が敵の手に渡ったら死んでも死にきれぬ。自分は今、この砲とともにこの地において自爆する。天皇陛下万歳！」こう言って、十キロ爆薬を胸に抱き、砲とともに凄惨な自決を遂げたのである。

戦後、梅津歩兵砲中隊長はこの最期の様子を鈴木候補生の遺族に克明に綴って送り、次のように記している――「（略）敵戦車の大群はわが正面に出現、これに対し全員果敢な肉迫攻撃を加えて敵に多大の損害を与えましたが、一息する間もなく敵は次々と新手を繰り出して来ました。残念ながら、この時我が方には戦車も飛行機も大砲もなく、肉攻に頼るより外に術がなかったのです。対戦車砲が欲しい。大砲が欲しい。これはこの時誰もが感じた最後の願いでした。時あたかも十五時三十分頃のことでした。わが陣地深く突入して来た敵戦車の乗員が肉攻を恐れて天蓋より逃げ出しました。そこでまんまとこの戦車を乗っとり、その砲塔を回して敵戦車を射撃、一発必中、またたく間に五、六台の敵戦車をやっつけてしまったのです。この壮挙を遂げられたのが誰あろう、その時まで速射砲分隊長として活躍しておられた鈴木秀美君その人でした。秀美君は分隊長として常に他の範として活躍して来られましたが、十四時頃自分の最愛の砲を敵弾のため破壊されました。その復讐を誓っておった彼は、敵戦車を分捕るや直ちにこの砲を利用して射撃されたのでした。（略・前出の最期の模様詳述）この間、ほんの一瞬の出来事であり、忙しく指揮をとっていた私は秀美君に言葉一つかけてやれませんでした。（略）秀美君の御父上様、御母上様、お許し下さい。私の不注意からこんな結果に陥ってしまって申し訳ありません。泣いても泣ききれない、切ないご心中お察しするに余りあります。戦争の犠牲としてあきらめるには余りにも大きな心の痛手なること、重々お察し申し上げます（略）」と詫びている。

――鈴木候補生はこうして死んだ。その彼が死を賭して戦ったソ連分捕り戦車は、ハッチに取り付けられていた換気扇のモーターの音が、バッテリーが上がるまで夜中もつづいていたという。そして、最後まで残っていた速射砲一門もその夜八時頃、戦車砲によって遂に潰滅してしまったのである。

歩兵砲陣地に殺到したソ連軍は、この夜、橋付近に集結して戦車の修理や、湿地にはまった戦車の引き揚げに没頭している模様であった。梅津中尉は生き残った候補生で肉攻班を編成、夜暗にまぎれ肉攻突撃の機会を狙ったが、敵は照明弾を射ち上げたり、擱坐した戦車に火を放って燃やし照明代わりにして、肉攻を極度に警戒していた。軍用犬がうろつき回り、日本軍の夜襲を嗅《か》ぎ回っているらしかった。

敵戦車は曳光弾を使用し始めたのか、大隊本部の方向を砲撃する弾丸が飛んで行くのがよく見えた。生き残った一人、二中隊三小隊三分隊の榎本彰平候補生は、その時駅構内近くにあるレンガ建ての列車給水塔に砲弾が命中して、そのレンガが壊れる時の赤茶色の土煙がきれいに立ち昇るのを目撃、非常に強烈な印象を受けたという。

敵戦車の砲撃音は益々大きくなり、味方十五榴の砲声は次第に薄れていった。突然、誰かの声にハッとして榎本が前方の大豆畑を見ると、ゆらゆらと動くのに気付いた。スワコソ敵！と身構えると、大豆の揺れが次第に近付いて来る。その時、大豆畑の中に二人の敵兵が、急にひょっこり立ち上がった。赤い童顔の目鼻だちまではっきり判ったという。偽装をし頭には略帽、手にはマンドリンを持った小柄な兵士が、持っている銃を捨てて来い来いと手招きをしている。降伏せよというのか、だが榎本たちに通用することではない。すぐさま集中射撃でそれに応えた。

三分隊長菅原謙一候補生や榎本たち数名が布陣していた背後の東側の谷に、戦車の音が聞こえて来た。だがもし背後から入って来られては、浅い寝射ち壕にいる榎本たちは踏み潰されてしまう。次第に迫るエンジン音は、さかんにアクセルを踏んで急斜面を攀じ登って来ようとする。だが、あまりの急坂のため最後の少しのところが登り切れないらしく、ずるずると下の方へ滑り落ちて行くようである。何度も繰り返していたが、その内に谷の東側の丘へバックで登って行くらしい。そしてそのまま榎本らのいる丘へ向かって物凄い勢いで登ろうとするらしいが、それも急傾斜のため途中からずるずる滑り落ちて行くらしい音がよく分かった。次第に南の方へエンジン音が遠ざかり、愁眉を開いたのだった。

磨刀石の肉攻陣地を蹂躪し、各砲陣地・機関銃座を壊滅させたソ連機甲部隊のT34戦車は、俗に〝スターリン戦車〟の異名を持った当時欧州最強の、いや世界最強の威力戦車であった。全備重量三十二トン、乗員四名、最高時速四十八・三キロ、実用走行距離三百キロ、装甲の厚さは九十ミリを誇った。しかも搭載砲は八十五ミリ砲一門、七・六ミリのデグチャリョフ機関銃二梃、弾薬は砲弾六十発と千九百二十発の機関銃弾を装備していた。（以下資料・ダグラス・オージル／加登川幸太郎訳『無敵！　T34戦車』サンケイ出版を参照）

独ソ戦で、ロンメル麾下のドイツ大機甲軍団が決定的な壊滅を受けた最大の原因は、実にこのスターリン戦車によるものだった。ドイツ機甲部隊司令官として勇名を馳せたエバルト・フォン・クライスト元帥は、このT34戦車に最も悩まされた将軍である。「それは、世界でもっともすぐれた戦車だった……」というクライストの回想は、世界戦史に意味深い戦訓をとどめている。ミハイル・コーシキン設計のT34は、火砲、装甲、機動性といった戦車に不可欠の戦力要素を余すところなく、最高に充実させた戦車である。車内の居住性は悪く、外装は荒けずりで、磨刀石で捕獲したT34を目撃したある候補生などは、泥がへばりつき固く焼きついたような鋳物の型のよだれが付いたままの凸凹の装甲に驚いている。仕上げの研磨など全く二の次なのであった。だがソ連は、独ソ戦開始前後からこのT34型をひそかに大量生産し、快速、重装甲、強大火砲をもって、ドイツ軍に殺到し大反撃に転じた。T34の前部が角張り、深い傾斜が付けられているのも、装甲の強度をいやが上にも倍増するものであった。その前部装甲の傾斜は、正確に六十度でありこれは垂直に置いた約三百ミリの鋼板と同じ強度を持つものと言われている。あらゆる攻撃火器も、これでは歯が立たなかった。まして磨刀石布陣の火砲では推して知るべし。候補生たちは、挺身爆雷攻撃によるより他に道はなかった。しかも体当たりでその下敷きとなりながら……。

ところで我ら候補生の布陣する陣地に、遂に届かなかった『陸軍大臣布告』がある。陸軍大臣はあの阿南惟幾大将。これを布告してのち、五日後には壮烈な自刃を遂げた人である。もし彼が生前、磨刀石の悲劇の戦いのことを知ったら如何なる感慨であったろうか。

陸軍大臣布告

全軍将兵に告ぐ。「ソ」聯、遂に戈を執って皇国に寇す。明文如何に粉飾すと雖も、大東亜を侵略制覇せんとする野望歴然たり。事茲に至る。また何をか言はん。断乎神州護持の聖戦を戦い抜かんのみ。仮令、草を喰み土を噛り野に伏すとも、断じて戦ふところ死中自ら活あると信ず。是れ即ち七生報国「我れ一人生きてありせば」てふ楠公救国の精神なると共に、時宗の「莫煩悩」「驀直前進」以て醜敵を撃滅せる闘魂なり。全軍将兵、宜しく一人も余さず、楠公精神を具現すべし。而してまた、時宗の闘魂を再現して、驕敵撃滅に驀直前進すべし。（ママ）

昭和二十年八月十日　　陸軍大臣

暗夜の戦場

——何時間経っただろうか。ふと、灼け付くような咽喉の乾きにハッと意識を取り戻した。（ああ俺はまだ生きていた）不思議な気がする。（まだ死んでいなかった、俺は）激しく自問自答する。（そうだ、まだ死んではいけないんだ）激しい自我がよみがえる。眼前に敵の戦車はなく、時々思い出したような砲声が遙かな台上に轟く。周囲は一面の闇に閉ざされ、部落の右手に当たって数輛の戦車が炎々と燃えつづけているのが悪魔の火のように見えた。友軍陣地は粛として声なく、左翼一面は夜のしじまの中に無気味に静まり返っている。取り残された陣地で、言い知れぬ恐怖感が全身を襲って来る。天はまだ、俺を死なせてはくれぬ。まだなすべき数々を、俺は残しているのか？

川向こうの歩兵砲肉攻班の背後に当たって、闇をつんざく機銃音が起こった。と思う間もなく火焔が宙天に舞い上がるのが見える。夜間突撃をしているのか。あそこは一中隊だ。ひとしきり激しい機銃の連射がつづき、また闇に返っていく。

——私はタコツボで意識を失っていた時、何度か繰り返し夢を見ていたようである。宙天に吸い込まれそうな、何とも爽快な五感の中で、母がしきりに呼ぶのである。足を引きずり抱え込むようにしながら私を揺さぶり起こすのであった。それが煩わしく、何度か拒みつづけ、そして遂に宙天のさまよいから引きずり戻されたような、奇妙な夢であった。

夢といえばおかしな夢を、今でも見ることがある。

突然、深夜非常呼集がかかり、あわただしく軍装を整えて舎前へ出て行こうとする騒ぎの中で、いつも私だけがどういうわけか巻脚絆が片方なかったり、編上靴が片方見当たらなかったり、焦れば焦るほど軍装が思うにまかせず、目は血走り、胸は早がねのように鳴って、遂に内務班には私唯一人が取り残されてしまう、といったヘンな夢である。夢といえば、砲声や戦車の轟音にうなされる夜が今もある。時には、戦車のキャタピラの音が急に耳許近くガラガラと迫り、恐怖に駆られ飛び起きる。汗ぐっしょりになって、目まいがしそうな恐れが、しばらくつづく。遙か地平線から迫って来る敵戦車の轟音は、当時さながら遠雷の如く聞こえたものである。地獄の底からのような、それは地鳴りであった。だから私は雷が鳴り出すと、震えが今でも止まらないのである——。

下半身が土塊に埋まり身動き出来ぬ壕の中で、胸の辺りまで転がっている薬莢《やっきょう》を掌ですくい出しては音のしないように穴の外へ捨てた。一刻も早く下半身の自由を取り戻さなければならぬ。彼我すでに応戦は途絶え、すぐ眼前の道路上では赤軍の設営が始まっていた。飯盒《はんごう》炊さんを準備するのであろうか。木の枝を積み重ねた焚火がパチパチと火の粉をあげ、まわりに人の影をボウと浮き上がらせている。昼間の戦闘で爆破された戦車のキャタピラを修理しているらしく、機材の音がやかましく耳朶を打つ。その金属的な雑音の中でバラライカやアコーディオンを奏でながら、だみ声と澄き通った声の入り交じった混声の歌声が低く高く聞こえて来る。古くから歌いつづけられた民謡であろうか、鄙《ひな》びた哀調を帯びた調子が、激しい戦闘がついさっきまで繰り返されたとは思えぬくらい、落ち着いた雰囲気をつくり出し、戦場とは思えぬ別の世界に遊弋《ゆうよく》しているような錯覚にとらわれる。一曲歌い終わる毎に哄笑や怒鳴り合う声がアチコチの黒いシルエットから沸き起こり、空罐をぶつけ合っては走り回る足音が、土砂に埋もれた胸の辺りに無気味に響いて来る。

私は声をあげて叫びたくなるような恐怖に駆られながら、鉄帽で泥をかい出しつづけた。爪の剝げた指先は全く感覚がなく、激しい鼓動がジーンと頭を痺れさせ手を動かすたびに目の中に汗が滲んで来る。片足が少しずつ動き始める。もう少しだ、頑張れ——私は夢中になって掘り出す作業をつづけた。その頃、山間の中から轟音がしきりに聞こえ始めた。後続機甲部隊が来るのであろうか。それにしても一体、敵はどれほどの兵力を動員しているのだろう。今朝スターリン戦車を先頭に押し立てて驀進して来た機甲軍団は、夕刻砲声の鳴りやむまで陸続と果てしなくつづいていた。今また、国境を突破した後続部隊の近付いて来る山鳴りのような轟音は、昼間に劣らぬ兵力を予想させるのだ。

磨刀石駅の方角にまで点々と張られた三角テントが、折しも中天高く青白く光り始めた月光に照らし出され、汗に泌みる眼にくっきりと映る。夜間点呼が行なわれるのか聞き馴れぬ号令が、まるで悪魔の声のようである。腕時計の示す針は十一時を指した。私は掘り出した土砂の陰で十数メートル前方の敵陣を警戒しながら、戦線離脱の機会をひた待ちに待った。

わが陣地は寂として声なく、懐かしい戦友たちが尊い命を投げ出したこの戦場を、私は間もなく去ろうとしている。点々と掘られた最後の肉攻壕を自らの墓場として、今は静かに瞑っている幾多の戦友たちに後ろ髪の引かれる思いを必死に断ち切りながら唯一人離脱して行く――次から次へ涙が溢れ出て来て、泥にまみれた肘に顔を押し当て歯を喰いしばったのである。

――一匍、二匍、地べたに顔をこすりつけながら壕から匍い出る。銃を両肘に支え静かに静かに前進する。石頭教育隊でその苦しさに泣かされた第五匍匐《ほふく》だ。敵は気付かぬらしい。匍っていく前方に高粱畑が仄暗く見える。一刻も早くあの繁みの中へ消え去らねばならぬ。

ガラガラッ、思わずハッと身を縮めた。薬莢の転がっている中へ、両肘を滑らせたらしい。擲弾筒班の陣地近くである。榴弾の弾薬函が黒々と積み上げられている。その陰をにじり進む。だが見よ、肉攻壕の中で上半身乗り出した候補生が、筒を両手で抱え込むようにしてうつ伏している。どこをやられたか、身動きせぬその姿にひかれ匍い進んだ。肩から掛けた擲弾筒弾薬嚢《のう》の帯皮が背中でちぎれ飛び、どす黒いものがキラリと光る。血だ。敵歩兵に穴の上からマンドリンで狙撃されたに違いない。そのすぐ側に、穴の中へもぐり込むような姿で死んでいる候補生。

恐怖に身のすくむ思いで夢中で匍い始める。ひん曲がった軽機が銃口を土の中へ差し込んだまま捨てられている。有線電話の箱が転がっており、雑嚢や鉄帽が取り残されている。ここは指揮班がいたのだろうか。戦友たちはすでに撤退したのか。それとも……。もうすぐ高粱畑だ、肘が痛い。ずるずる曳きずる腹がちぎれそうに痛くなって来る。ソ連兵のだみ声が次第に遠ざかって行く。もうすぐだ。

パパーンッ、ザザーアッ、突然、銃声が闇をつんざき耳のすぐ側をかすめた。しまった！　発見された！　ちょうど高粱畑に辿り着いた瞬間だった。目の眩むような緊張の中で次の銃声を待った。だが大丈夫のようである。肘を前へぐっと突き出した途端、また銃声が轟く。もう駄目か。明らかに敵兵に発見されたのだ。うしろの敵陣地にばかり気を取られ過ぎた。今いる山際に警戒兵が立哨していようとは。残念だった。何とかならぬか。だがこんな所で狙撃されるより、ひと思いに自爆してやろう。雑嚢を手探りでさぐり出すと手榴弾を一つ握りしめた。安全栓を歯で喰いちぎると、私は静かに右足をちぢめた。軍靴の底で発火させるのだ。

鋭い口笛が聞こえた。敵は合図をし合っているのか。声高に、叫び合う若い声が五十メートルくらい先で聞こえる。完全に包囲されたのだ。今は最後と思い、ふと空を見上げる。降るような星が輝き、黒い宙の中へ吸い込まれそうである。靴の裏へ手榴弾を叩き付けようとした時、何やらわめく声が突然近付いた。私は思わず手榴弾を捨てると、夢中で銃の槓杆《こうかん》を引き、その声に向けてぶっ放した。そして、必死に地面をけり上げ背よりも高い高粱の茂みの中へ飛び込む。

断末魔のような叫びが、すぐうしろでした。無我夢中で茂みの中をつっ走る。四囲から遂に囲まれたらしい。匍いつくばった茂みの上を無気味なうなりを立てて銃声が交錯する。林に迷い込んだような畑の中を、かき分けて入って来るざわめきが聞こえて来る。その合間合間に鋭い威嚇射撃の連続音が、闇のしじまを縫ってけたたましく響いて来る。私は伏せたまま帯剣を抜き出すと銃口にカチンとはめ込んだ。握りしめる銃把がずるずる滑る。（くそッ、候補生の最期を見よ。命の限り突きまくってやるぞ）目を凝らして四囲の敵に突撃の態勢を構えた。

威嚇射撃の音は遠くなり近くなりして、容易に去ろうとしない。伏せて抱え込んだ高粱が、パシッパシッと胸元から顔を弾《はじ》いて目に刺さる。（ずいぶん逞しい成長力だな）私は、奇妙にもそんな暢気なことを考えている自分に気付いた。不思議だ。先刻まであれほど恐怖に駆られていたのに、死の境を前にして取り戻したこの落ち着きはどうか。敵は容易に発見出来ぬ自分に業《ごう》を煮やしたのか、ひときわ凄まじく銃声を残すと、次第に高粱畑をかき分ける音が遠のいていった。

こうして高粱畑を突破した私は、鉄道線路を見下ろす山の一角に辿り着いた。露営の雑音がだいぶ遠くから聞こえて来る。焚火の火が、ぼうッと暗闇にかすんで見える。牡丹江街道上、蜒々と横たわった戦車や自動貨車が、時々キラリと月光を反射させている。その中で、修理中らしい車輌が、ライトを煌々と照らして、数人のソ連兵が取り組んでいる姿が映画の一場面のように見えた。これから鉄道沿いに山を突破し、友軍主力へ合流しなければならぬ。目標は牡丹江である。地形地物は皆目分からないが、磨刀石―掖河―牡丹江と沿線伝いに戻って行けば、恐らく二日はかからぬはずだ。満人部落が見え出した。地上をすかして見たが、シーンと静まり返った部落は物音ひとつしない。

静寂の中に夜は白々と明けそめようとしていた。二中隊の前川幹夫候補生はその頃まだタコツボの中にいた。すでに中隊長の撤退命令が小声で逓伝《ていでん》されていたのを、彼は壕の中でかすかに聞いている。（いよいよ陣地撤収か）感無量であった。その時、陣地の下の方で銃声が鳴るのを聞いた。見れば敵将校らしいのが二人で、タコツボに拳銃を射ち込みながら、こちらへ登って来るではないか。前川は銃を壕に構えて、さらに手榴弾の安全栓を引き抜いた。刺し違えてやろうと思ったのだ。だがふと、彼の眼前を幻のように母の面影がよぎった。（そうか、ここで死んではならないのだ。どうせ死ぬなら牡丹江戦線で、華々しく若武者らしく……）そう思い、静かに銃を引き下ろそうとした時、前方五、六十メートルの所まで迫っていた敵は、急にきびすを返して再び山を戻って行った。

その日十三日夜――各中隊とも主力の大半はすでに崩壊寸前にあった。既述のように、大隊最前線にあった第三中隊はとくに損害甚大で、一小隊は約半数が戦死、重軽傷者多数を出した。二小隊はほとんど全滅、三小隊も肉攻手全滅、第二中隊も一小隊は大半が全滅、二小隊は若槻挺身斬込隊を出撃させ、三小隊もソ連戦車に重囲圧迫され、第一中隊は腹背に敵戦車の挟撃を受け凄惨な状況を呈していた。それは、もっとも恐ろしくそして長い戦いの一日であった。

大隊長戦死

大隊本部は磨刀石西側の満人部落を背にして、小高い丘の中腹に陣地を布いていた。そこからは、敵戦車侵入路も各中隊の配置布陣の状況もつぶさに一望することが出来た。猪股大隊長は、鈴木正之准尉と奥山治候補生を傍らに下半身が入る程度の壕にいたが、敵戦車の砲撃が開始されても終始、上半身を地上に出したまま双眼鏡を手に陣地を凝視しつづけていた。奥山候補生はその壕から、第一線の候補生たちが次々に戦車に体当たりする様をつぶさに目撃している。前述したように、爆薬雷管が不足していたため肉攻候補生は黄色火薬を天幕で包み、これに手榴弾を縛着して応急雷管の代わりにしていたが、手榴弾は四秒信管と七秒信管が混同されていて、そのため大変な齟齬《そご》が生じたのであった。

ある候補生は、爆薬を抱いて敵戦車のキャタピラに飛び込んだが、目指す戦車の手前で自爆した。ある候補生は、戦車のキャタピラの中へ爆薬もろとも飛び込んだが爆発せず、候補生の肉体だけがキャタピラに巻き込まれ踏みにじられた。四秒信管と七秒信管の使用混同のため生じた悲劇であり、奥山は壕の中で歯を喰いしばって仲間たちの最期を見守りつづけたのである。

猪股大隊長は十三日朝以来、壕にあって微動だにせず、候補生の戦闘状況を見ながら絶えず「猪作命第〇〇号……」と、命令を次々に大山甲副官や鈴木乙副官に下達していた。双眼鏡を片時も離さず、食事も一切とらず伝令を飛ばしている大隊長に、奥山候補牛は何度か声を掛けようとしたが、凝然と塑像《そぞう》のように壕に立ちはだかったまま微動だにしなかった。昼頃より、大隊本部にも銃砲弾が炸裂し始めた。敵戦車の先頭は大隊本部のすぐ側まで侵入して来ていた。そして間もなく、あの鈴木秀美候補生たちによる敵戦車分捕りが眼前に展開されたのである。大隊本部前は、血みどろの様相を呈し始めていた。

歩兵砲陣地が壊滅して以後、味方十五榴はわが陣地が敵戦車に占領されたものと誤認してか、猛烈な砲撃を開始した。そのため壕内の候補生にも死傷者が続出し始めた。

午後四時過ぎ、「全員今夜を期して肉攻を敢行せよ」との命令を大隊本部より各中隊に出したが、伝令はそのまま砲撃下に消息を断って帰還せず、また本部自体も敵の猛砲撃によって混乱状態を呈し、第一線中隊との連絡は杜絶した。午後八時頃、前述のように最後の速射砲も破壊され大隊本部は夜襲を企図したが昼間肉攻として出撃した候補生はほとんど帰還せず、人員集結が困難なためやむなく中止せざるを得なかった。

午後九時頃、第五軍司令官より、「よくやった」という賞詞が届き、同時に「明十四日未明を期して友軍は、戦爆連合の航空兵力をもって敵戦車軍団を攻撃するのでそれまで当陣地を死守せよ」の命令が伝えられて来た。

敵戦車群はその夜一晩中、絶えず照明弾を打ち上げたり、擱坐戦車を炎上させたり、また軍用犬を解き放って日本軍の夜襲を極度に警戒していた。猪股大隊長はその夜、第一線の第二、第三中隊及び小山重機小隊を大隊本部に集結させるため、大山副官を各陣地に派遣した。

候補生一人を連れた大山副官は、川を渡り敵戦車集結地点を大きく迂回して、小山重機小隊を目指し命令伝達に赴いたのだが、すでに第一線各中隊は中隊長の命令で、あるいは指揮系統壊滅のため個々の判断で撤退していたため掌握することが出来ず、十四日未明ようやく大隊本部に帰って来た。

その時、すでに敵の攻撃が始まっていた。敵戦車群は随伴歩兵とともに大隊本部に通じる道路付近に散開、猛烈な銃砲撃を加えて来た。東側山腹にも敵歩兵が姿を現わし、一中隊の二小隊、三小隊前面に散開しながらじわじわと迫って来る。正午近くには敵戦車が昨日分捕った戦車の脇を通り満人部落にも侵入して来た。これを目撃した一人の候補生は壕から躍り出すと、戦闘帽を反対に冠り、「やるぞーッ」と絶叫して分捕り戦車の中に入り、至近距離で凄絶な相討ちとなった。が、それも瞬く間に敵戦車砲に壊滅されてしまったのである。蛇行する敵戦車は、候補生のいるタコツボをそのキャタピラで次々に踏み潰し、機銃とマンドリンを射ちまくりながら大攻勢をかけて来る。戦車砲弾の炸裂で、目も開けられぬほどである。

大隊本部前はすでに地獄さながらの様である。肉攻兵の潜むタコツボの上を榴弾砲がうなりを上げ、頭上で炸裂してはピシュッピシュッと切りたった鉄片が降りそそぐ。眼前の戦車は煙突のような砲を横に倒し水平射撃を間断なくつづけている。肉攻で擱坐した戦車は、陣地前にトーチカとなって射ち込んで来る。国貞拳吾候補生が砲塔に攀じ上り、中に手榴弾をぶち込むが爆発せぬ。凄い風圧と発射音に壕の内壁がボロボロ崩れ落ちる。弾の破片が突き刺さり、傷つく者が続出した。一中隊の楢原雄一候補生は死の近付くのを知った。「もうだめだ！」絶叫がすぐ側に聞こえる。「そうか、先に行って待っていてくれ。俺もすぐあとから行く。靖国神社で会おうッ」遅かれ早かれ皆死ぬのだ、と彼は思う。腕の利かなくなった候補生が手を壕から出している。楢原はこらえ切れず手榴弾の安全栓を抜いて渡してやった。シュッシュッシュッと発火するその手榴弾を胸に当て、爆発のその瞬間まで候補生はこもごも叫ぶ――「天皇陛下、万歳ーッ」「海ゆかば……」「一つ軍人は……」五箇条を高らかに唱え始めた時、荘重に、だが大声をあげて海ゆかばを歌い出した時、思わず耳を掩いたくなるような爆発音とともにその候補生たちは死んでいく。何という壮烈であろうか。

一中隊肉攻小隊は前日来、真正面から猛烈な戦車砲撃を浴びている。さらに迂回したソ連軍戦車より後方から挾撃され、タコツボ陣地は阿修羅の様相を呈していた。最後の最後まで抵抗しつづけた一中隊候補生の死は、実に凄惨なものだったのだ。辛うじて生き残った楢原候補生は、磨刀石へ到着した日のこと、こんな体験をしている。タコツボを掘る合間に彼が磨刀石駅の駅務員宿舎に入ってみた時のことである。なんとお膳の上にご馳走が並べられ、今にも食事が始まろうというような状景だった。だが家族はいない。前日、候補生たちを運んで来たあの貨車で着のみ着のまま撤退して行ったのだろう。隣りの部屋では本棚が倒れ、国民小学校の教科書などが畳の上に散乱していた。（この子たちのためにも勝たねばならぬ）彼はそう心に言い聞かせながら、ふとその時故郷の妹のことを思い出した――。十九年九月二十日、入隊前に会ったのが最後だった。今頃どうしているだろう。楢原はしゃがんで教科書をめくりながら、しきりに妹のことが思い出されてならなかった。その妹が実は、昭和二十年七月十五日、学徒動員で工場へ行き過労がもとで死亡していたことを彼が知ったのは、のちにシベリアの抑留から帰って来た二十四年のことである。石頭で実戦さながらの猛訓練をしていた頃、愛する妹はすでに死んでいたのである。

——楢原候補生は生きて還った日本で、あの一中隊の最後の日を思い浮かべるたびに、妹が身代わりとなって死んだのだと思えてならないのである。

畑万寿視候補生の死闘も凄絶極まりないものであった。彼は、小山機関銃小隊の一員だったのだが、大隊本部へ連絡員として畑中登候補生（青森県出身・戦死）とともに十三日昼過ぎ出発、だが混戦の中で小隊へ戻ることができず、そのまま本部近くで肉攻配置に着いた。彼の死闘はその翌朝から始まる。

二人は壕の中で、一個だけ渡されていた急造爆雷を抱え、飛び込む瞬間を狙っていた。夜明けとともに激しい敵襲が始まった。やがて畑候補生らの壕に向かって、一輛の戦車が左側方から迫って来る。（昨日からこの時を待っていた。遂にこの黄色薬が役に立つぞ）畑は、爆薬を抱くと、「先に行くから、あとをよろしく頼む」と隣りの畑中に声をかけ、結束した手榴弾の安全栓を抜いた。敵戦車は、すぐ目の前にガラガラと近づいて来ていた。戦機まさに、と手榴弾を発火した時、何を思ったか突然、畑中がシュシュシュッと発火音をあげている爆薬を畑の胸からもぎとると驚く畑を尻目にどッと駈け出した。あっという間もなかった。不意をつかれた畑は、浩然と畑中の姿を目で追う。彼はそのまま戦車の下に飛び込んだ。

一瞬、敵戦車の右キャタピラに彼の手が喰い込み、体が戦車の上に巻き上がる。ドカーンッ、同時に爆発、思わず目を掩おうとする畑候補生の眼前に、彼の体がふっ飛んで来たのである。壕の中に引きずり下ろし、見れば全身火傷で畑中は白い目を見開いてうなっている。畑は耳許に口をつけ「しっかりせよ」と励ましたが、返事はない。壕に近付いて来た一人の曹長が、「お前の戦友か。早く介錯してやれ」と壕の中を見つめながら言う。畑はとっさに帯剣を抜いて彼の首にあてがったが、何としてでもこの戦友を助けたかった。

帯剣をほうり出すと彼は壕を匍い出て衛生班を探し求めた。体の三分の一も火傷すればすでに危険、とは知っていた。畑中は半分以上はやられているだろう、もしかしたら間に合わぬ――そうは思うものの、何とかしてと焦った。だが、頼む軍医の姿も衛生兵も見当たらない。この間五分ぐらいであったろうか。

やむなく引き返し壕に近付いた途端、先ほどの曹長が壕の上から「そこの候補生、危ないッ、退がれ！」と絶叫した。瞬間身を伏せ、しばらくして硝煙の中を見上げると、曹長の大腿部から血が一メートルも吹き上がっている。そして、畑に手榴弾を一発くれとせがんだ。顔面はすでに蒼白である。おびただしい血が壕を塗らしている。やむなく一発を渡すと、曹長は安全栓を歯で抜き発火したが、不発であった。もう一発を、と言われ渡すと、発火させながら、「大隊長殿、大変お世話になりました。ご武運の長久を祈ります。天皇陛下万歳！」と叫び、軍人の権化そのままに自爆散華したのだった。

畑中候補生はどうしたか。畑は血走る目で二人でいた壕を見やった。あの戦車は、前の所に止まったままだ。だが戦車に機銃掃射されたに違いない、畑中に折り重なるように十四、五名の候補生が斃れていた。茫然と畑は近くの壕の中で、名を知らぬ候補生と並んで坐っていた。言うべき言葉を失っていた。突然、ヒュルヒュルという音がした瞬間、顔前近くで真っ赤に炸裂した。あっと身を伏せる間もない、気が付くと今の今まで隣り合わせていた候補生の影も形もなかった。ふと足許を畑が見ると、その候補生の頭の皮と耳とが転がっていた。拾い上げてみると、まだ生温かかった。

畑候補生は言い知れぬ無情感に襲われ始める。その頃からだった、大胆不敵な心境にのめり込んでいくのは……。戦場馴れ、というには余りにも地獄図絵の修羅場である。畑はその頃から、死を超えていたのかもしれぬ。

その時、一輛、方向転換をして畑たちの眼前十メートルほどに迫って来た戦車がある。よく見ると、戦車前部の小窓を開けて、こちらの様子を見ている敵兵の顔が目に飛び込んだ。幅せいぜい二十センチ、高さはその半分位の小さな覗き孔からである。畑候補生は、壕の中から身を乗り出すと、じっくりと照準をその敵兵の顔に合わせ、一発ぶっ放した。「ギャーッ」と悲鳴をあげる女のような声がした。若い少年兵だろうか。つづけて再び、その窓の中に狙い射ちする。畑は、戦車の中に弾が入れば、それが内部ではね返って敵兵に当たるだろうと思ったのだ。驚愕したのか、小窓はすぐ閉められ、戦車砲がほとんど水平の角度で無気味に向けられた。

畑は煙突のような砲口を目の前に突きつけられた恰好だった。（よし、こんどはあの砲身の中へ射ち込んでやる。どこでもいい、砲口から滅多射ちだ。機械のどこかを毀せるだろう）そう考え、銃の狙いを定めた。ところが、戦車砲が先に火を吐いた。ピカッと眼前に閃光がひらめき全身が風圧に押し潰された。畑は、顔面に火傷を負い、耳はガーンと鳴って何も聞こえなくなってしまった。

左手で火照る左頰を撫でてみると、手に何やらくっ付く。見れば頰の皮がズルッとむけてしまっていた。血がタラタラと首筋につたわった。こうなったらもうトコトンまでやるぞ、と畑はすでに恐ろしいものは何一つなくなった。戦死している候補生の雑嚢《ざつのう》から手榴弾をかき集め、たちまち二つの雑嚢が一杯になった。擲弾筒が近くに転がっていた。射撃の体験は全くなかったが、榴弾の泥をこすって筒口にストンと落とし、パチンコのように引鉄《ひきがね》を引いてみたのである。

ところが信じられないことが起こった。孤を描いて飛んでいった榴弾は、そのまま天蓋を開けていた敵車の中へ吸い込まれたのだ。手ごたえのある爆音をあげてその戦車は燃えた。畑が躍り上がったのは言うまでもない。

耳は相変わらず聞こえなかった。このまま坐して待つよりは、と畑候補生は重い雑嚢を引きずりながら壕の外へ匍い出ようとした。その時、土に埋まったまま生気を失くしていた一人の候補生が、彼の両足を握って引きずり込んだ。気絶していたところを畑が踏んづけたためか、よみがえった候補生だった。有村正恭であった。「耳が聞こえないんだ。顔もやられている。もう命は長くない。思いっ切り手榴弾で戦いたいんだ」畑はそう言った。だが有村候補生は、(傷はこの程度だ)というように指を円くして顔の目の前に近付け、手榴弾で戦車に突撃するのは犬死だと、懸命に押しとどめた。

有村は、畑と一緒に戦車の零距離射撃を受けた時、一時死んだのである。彼は土砂に生き埋めとなりしばらくして気が付いた時、手も足も動かないことを知った。敵の戦車砲でダルマになったな、と一瞬思ったそうである。だがどこも痛くない。その内わずかに膝から下に生気を感じた。生き埋めになっていたのだ。口は土で一杯となり、鼻は土で栓をされていた。その有村に畑は、無謀な死をいさめられた。

戦況はどうなっているのか、聞くに人なしである。澄ます耳に、もちろん音は聞こえない。あたりを見回すと、一昨日前線から撤退して来た兵士たちが置いていってくれた酒やようかんなどが散乱している。畑は一升びんの口をこじ開け、頭からかぶった。顔に火がついたようである。そして一気に呑みほした。愚かれたように大声で、畑は「海ゆかば……」を歌った。瞬間、再び猛烈な戦車砲撃が始まった。最後の突撃、とでも思ったのだろうか。

畑が歌いつづけている時、本部の鈴木准尉が匍匐しながら近寄って来て、手帳をとり出すと畑の官姓名を書き留めた。金鵄勲章を申請すると言い、手をうしろにあげてあの壕にみんないるから退がれ、と促した。

一中隊二小隊の津村慶光候補生は、磨刀石に到着した時、足を銃撃でやられていた。彼のいた壕に最後の突撃命令が伝達されて来たのは、十四日の午後三時頃のことである。命令が来るまで、壕に重苦しい時間がつづいた。「これで最後か」思わずそんな言葉が洩れる。その時、西博候補生（石川県出身・戦死）が言った。「津村、お前たちはここで死んでもいいのか。俺はこんな所でまだ死ねない。お前らと違って俺には家族が待っている。最後まで頑張る。最後まで生きる」

だが突撃命令は間もなく撤回され、しばらくして撤退命令が届いて来た。敵戦車の猛攻がつづき、彼らの潜む待避壕入口から猛烈に砲火を浴びせて来た。身を隠す場所もなく壕の両側にへばりついて戦った候補生たち。山中に撤退した時、あの西候補生の姿はなかった。負傷して陣地に残った冷泉賢亮候補生（山口県出身・戦死）、故国のために死力を尽くしながら、なお家族に限りない愛着を残し最後まで生きようと戦った西候補生——その西の最後のいつわらざる言葉と心情が今、しみじみ解る思いだと津村は述懐している。

大隊本部付近の青かった山肌も赤茶けるほど一変した。本部の壕入口よりわずか十メートルほど離れた至近距離に迫って来た一輌の敵戦車は、轟然と入口に砲撃を加えて来た。

その中で猪股大隊長は、上半身をぐっと張り昨日と全く変わらぬ姿勢で作戦命令を次々に下達している。その大隊長の足許に、周りに候補生がうつぶせになっても大隊長はたじろぐことなく、敵戦車を凝視しつづけた。それはまさに鬼神も哭く勇姿であったと、奥山は言う。

「本当の武人の姿、軍神の型を見た思いがする。大隊長に生死はなかった。生死はすべて没却し、ただ使命のためにのみそこに立っていた。私は敵包囲網の中で大きな安堵感を抱いていた」と述懐している。

だが大隊本部はすでに全く敵の手中に陥っていた。包囲軍を残した敵戦車主力は、直下の穆稜《ムーリン》街道を全速力で愛河方向に向かって前進して行く。遙か一キロほど前方の湿地帯付近を、敵歩兵部隊が陸続と愛河方面へ進撃して行くのも、本部の榊候補生らは目撃している。ああ、頼みにした友軍戦爆連合の支援も遂に来たらず、猪股大隊は敵の重囲に陥ち、磨刀石陣地は今完全に突破されたのである。

猪股大隊長はこの包囲を突破するため、最後の突撃を決意した。そして生存者全員をもってする最後の突撃は、「前方を愛河方面へ向かって前進している敵歩兵部隊の最後尾が正面に現われた時とする」内容の突撃命令文を起案、その時期を「軍人勅諭五箇条の奉誦時」と決めた。海ゆかばの歌声が、死臭漂う戦場に流れたのはその時である。榊候補生らは、血と汗にまみれた顔に涙を溢らしながら声を限りに、今は最後の歌となるだろう海ゆかばを歌ったのであった。

猪股大隊長は、突撃の決意を第三野戦築城隊長小林大佐に伝達するため、大山副官、鈴木准尉と奥山治候補生他二名を連れ、大隊本部より左山腹の上にある野築隊本部へ向かって、一中隊冷泉小隊北側の灌木の茂る山腹斜面を中腰で前進して行った。だが、山際に布陣していた離戦車群がこれを発見、猛砲撃が一行に叩き付けられた。

その一弾が、猪股大隊長に命中したのだ。そして、その肉片の一片だにとどめなかった。壮烈な戦死を遂げたその跡には、奇蹟的にも大隊長の隊長章ただ一つが残されていたのである。背中に炸裂弾を受け負傷した鈴水准尉は、にじり寄ってこの大隊長章をわしづかみにし、遺品として持ち帰ったのである。

鈴木准尉は重傷の身にひるまず、傍らの奥山候補生に言った。「奥山、下がれ」。だが、稜線の下の方からはパッパッと赤い閃光が断続してひらめいている。至近弾が耳朶を打った。奥山らは無我夢中で本部への道を匍匐したのだった。

鈴木准尉もようやく辿り着いたが、見れば右肩を貫通銃創されたか軍衣から肉がはみ出し、そこに蝿が群がっている。思わず「大丈夫ですか」と奥山が言うと、「なんのこれしき」と笑い飛ばし、右手を軍衣の前ボタンの中に差し込んで平然としていた。

大隊長の戦死により後任には歩兵砲中隊長の梅津中尉がなり、敵の包囲を突破するため壕西側の土塁の突破を試みたが、敵歩兵の猛射に遮ぎられ脱出出来ない。「壕入口付近の戦車を肉攻せよ」と大山副官より命令された榊候補生たちは、壕内の窪みを利用しながら前進、入口に接近したが、右方十メートルぐらいの所に敵戦車が一輌、左方二十メートル付近には数輌の戦車と歩兵たちが散開して、入口に照準を合わせていた。榊たちはわずかに手榴弾を投げ付け、猛射撃の中を後退せざるを得なかった。

今はただ、夜を待って撤退する他なかった。だが敵戦車群は壕入口めがけて砲撃を繰り返し、歩兵たちはマンドリンを乱射しながら壕に接近して来る。候補生たちは、着剣し、手榴弾の安全栓を抜いて最後の時を待った。だが敵はそれ以上迫って来ず、マンドリンを乱射しつづける。午後十時頃、梅津後任大隊長は「掖河まで撤退し本隊と合流するため直下の穆稜街道を突破し、十一日夜の宿営地に集合せよ」と下命した。伝令が送られ、脱出路の偵察に太枝公夫曹長が出発した。だが目指す穆稜街道は敵部隊の通過が激しく、突破は不可能らしい。直ちに後方山地への撤退が命令された。

午後十一時になると、大隊本部の撤退を察知したか敵軍は満人部落に火を放つとともに照明弾を射ち上げ、包囲網をじりじりと狭めて来た。脱出して行く候補生たちに、東側山腹より猛射が浴びせられて来る。この世とも思えぬような無気味な曳光弾が身辺に交叉し、硝煙が鼻を衝く。候補生たちは、高粱畑を走り抜け、斜面を一気に駈け登る。こうして敵の重囲を突き破り、山中にやがて集結した候補生はその時三十名足らずであった。彼らが、無念の涙を呑んで武装解除を受けたのは、それから半月後の八月三十一日のことである。

思えば磨刀石二日間の戦闘は、赤軍ソ連戦車軍団が全陣地を重包囲し、その隅々にまで滲透した激烈無惨な攻防戦であった。

戦略的に全満の主要都市を快速かつ無血で占領しようと企図していたソ連軍は、磨刀石をはじめ北満・東満の各国境線において、日本軍の意外に頑強な抵抗を受け、その被害また少なからぬものがあったようである。そのため、次から次へと後続機動部隊を繰り出し独ソ戦に疲弊したソ連の極東軍は、全力あげてわが軍に対さねばならなかった。戦後、ソ連赤軍マリノフスキー元帥の叙述によれば——。

「……八月十三日から十四日まで、牡丹江方面の日本軍は反撃を強化し、決死隊による爆破戦によってソビエト軍の進攻を阻止しようとした。彼らはしばしば爆弾や手榴弾を身体にしばり付け、高い高粱の下に隠れながらソビエト戦車やトラックの下に飛び込んだり、ソビエト兵の間に紛れ込んで自爆したりした。時には多数の決死隊員が身体に爆弾を結び付け、生きた移動地雷原となった。牡丹江入口で日本軍が攻撃に出た時は、決死隊がおい茂った草の中を匐い回り、地雷を抱いてソビエト戦車のキャタピラの下に飛び込み、わが軍戦車の進撃にとって重大な障害となった。戦況複雑と見た方面軍司令官は牡丹江を一刻も早く占領するため、北と北東から第二六狙撃兵団の打撃力だけでなく、東からする第六五狙撃兵団の打撃力をも動員することに決した……」（マリノフスキー著・石黒寛訳『関東軍壊滅す』徳間書店刊より略述）

しかし、終戦を間際に控え北・東満各地の果てに散っていった関東軍の損害は、余りにも大き過ぎた。敗戦という現実が、戦場処理を極めて困難なものとし、山中へ撤退した兵員の掌握はもちろんのこと、重軽傷者の処置も、ほとんど放棄されてしまったのである。

磨刀石陣地に於いても、各中隊の戦死者及び負傷者が極めて多数生じたので、軽傷者は陣地に於いて応急手当を施し、最後まで戦闘を実施していたが、当初陣地内の患者収容壕に収容されていた重傷者は、状況の急迫悪化により収容全く不能となり、敵に囲まれたタコツボや陣地内で自決した候補生が極めて多かった。磨刀石肉攻隊の大半は、この二日間で戦死したのだった。

さらに、十三日夜と十四日夜に於いて、生き残った磨刀石陣地の肉攻候補生は指揮系統が完全に麻痺したため、個々の判断によって後退せざるを得なかった。十四日夜に至り大隊本部は遂に全員に対し撤退の命令を下したが、本部の陣地内に於いてすら、ソ連軍の攻撃が激しく伝達も不完全で、到底全軍に徹底させることは出来なかったのである。そのため生存者は単独または小行動群で陣地北方山中へ転進し、掖河の連隊本部を目標に陣地を脱出したが、地形不馴れと夜間行動のため、あるいは方向を誤まり、生死不明となり、あるいは落伍死亡せる者を始め事故が続出した。それは、まことに困難な撤収であった。

生き残り候補生たちの、それから始まる悪夢のような山中彷復、そしてシベリアへの流刑の道はこうして辿り始めることになる——。

敵中突破

一中隊二小隊の平松経正候補生は夜闇にまぎれ、数名で裏山を目指していた。稜線を越えたところで本部前で別れた仲間たちと合流する手筈である。とある丘に攀じ出た時、夜目ながら何かが野積みされているのが見える。候補生たちが近付いた時、突然、バリバリバリッという銃声が起こった。しまったとたじろぐ一瞬、ドドドーッという轟音とともにこの野積みの山から凄まじい火花が飛び散り、あたり一面は真っ昼間のような明るさに輝いた。平松たちを狙う敵弾が射ち込まれたのは、何と照明弾の山だったのだ。目の眩むような炸裂の光の中で呆然とした途端、銃弾の弾《はじ》ける音が身近に迫る。平松が脱兎のごとく左斜面を駈け下り、ものの二十メートルも走った時である。突然前が真っ黒になり、一瞬からだがフワッと浮いたまま奈落の底へ叩き付けられた。そこは味方の掘った対戦車壕だったのである。

九死に一生を得た思いで、再び戦友たちと裏山を辿って行く。東の方が白みかけた頃、無人の農家に行き着いた。宮島一郎見習士官もいる。その隊長の双眼鏡で不寝番が交替に監視することにし、しばしの小休止である。だがそれも束の間、突然「大部隊が稜線を越えて来る！」の大声に、裏山へ走り込んだ。敵戦車である。うまい具合に、一メートル二十センチほどの断層が出来ている。山上からの雨水でえぐられた、人間ひとりがやっと匍っていけるぐらいの溝だった。つんのめるようにしながら匍い出し、ものの五メートルも進んだ時、バリバリバリとマンドリンの斉射が轟いた。

　ようやくの思いで溝を抜け出した時、平松は倒れている一人の候補生に気付いた。見ればついさっきまで農家で一緒だった山田道明候補生（岐阜県出身・戦死）ではないか。首から頭にかけて二発被弾していた。おっとりした話し振りで皆に好かれていた仲間である。彼は山田候補生の腕時計をはずして自分の腕に巻き、遺族に渡す形見にしようと、彼の遺骸に手を合わせた。——その後、この大切な時計も敦化《とんか》で武装解除の時、断乎としてはねつける平松に問答無用でソ連兵が強奪していったことが、今も彼は口惜しくてならない。

宮島見習士官もこの時、あの断層の所で戦死したと判断される。

——二中隊一小隊の古嶋正雄候補生は、死地を脱してからすでに半月以上も、敵を求めて山中を彷復していた。小山見習士官らとともにである。ついては離れ、離れては一緒になった兵士らと別れ七、八名の候補生だけで、四囲みな敵軍の虚を衝いて包囲突破作戦をしようということになった。

再び山越えである。この半月、いくつ山を越え嶺をよぎったろう。山の尾根を前進中、眼下に西瓜畑を見付けた。どうして見過ごして行くことが出来よう。一瞬危険を忘れて畑に突進し、銃剣で割ると渇きを癒やすことに無我夢中だった。その時、鋭い銃声がザサーアッと轟き渡った。警戒に出した尖兵の警戒急射撃である。敵と遭遇したに違いない。突然山の上から「逃げろ逃げろッ」と叫ぶ候補生がいる。スワコソと思った時、うなりをあげた迫撃砲弾が炸裂、つづけざまに二発、三発がヒューシュルシュルと吹っ飛んで来る。古嶋たちは夢中で走り、伏せ、走りまくった。敵は眼鏡で観測し、射って来るらしい。かなり正確な弾着だ。伏せた一瞬、数メートル先に飛弾が爆発して頭から土砂をかぶる。小銃弾もピュンピュンッと飛んで来る。

一ノ宮賢二郎候補生は走りながら、敵のワナにかかったと思った。もう逃げられない、ここで傷つき捕虜になるより、潔く自決しよう、と手榴弾を抜いた。それを見た候補生、岡本と上根が「今死んでは犬死だ。走るだけ走れ！」と怒鳴る。古嶋たちが出発する時、兵の中から一人だけ付いて来た朝鮮人の志願兵がいた。唇を真っ青にしてガタガタ震え、古嶋にくっついて離れようとしない。駈けながら五、六名がぶつかり合うように一緒になる。目標がこれではでっかくなり過ぎる。古嶋は「みんな離れて、走れ！　離れろッ」と叫ぶ。山の斜面は胸を突くように急だ。足がもつれ、鉛のように重い。敵から丸見えなのか、弾着は凄まじかった。

やっと山の稜線に辿り着き、死角に転び込んだ。今にも息が切れそうである。次々に候補生が躍り込んで来た。激しい息づかいの下から、汗がとめどなく吹き出した。

ようやくの思いで部落へ立ち戻った候補生たちは、明日からの行動を協議し合った。小山見習士官は、右手を磨刀石で敵弾に射ち抜かれていたが、傷口は膿み、ウジがわき出していた。つける薬はなく、体力もすでに限界に来ているようである。行く手はあまりにも深刻であった。ガクガクの論議の末、この部落に残ろうという者、山中を脱出し友軍と合流しようという者の二手に分かれた。土地カンがあり満語を解せる者が脱出工作に積極的だった。古嶋らは残り、二、三名で脱出して行った候補生もいる。だが二度と帰らず、今も生死不明である。

しばらく経って、近くの敗残部隊の五号無線機が停戦協定成立を傍受したらしいという噂がたった。だが、デマに違いない。日本が停戦などするはずはないと古嶋は思った。日本は負けたらしい、という情報が今までの山中で流れたこともある。それを必死に心の中で否定しつづけて来た古嶋たちであった。しかしそれも、日が経つにつれ、自信がぐらついて来るのである。

九月三日頃、確度の高い情報として「降伏でなく停戦」と言い出す者がいた。そして、停戦ならば対等だ、しかも軍の命令であるという。一晩中、小屋の中で焚火を囲み、議論し合った。「日本が負けるなんて……」古嶋の頬を涙がとめどなく流れる。「そんな馬鹿なことがあってたまるか」拳を振り回し叫ぶ者もいた。最後まで俺は戦うぞ、と言っていずことなく消えて行った候補生もいる。堀慶三、望月堯、妹尾太郎、梅崎庸次、近藤吉秋ら候補生は、山中でこの決断に悩み抜いた。

「生きて虜囚の辱しめを受けず……」それが常に脳裡にこびり付き、胸を締め付けていた。だが決断しなければならぬ時が来たようである。

最後の身辺整理をした古嶋たちは、小銃と二発の手榴弾を持って、遂に山を下った。ソ連の軍使将校と、わが軍の見知らぬ参謀が乗馬でやって来た。そして、武装解除すると言うのである。口惜しかった。むざむざ小銃を渡すことはない。古嶋は銃の槓杆をガチャリと引き、掌の上で分解すると、中の撃針を力をこめて折った。こうすれば、見かけは小銃でも、もう役には立たないと彼は思った。あと残るは手榴弾である。二発の内一発は敵に叩き込み、一発は自爆用――そう胸に秘め、そう自分に言いつづけ彼は何度か、安全栓に手をかけた。だが、決心がつかない。

次第に列が前へ進み、だんだん武装解除の順番が回って来た時、遂にあきらめて古嶋は藪の中へ捨てた。武器を日本兵から受け取るのは、まだ十八、九歳ぐらいと見られるあどけない童顔のソ連兵である。肩に自動小銃をぶら下げ、薪ざっぽうのように大事な小銃を捨てた。煮えたぎるような気持で彼は、その横顔を睨みつづけていた——。

大隊本部壊滅後、戦線を離脱して本隊合流を目指しながら山中を辿った梅津中尉たちの一行は、二十九日になって斥候に出た候補生が「下の部落に、すでに武装解除を受けた部隊が駐屯している。終戦らしい」という情報を伝えて来た。だが候補生たちは降伏を肯んぜず、さらに東京城へ向かう決意を固めていた。翌日、第五軍の連絡将校が梅津中尉の許に来て、終戦と武装解除を伝達した。だが勝又庄一郎候補生たちは命令を承服せず、徹底抗戦を主張、容易に将校の言うことを聞かなかった。

梅津中尉はやがて「武装解除を受けることは大命であり、耐え忍ぶことが大御心に添う道である」と言った。その夜、始めて大きな焚火を焚き、榊や奥山たちは夜を徹して語り明かしたのだった。なぜ日本は降伏したのか、我々は何のために徒手空拳をもって戦ったのか、磨刀石で散っていったあれほどたくさんの戦友候補生の死は犬死ではないか、一体何のために……。榊は今も言う——無念であった、残念であった。一体何のために……と絶句するのである。誰も流れ落ちる涙をぬぐおうとしなかった。赤々と燃える焔に照らし出された、真っ黒に日焼けした候補生たちの顔に光る無念の涙を、榊候補生は今も忘れることは出来ない。

翌三十一日、彼らは肌身離さず持っていた九九式歩兵銃の最後の手入れをし、弾薬と手榴弾を山中に埋めた。「軽挙妄動を慎み、候補生としての誇りをもって行動せよ」——それが梅津後任大隊長の最後の訓示であった。榊たちは堂々と隊伍を組み、山を下りた。

夏の軍衣袴はぼろぼろになり、血と泥に惨んでいる。乞食さながらの姿ではある。だが、絶対優勢な敵機甲軍団に敢然として立ち向かった戦闘候補生部隊の誇りを、彼らは高らかに胸に秘めていたのである。

戦闘開始の日、壕で軽機関銃を射ちまくった二中隊三小隊の田中正三候補生は、その日激しい睡魔に襲われ始めていた。（きょうは祖母の命日だっけ。自分の命日も同じ日になったな）うとうとと考えている内に、お袋やおやじが夢うつつに現われ、やがて彼は深い眠りに陥った。

と、突然壕の偽装越しに鉄帽をつかむ手が……。すわ敵！　愕然と彼の血が凍った。が一瞬、抑えた声で「田中、撤退命令だ」。暗闇で、誰だか今も思い出せない。弾倉二本ずつ左右の肩に振り分け、軽機を腰に数歩匍匐した途端、至近距離に激しい集中射撃を浴びた。およそ十分、銃声の途切れを待って一気に稜線を駈け上がり、高粱畑の繁みに分け入った。数名の候補生が潜んでいる。真っ暗で全く方向もつかめない。凹んだ所にあった腐った枕木に腰をおろし、背中合わせに三組がくっつき合い夜明けを待った。

だが目が覚めた時、田中は一人だけ胸まで水に浸っているのに気付いた。白々と明け、あたりは静寂そのものである。繁みの向こうに敵戦車が真っ黒に見える。一緒だった候補生五人は、どうしたのだろう。田中は情況偵察をして、北側の急斜面を越えれば大丈夫と判断したが、その手前の道路には戦車もおり、歩哨線も布かれている。その時、高粱の下草がかすかにねているのが目に入った。これは先発候補生の通った跡だ。銃声も鳴らなかったし、うまく突破したはず……彼はとっさに判断すると「よし、この跡だ。今だ、一気にゆけ！」自ら号令して脱兎のごとく道路を横断、山頂めがけて突進した。バラバラッ、バラッとマンドリン数梃の一斉射を浴びたが、彼は、当たるものかと突っ切った。

やがて山中で田中は、一人の負傷した候補生に出会う。凄惨な、それはうしろ姿だった。右肩から左に下げた水筒の吊り革が、血と土のため上衣を通してまるくべっとりと凝血している。明らかに右胸貫通である。「肩につかまれ」「いや、大丈夫だ」「愛河か牡丹江の病院まで一緒に行こう」「いや、足手まといになるから、キミは先に撤退して任務を果たしてくれ」「なに言うか、一緒に頑張るんだ」――ぜいぜい言いながらも、その候補生は遅れまいと懸命に歩く。

きれいな沢水があった。田中は水底に顔をつけ、息もつかず溺れるほど飲み込んだ。だが負傷候補生は「止血してないので、水は飲めない。出血多量になる」と、一滴の水も飲まず、ボロ布で顔をぬぐい、胸をわずかに開いて冷やしたかと思うと、すぐ行軍を続行した。鉄帽も帯剣も、重いものはすでに身に付けていなかった。こんどは、血糊の付いた水筒を田中に手渡した。「おれは、これだけあればいい」そういう雑嚢の中は、ただ一発の手榴弾だけである。そして言った。「おれに構わず、急いでくれ。ついていけなくなったら、これで自決する」

二人は前になり後になりして山中を辿って行く。「頑張れ」「大丈夫だ」と確かめ合う。重傷でありながら、絶対に他人の手を借りようともしない気骨、烈々たる責任感……これが候補生なのだと田中は涙ぐむ。二時間、三時間――その間にも頭上すれすれに超低空の機銃掃射を数回浴びせかけられた。そのつどポーミーや高粱の畑に飛び込む。数回の銃撃を受けてから田中があたりを見回した時、彼の姿が見えなかった。（しまった、やられたか）一帯を駈けずり回り捜したが呼べど遂に応答がなかった。田中は行軍をつづけながら思った――（自決したな。あの敵機の轟音のため、手榴弾の爆発音が消されたのだ）そして、彼から聞いた名前を改めて何回も、脳裡に刻み込んだ――広島出身の中山候補生、――、――、と。田中はその中山候補生の形見となった水筒を、その後シベリアでも大切にしていたのだが、数回目の収容所転属の折、「ソ連側に保管され戻らなくなった」と、今も悔やんでいる。

ところで中山を失い、ただ一人となった田中は言い知れぬ焦りを感じ始めた。代馬溝から撤退して来る兵士たちには時々出会うが、座金《ざがね》の軍曹の姿は全くなかった。撤退命令のあったことは信ずるが、一体どこへ撤退すべきか。「兵若シ戦闘中、所属部隊ヲ失ヒシトキハ、速カニ最寄リノ部隊ニ合流シ……」戦陣訓の一節が田中を責め立てる。（いっときも早く荒木連隊長の下車した愛河に出るのだ）と、強く言い聞かせた。そして、山中の最短距離を踏破すべく、急勾配の山を攀じ登って行く。と、眼下に畑、左方に工兵隊らしい陣地配置、そして遙かに愛河が確かめられ、田中は思わず「よーし」と眩いた。山を下りながらポーミーをむしり取り、生臭いのも構わず齧《かじ》る。ジャガイモを掘り出し皮ごと貪《むさぼ》りついた。そして雑嚢に二個ほうり込んだ。

第五軍司令部に辿り着いたが、建物はすでに封鎖してあるのに気付くと、田中は弾薬庫を探し回った。混乱のさ中、異常な空気が辺りを包んでいる。一人の見習士官が倉庫前にいるのを見付けた田中は、直ちに駆け寄り、軽機を右手におろすとカカトの音高く不動の姿勢をとった。「自分は特設歩兵連隊……兵科甲種幹部候補生田中正三であります。命により磨刀石陣地より撤退して来ましたが、所属部隊を失いました。敵戦車の来る方向を知っておりますので、単独肉攻を行ないたいのであります」田中は、一気にそう申告した。硝煙にやつれ、軍衣は破れ、戦場の匂いを漂わすこの若者に、見習士官は目をうるませながら言った。「よし、解った。戦友の仇は、必ずとってやる。そこのトラックに乗車せよ」ふと見れば、嬉しや数名の兵に混じって探し求めていた座金の候補生がいるではないか。掖河の陣地から弾薬受領に来たのだという。そのままトラックに便乗、本部に到着した。が、本部とは名ばかり、五メートルほどの丸太支えの壕の中である。鉄帽の下に目を光らせる荒木連隊長に単独接見、田中は身をこわばらせて戦況を報告した。「貴様たち候補生の仇は、必ず討ってやる。ご苦労であった」連隊長の声を聞き田中は思わず涙ぐんだ。そして磨刀石に心をひかれつつ、本部東側五百メートル付近の丘陵で最後の防御線を死守するため配置についた。

――十六日早朝、一般部隊を先に渡橋させ最後に田中ら候補生が死の牡丹江に入った。人の気配はすでに全くなく無人の廃墟と化している。、と、街はずれの軒先に、一人の女性がたたずんでいた。四十歳過ぎぐらいの女性である。田中が「おばさん、早く退避しなさい」と言うと、それには答えず「兵隊さん、ご苦労さん。お腹空いてるでしょう。中へお入りなさい」と言う。部屋へ通されて田中は驚いた。広間の正面に立派な祭壇が祀られ、室内は整然として塵一つない。そして左手に可愛らしい六歳ぐらいの女の子がきちんと正座しているのである。聞けば、天理教だという。避難準備など全くせず、候補生に食べさすため握り飯とお茶をそのおばさんは運んで来た。びっくりして田中は、磨刀石の戦況を教えすぐ近くに敵戦車が来ていること、ものの三十分もしないうちにソ軍がこの家を襲って来るから、一刻も早く避難するよう説得したが、「大日本帝国は必ず勝ちます。私たちはここから逃げません」と、信心家らしく冷静泰然としているのである。その後、あの親子はどうなっただろうか、と田中は今も思い出すという。

午前十時過ぎ、田中たちは次の陣地構築地である横道河子に向かって牡丹江の貨物廠沿いの道路を行軍していた。戦況はどうなっただろう。不安と焦りは募る一方である。その時、爆音が急に轟き、気が付いた時は一天にわかに真っ暗になるほどの大編隊が頭上に迫っていた。左は貨物廠、右は高く長いコンクリート塀である。遮蔽物は何一つなく、絶体絶命である。田中はとっさに、道路脇の深さ二十センチほどの側溝に仰向けになり、雑嚢、弾倉四本、水筒などあるものすべてを身体に載せると、軽機の脚《きやく》を開いてその上に据え、しっかと上空に狙いを付けた。

うなりをあげて一機から数本ずつの爆弾が、もみあいながら落ちて来る。天を聾する爆発音が走り、たちまち貨物廠は木っ葉微塵、田中は起き上がろうとしたが木片やコンクリート片、そしておびただしい土砂で身体が埋まっていた。辛うじて脱出した田中は、そこから横道河子手前の登り坂に行きつくまで、恐ろしい事実を次々に目撃することになる。至るところ、まさに屍のそれは連なりであった。八月の炎天下、死臭は鼻を衝いた。おびただしい黒ずんだ血痕の流れ、ちぎれた手足……その間を縫うように弾薬と糧秣を積んだ輜重隊の人馬が進んで行く。それをめがけて反復する敵機の機銃掃射。哀れにもそのたびに、一瞬にして数人ずつが血潮とともに叩き付けられ、吹き飛ばされる。まさに地獄絵図である。歯ぎしりをしながら田中は、死の境で思ったことがある。

それまで真意も知らず、しばしば歌ったあの歌、「海行かば水漬く屍、山行かば草蒸す屍……」あの歌、軍歌には、臭いがないけれども、現実は凄惨そのもの。まさに鼻向けならない悪臭悪歌であることを。以来、田中はこの歌を口にしない。そして、今もこの時見た屍の重なりを忘れることが出来ない。さらにこの屍の群れにオーバラップして、その最期を見届けることの出来なかった二人の戦友のことを胸に描く。一人は肉攻配置についた同郷の辻篤造候補生（北海道出身・戦死）、もう一人は原隊からライバルだった出河鉄三候補生（北海道出身・戦死）のことである。あの十二日、タコツボを掘り上げて二人を見た時、田中に気付いた辻は、夕焼けを背に両脚を大きく開き、天突き体操そのものの恰好で大きく両腕を突き上げ、その手に手榴弾を持ち、「田中、きょうはこれだ」と、いきいきと言った。「頑張れ」それが最後の別れであった。出河も辻も、期して果敢な最期を遂げたに違いない、と田中は考えている。我々はいつも、「誠のため死ぬ。陛下のため、死して悠久の大義に生きる」と誓っていたのだから……。

二中隊三小隊の渋谷繁候補生は陣地で左脚をやられていた。自決を決意していた彼は、候補生たちに励まされ、神崎紀之候補生は彼を背負って膝下までずぶりずぶりともぐりながら水田を渡って行った。貫通弾を受けた左下腿部は、巻脚絆を弾丸が貫いて穴があいている。袴下《こした》が赤黒く染まり、軍靴の中はぬるぬるしていた。途中で出会った重機射手の候補生は、左胸を射ち抜かれた重傷の身で、胸部を血で真っ赤に染め、首からは三角巾で手を吊るし、候補生に助けられながら歩いていた。辿り着いた牡丹江市街は、真っ赤な焰に包まれていた。その時、渋谷の側に一頭の馬が近付いて来て、悲しそうな訴えるような目付きですり寄って来る。見れば腹部に貫通を受け、腹わたが一メートルも飛び出しており、地面に引きずっているのだ。だがどうしてやることも出来ない。

翌朝、掖河郊外の真っ直ぐな道路で、彼はさらに生々しい惨状を目撃している。輜重隊の隊列を敵機が銃撃したのであろう、道路の左右に車と馬が折り重なり、道路一面血の海で牛がうずくまり、瀕死の重傷であえいでいる。途中、戦死した戦友に供え物がしてあったり、馬が田圃に転げ落ち足をばたつかせているものや、燃えている牽引車に乗っている兵が、ほとんど白骨と化しているのを見た。そののち、彼が収容されて手当てを受けた時、裸になると下半身は骨と皮ばかりになっていた。腹部に三ヵ所、尻と大腿部に数ヵ所の傷穴があり、その穴の中には蛆《うじ》が無数にうごめいていた。

重機関銃の川上哲次候補生も地獄を生き抜いた一人だった。本隊を求めて山中を突破し、すでに軍衣はボロボロであった。敵機関銃の集中射撃に包囲されたこともある。山かげ伝いの農道では、見るも無惨な敗退の兵士の一群にも会った。銃なく、上衣はボロ布のようにぶら下がり、破れた軍袴の上を鮮血で赤く染まった布で縛り、杖にすがって撤退して来る兵士、片足のない兵士らがいた。力尽き倒れている兵士を起こしてみれば、戦闘帽の星章のド真ん中を銃弾で射ち抜かれていた。

やがて辿り着いた海林の駅にすでに人影はなく、ホームや線路の傍らには友軍の屍体と黒い満服の死体があちこちに重なるようにして散らばっていた。引込線の貨車の中から屍体がぶら下がり、馬の屍体には真っ白になるほど蛆虫が這い回っていた。異様な死臭が漂い、彼は思わず目をそむけたくなるほどの惨状を呈していた。

三中隊指揮班の菅原三郎候補生は、仲間とともに牡丹江市内に辿り着いた。駅前繁華街の貴金属商、時計店など大きな店舗という店舗は、飾り棚のガラスがすべて破壊されており、商品は何一つない。凄絶な略奪のあとを感じさせる。茫然と見つめながら、幾重にも棟を列ねている満鉄の赤レンガ倉庫の中に入り込むと、前後不覚に寝入った。

突然の爆撃の音に、愕然と飛び起きた時、七、八人いたはずの仲間たちがいず、浜口清候補生だけである。外に飛び出すと、十機を越える敵爆撃機がすぐ頭上に迫っていた。

「浜口ッ、爆撃だ！」菅原はそう叫ぶと、倉庫の間の窪みに飛び込んだ。数秒遅れ、浜口が並んで伏せた時、物凄い轟音とともにレンガが崩れ落ち、爆撃のあおりではね上がったレンガが二人の上に舞い落ちる。胸を撃突された菅原は、息がとまるほどの衝撃を受けた。機影を見上げながら、道路上に飛び出すとエンジンをかけたままトラックが二台並んでいる。「オーイ、運転手はいないのか！」と菅原が叫ぶと、側溝の中から二人の兵が真っ黒な顔で飛び出して来た。

「運転手か！」「はい！」「よしッやれ！」「対空監視願いますッ」二人は、一台ずつに分乗、ガタガタと突っ走る。郊外の野天にアンペラを掛けた糧秣資材が、炎をあげて燃えさかっている側を通り抜けた時、蜒々長蛇の敗走する大群に追い付いた。兵隊以外はほとんど女子供であり、その半分以上が裸足だった。車を停め、両手と背に三人の子供連れの裸足の婦人をトラックに引きずり上げたのを皮切りに、たちまち両車とも邦人たちで溢れるばかりとなる。兵士ではただ一人、足に重傷を負っているらしい上等兵を引き上げた。この、青森県出身という上等兵があとで非常に役立つことになる。彼は雀ほどの大きさの内に、敵機を見分けたのだ。

そうでなければ、敵機来襲のたびに急停車、ぼろぼろとこぼれ落ちるようにトラックから降りて、草原に逃げ込む五分ごとぐらいの繰り返しに、女子供は間に合わなかった。だがやはり、背中と両手の三人の子供連れの主婦は、何度目かの急襲の時、道路から遠くへ逃げきれず、側溝にうずくまったところを機銃弾が貫通し、背負った子とともに息絶えた。両手の子供は、母親の手を握ったまま泣いていた。菅原と浜口は一瞬ためらったが、子供を引き離して車に抱え上げた。トラックが発車する寸前、どこから現われたか、一人の大尉が攀《よ》じ乗ろうとしている。肥えていて、すぐには乗れそうにない。「女子供より乗せない！ 軍人は乗せない！」と怒鳴り付けた時は女子供の間に割り込んでいた。まっさらな軍服に地下足袋、巻脚絆姿である。股ずれで歩けないので、頼むから乗せていってくれと言う。ふと気が付くと、片手に抜き身の軍刀を握っている。

「危いから捨てろ！」と菅原が怒鳴ると、これは代々伝わった家宝だから、と隠そうとする。「それなら乗るな！」と頭を抑え込むと、うらめしげに見上げ家宝を捨てた。しばらく進むとすぐまた、長蛇の列に追い付く。在留邦人たちが、すがりつくようにトラックを見上げる。子供連れの婦人を乗せるには、単身の婦人を降ろさなければならぬ……。だが、それは出来なかった。

二人は、後事を目のいい上等兵に託すとトラックを離れた。例の大尉は、隊列をよそに眠りこけている。最初乗せた時の条件でトラック後方上空の対空監視が割り当てられたにも拘わらずである。このような将校でも、平穏無事の時には立派な軍人に見えたのだろう、と菅原は苦々しかった。

二人は、果てしない草原の中をあてどなく歩いて行った。

ところでこの項を書いている時、浜口候補生がこの五月に肝硬変のため死んだことを知らされた。彼は最後の病床で筆談をし「帰りたい」と書いたという。「どこへ」と聞くと、「日本」と書いたという。死の病床でシベリアをさまよっていたのだろうか。

無人の牡丹江市街で一中隊の岩部忠夫候補生は、激しい渇きに耐えられず水を求めて、ある家に入って行った。玄関に荷物を一杯詰め込んだ柳行李や布団袋、箱などが積まれている。その荷物には、ここの邦人の故郷に宛てたものか真新しい白布に墨で届け先が書き付けられていた。岩部はその白い色が眩しく、今は送り届けられぬままに放置されて財産と思い出が消失してしまうのだと思うと、何かこの柳行李がいとおしくソッと撫でてみるのであった。部屋には食事の途中であったのか、焼き魚と味噌汁が食膳にあり、茶碗には白い飯まで盛られている。信じられないほど平和な、もう長いこと忘れていた光景を見る思いだった。この家族は今頃、どこにどうしているのだろう。無事にソ連軍のいない所まで辿り着けたのだろうか。つい数日前のきっとあの時、日の丸の旗を振りながら牡丹江駅で見送ってくれた人たちに違いない。

簞笥《たんす》の引き出しをそっと開けてみた。懐かしい生活の匂いが包んだ。彼はそうする気持はその時までなかったのだが、中に木綿の晒《さら》しがあるのに気付き、傷ついた時の包帯代わりの用意にと戴くことにした。この木綿はその後シベリアへまで一緒に行くことになった。

こういった肉攻候補生とは別に、小型ながら戦車十輌を布陣して勇敢にも敵大火砲に立ち向かっていた候補生たちもいる。磨刀石に出陣する途中、第五軍の特設臨時戦車隊に銃手・砲手として突然派遣を命ぜられた牧岡準二候補生ら十二名である。

「わが車体の小なること、また火力の弱少なることをもって攻撃用として使用せず、防禦・援護用の移動トーチカとせよ」というのが中隊長の命令だった。彼らは機関銃と歩兵砲に所属していた候補生たちだったが、磨刀石に向かった戦友と離れて孤軍奮闘したのである。牡丹江付近において敵の目の眩むようなロケット砲、戦車砲の一斉大砲撃を浴びながら、車体を震わせて九七式車載機関銃を射ちまくった。だが巨大な敵戦車砲は、牧岡たちの戦車を次々に炎上させキャタピラを粉砕させていく。カチューシャを命中させる。遂にわが戦車に自ら火を放ち、次第に後退を余儀なくさせられていく中で、友軍のあらゆる火器が動員され応戦しているのが見えた。十榴・十五榴の砲兵部隊が水平射撃で果敢にも奮戦しているのであった。

やがて出た撤退命令の中を牧岡候補生たちは横道河子まで下がったが、徹底抗戦のためさらに吉林を目指して離脱、連日のように降りつづく雨の小興安嶺を辿り、敵を求めた。力尽き、遂に武装解除を受けたのは、九月も二日（一面坡《イメンポウ》）のことである。最後まで行を共にした四人の候補生とも収容所を転々とさせられている内にばらばらになり、牧岡は唯一人チタで抑留を送る身となる——。

死のタコツボから脱出して来た一人、土本吉夫候補生は、何日かの間私と脱出行を共にしていた。だが、いつしか離れ離れになり遂に単身山中にさまよい入り、出会った数名の兵たちとソ連軍貨物列車の急襲爆破をしたり、逃避中の開拓団の護衛に当たったり、遂には右脚に銃撃まで受けながら降伏を承知しなかった。日本軍の明らかな敗北を知った彼は、武装解除を拒絶、満人部落に入り、やがて国民党軍と共産軍に相次いで入り、その消息を断ったのである。

のちに故国へ還って来た時、彼は軍籍簿の中に自分の名のないことを知った。磨刀石の悲劇は、候補生一人一人をこういう運命の凌辱に追いやったところにある。あの〝岸壁の母〟の息子、端野新二候補生もまた、我らと戦った磨刀石の戦士であった。だがあの時、歩兵砲中隊にあって重傷を負い、彼は陣地に取り残された。八月十五日、端野は「戦死」と認定された。だが、その彼が戦後、杭州で生存しているという噂があったり、いや別人だという説もある。

端野新二だけでなく、戦後三十三年経った今も、その最期の姿の判明しない候補生は磨刀石に余りにも多い。タコツボに憤死した候補生のように、そして降伏を肯んじなかった土本のように、あるいは重傷を負った端野のように、実に様々な凄惨なピリオドをそれぞれが打っているのである。そこに磨刀石の悲劇がある。

——猪股大隊の生き残り候補生たちは、こうして混乱する激戦の中に整々とした戦場の離脱は困難となり、小グループであるいは単独で各個の判断により、夜暗を利用して隠密裡に脱出を図って来たのである。これまで述べて来た何人かの候補生の例は、その脱出行のわずかな典型に過ぎぬ。候補生たちは状況の不明なまま山中をさまよい、終戦の噂をデマと否定し、あるいは武装解除を断乎として肯んぜず、敵を求めつづけて彷徨したのであった。従って、のちに武装解除を受けた地点は、実に広範囲にわたっている。拉古、蘭崗、東京城等を始め、遠く敦化やさらに新京に近く蛟河にまで落ちのびて行った候補生たちもいた。

終戦後、軍命令により南に下っていた小松連隊の中で、撤退して来たこういう磨刀石生き残りの候補生の哀れな姿を目撃した者は多い。敦化のはずれの沙河沿に集結していた新田律六候補生らは、目の前に一人また一人とボロボロの夏の軍衣袴に、座金と軍曹の階級章を付けた候補生が、疲れ果て血と泥にまみれ幽鬼のような姿で辿り着いて来るのを見た。（あれが教育一中隊の候補生か。全滅したそうだ。原隊で教官だった若槻見習士官は挺身斬り込みをやったそうだ）新田はその姿を見守りながらこう思い、涙を押さえることが出来なかった。

だが、それからつづくシベリアへの道は、全候補生にとってさらに苛酷なものとなったのだ。

偲磨刀石英霊　　加藤 修

男児立一決使呻　　男児ひとたび決して立たば
磨刀石決戦鬼神　　磨刀石の決戦鬼神を呻かしむ
壮烈血砕鉄不屈　　壮烈血は鉄を砕いて屈せず
噫青魂幾百国楯　　ああ青魂幾百国の楯たりぬ
嘗秋草萬飾弔之　　かつては秋草萬飾して之を弔うも
今国栄英霊暗辛　　今や国栄ゆるも英霊暗く辛し

一片戦史何語耶
庶莫石頭尚春巡

一片の戦史語るは何んぞ
さもあらばあれ石頭なお春は巡らん

鬼哭 ああ磨刀石

磨刀石の陣地を辛うじて脱出した私は、その後何度か敵に包囲され、単身山中で襲撃を繰り返しながら、幾日も幾日もあてどない彷徨をつづける身となっていた。候補生と行を共にし、時に離れ、名も知れぬ部隊の生存兵たちと一緒になりして、いつ会えるとも判らぬ本隊を求めつづけた。それはすべての生き残り候補生の体験でもあった。死線をよぎり、山中を迂回し、それでも候補生たちは歩きつづける――。

死の開拓団

――満人の一団に出会った。見馴れた服装にソフト帽や手拭いを冠った男たちが、荷物を担いでやって来る。見ると赤い布を腕に巻いている者が多い。軍馬を食べている我々を見ると、どう思ったのか荷物を探って麺包やトウモロコシの焼いたのを取り出し、投げ出していく。ふと日本が降伏したという声が聞こえた。殺気立った我々は銃を構えて、取り囲んだ。「嘘をつくと許さんぞ」「出鱈目を言うな！」あやうく引鉄を引きそうになった。だが、しきりに抗弁する満人は、新安鎮の部落で日本軍の演習があるたびにいつもお茶や甘藷を差し上げていたのだ、と片言の日本語を混じえ身振り手振りで開き直り、しきりに親日ぶりを示すのだ。

銃を構える我々から後ずさりしながら集団のあちこちから本当、本当！という声がする。赤い腕章のことを聞けば、ロシア兵《ローモーズ》が恐いからだという。してみればソ連軍に恭順の意を表しているというわけなのか。怒っているのが惨めだった。あれからもう旬日、一体戦況はどうなっているのか。山中を放浪するおびただしい友軍――やはり不利な事態に立ち至っているのか。我々は、群をなして歩み去って行く満人の一団を呆然と見送る他なかった。どこの部隊か将校の訓示しているのが聞こえる。「敵は明らかに神経戦を狙っているのである。一切のデマや噂に惑わされてはならんぞ。皇軍はまだ戦いつづけているのである。諸士は一人の脱落者もなく、目的完遂に向かって奮闘せよ……」

先程の満人たちは、大海浪河の流域に住んでいたという。してみると、目標の寧安からだいぶ北西にそれて来てしまっている。危険だが何とかして鉄路に近付かねばならぬ。これでは東京城《トンキン》への希望も満たされぬ。だが足が皮を剝いだように痛い。のけぞるように寝転がっている兵士たちの眼は凹み、頰はこけて唇の色まで心なしか白ずんでいる。死相、と言ってよかった。

時々かすかに砲声らしい音が聞こえる。雷とは違うようである。死んだ軍馬を喰い、シダの葉を噛み、溜り水を飲みながら名も知らぬ河を渡り、雨に打たれてここまで来た。もはや軍馬も見当たらず、折からの旱天《かんてん》つづきで喉の奥はひりつきそうに渇きを覚える。軍靴の中でむくんだ足首をさすりながら真っ白に爛《ただ》れた爪先にゾッとした。俺だけではないのだと言い聞かせながらも、このやり切れない痛さはどうか。ボロボロの靴下を剝ぎ取り、襦袢を裂いて巻き付けてみる。何度も歯を喰いしばりながら靴の中へ押し込んだ。そして、ひたすら砲声の轟きに、砲声のする方向へ、最後の機会を求めて進んで行くのだ。

――遠雷のようなあの音、そうだあれはまさしく砲撃の音だ。何日、何度か夢に描いた砲声の音が間違いなく聞こえて来る。思わず立ち止まる我々の耳にかすかにゴーッ、ゴーッという車輌の響きがはっきりと聞こえて来た。(この響きは確かいつのことだったか、内地にいる頃、どこかで聞いた音だ。どこだったか？　ああそうだ、学生時代に根津山で寝転がりながら遠くに聞いた郊外電車と自動車の、あの響きと同じだ)私はわれを忘れて、あの頃のことを懐かしく思い出した。そうか、あの響きか。私は思わず口許が綻《ほころ》んだ。なぜ、あんな時に思い出したか、今もあの耳の感触を反芻《はんすう》してみることがある。

一刻も早く、あの音のする所へ出たい。まざまざと目に浮かぶのは友軍の姿であり、友軍の榴弾砲である。しかし、よくぞこの銃を捨てなかった。雨の中でも銃口手入れは怠らなかった。今度こそ、と思う。砲声はますます近付く。むくんだ足の痛みも忘れた。だが、山を下りうかがい見た稜線沿いには、おびただしい敵戦車の連なりと歩兵部隊の集団が蝟集するばかり。友軍の姿はどこにも見当たらなかった。敵を目の前に、突撃は出来なかった。再び山中を辿り、南への道をさまよって行く。

また、激しい雨になって来た。耳に入る音は、森を揺さぶる沛然たる豪雨ばかりである。眼にも口にも容赦なく滝を浴びるように雨が入り込む。悪いことに風まで出て来たようである。磁石を持たない我々は、星をただ一つの頼みとして山道を辿るはずであったが、今はもはやその術《すべ》もない。滑っては転び、転んでは必死になって仲間たちから脱落しないように追いつづけるだけが、精一杯のことである。咫尺《しせき》も弁ぜぬ山中で、昨日のことも明日のこともまるで頭に浮かばず、歩いていることを意識するだけであてどもなく進む。

すでに数時間は歩いた。滑る足を踏みこらえていたせいか、脚の筋がたまらなく痛む。雨はだいぶ小降りになったが、今はもう物言う気力も消え果てたか、兵士たちは次々にぬかるみも構わず地面に身を投げた。山中に友軍がだいぶ入り込んでいるらしいという噂はあったが、それらしい気配はない。道を間違えたか。いや道などないのだ。歩き易い所、滑らぬ所と足探りで辿って来たのである。夜が明けなければ今は何もかも判らぬ。それまで、水死人のように身を横たえて寝ることだ。

それにしても、この不様な脆さは一体どうしたことか。かつて石頭教育隊で、絶食訓練を経験し、その間にも野を駈け山を匍ったあの気魄は何処へ消えてしまったのか。地獄のような磨刀石、敗残、撤退の憂き目を余儀なくされたことが、こんなにも我々を無残な虚脱に陥れるのか。私は、鉄帽を顔の上に伏せたまま濡れそぼった四肢の中に、時々わずかに感じる体温をいとおしみながら、寝るに寝られなかった。

誰かが私の肩を揺さぶる。眠い。下腹がしくしく痛む。割れそうに痛む頭の中は朦朧として、重たいまぶたを刺激する何かが無性にうっとうしい。あれから眠ってしまったのか。気が付くと昨夜の豪雨はウソのように晴れ上がり、眩しい光線が木陰から差し込んでいた。皆が立っていた。

不意に、聞き馴れぬざわめきを耳にした。それは山の中へ歩んで来る異様な一団であった。それはまるで幽霊の行軍のようにうなだれ、足を曳きずり、ボロを担いでよろめくような足取りで近付いて来る。開拓団の人たちであった。兵士らを見ても、呼びかける気力も尽き果てたのか泳ぐような恰好でフラリフラリと通り抜けて行く。中年の百姓がいる。うら若い女性もいる。赤ん坊を背に縛りつけた母親、その腰に手を差し込み泥まみれになって歩いて行く小学生の帽子を冠った子供。昨夜の雨を避けるために作ったのか、麻袋《マータイ》に手、足を通してゴソゴソいわせながら通って行く。モンペをはいた婦人の背中までハネが上がっている。

あの雨に、それでも捨て兼ねたのか綿のはみ出した蒲団を背にくくりつけた姿も見える。おお可哀相に、クワまで担いで。部落を急襲され、粒々血と汗で育てて来た畑を蹂躙されたこの人たちは、放浪の旅の果てにまた耕すべき土地を求めるのだろうか。赤軍に雪崩の如く踏みにじられ、開拓の誇らかな夢を断ち切られたこの人たちに、安住の地はこれから果たしてあるのか。それとも、懐かしい故国への道に苦しくともつながるのか。思わず彼らの側に駆け寄り、足並みを合わせながらも、慰めの言葉一つかけられない我々だった。突然、一人の小学生が泣き出した。それにつられあっちでもこっちでも、子供たちがセキを切ったように泣き出すと、その場に佇んだまま駄々をこねたように動かなくなってしまった。途方に暮れる母親の姿。寒いのか、辛いのか、ひもじいのか。

震える手で雑嚢《ざつのう》を探りかけたが、食物らしい片鱗も持ち合わさぬことに気付き、ただまぶたを熱くしながら子供たちを見守るしか出来ない。我々は筋の吊った脚を鞭打ちながら、曳かれるように開拓団の後を追い始めた。しかし瞬く間に追い付き、彼らに我々の姿を見せねばならなかった。側を通り過ぎるたびに、ぼんやり見つめる邦人たちの眼を意識すると、たまらなく恥ずかしかった。思わず座金と襟章をすり合わせて隠したい衝動に駆られた。民衆の安全を護り抜いてやれなかった我々。彼らの財産を護ってやれなかった関東軍。どの顔してこの人たちを見返せよう。恥ずかしい。申しわけないことだ。

我々は何度も振り返りながら、だんだん遠ざかる彼らに悲しんだ。どこから来て、どこへ行き着こうとするのか。どうか無事に生き抜いてくれと祈らずにはいられなかった。この五月、在満邦人二十万が老若の別なく手薄になった国境線に動員され、兵器も持たず壕掘りにあけくれしたと聞く。その留守をあずかる開拓団や在留同胞は約百万——しかし今全満にわたってソ連赤軍に席巻《せつけん》されたとするならば、彼らは果たして今どのような環境に置かれているだろうか。やはり、この悲劇の集団のように山中の徘徊を余儀なくされているのだろうか。林の木立を縫って、遙かに白く茶色く揺れる人影が未だ見えた——。

在留邦人の悲劇は、実に惨たるものであった。候補生たちは山中で数え切れぬほどの凄惨な事実を目撃した。藉すに力なく、与えるに岩塩ひとかけらだになかった。雪崩を打って敗走する一般部隊に取り残され、蹂躙され犯され、略奪された例はあまりにも多い。犯されるよりはと死を選び、坐して餓死するよりはと子を絞殺し、前途に生きる希望も託すことが出来ず集団自決した悲劇のかずかずを、候補生たちはあの中でしかと見たのである。

どうしてやることも出来ない焦慮感、絶望感にどれほど身をさいなまれたことだったか。たとえ邦人撤退を身をもって防禦し、後方集結に時を藉すため、数百余の戦友候補生たちが突撃肉攻を敢行し、身を鴻毛の軽きにおいて同胞の身代わりに散華していってくれたとはいえ、敗退後のこの悲惨な事実の前に、我ら候補生は身を伏せて慟哭するのみである――。

すれ違う候補生に「兵隊さんお願いします、お願いします」と手を合わせる老婆もいた。命からがら奥地から避難して来たに違いない開拓団の一家に出会った時、着のみ着のままの百姓姿の老婆と婦人、そして子供まで、荷物を積んだ馬車から降りて道路の真ん中に坐り、「兵隊さん、お願いします。勝って下さい」と言いながら手を合わせたという。東京城に向かった清成貢候補生はこの姿に泣き、（絶対に勝たねばならぬ）と何度も何度も心の中で強く叫びつづけた。避難していく邦人たちがわが身をよそに、かくも兵士たちに寄せる信頼と期待、その願いもむなしく遂に防波堤たり得なかった我ら候補生、まさに断腸の想いである。

大隊配属重機の栗田広司候補生は、本隊を探し求めて山中をさまよい歩いていた時、五、六歳の女の子が二、三歳ぐらいのやっと歩ける程度の男の子とともに、抱き合って泣いているのに出会った。あまりの混乱の中で両親と離れてしまったのであろう。栗田の脳裡に、内地の弟妹のことが走馬灯のように浮かび、雑嚢をまさぐるとなけなしの食物を取り出して

「しっかりするんだよ」と肩を撫でてやった。泣きじゃくる子供に、後ろ髪引かれる思いで別れている。

ソ連軍包囲の中で数十名の避難民たちと山中でばったり出会った候補生たちがいる。重機の中山義隆候補生は、右肺近くに貫通銃創を受けていた。軽機を持つ一個分隊の兵を配下に持った彼は、何とかこの邦人たちを死地から救出しようと決意。大声で励ましながら山中を辿っていた。だが、その歩度は遅々としていつソ連兵の急襲を受けるか、不安が渦を巻いていた。しばらくすると、一人の伍長が駈けって来て彼に言った。「軍曹殿、地方人が動かなくなりました」中山が何事かと振り返ってみると、一人の女性を囲んで大声で騒いでいる。痛む胸を押さえ飛んで行くと、その女性はいきなり彼の足にしがみついて来た。足をやられているようである。

「お願いです。殺して下さい。ここまでは何とか無理をしてついて来ましたが、もうこれ以上動けません。私が先に死ねばこの子が悲しみます。子供が先に死ねば、私が見ておられません。どうぞ一列に並びますから、鉄砲で撃って下さい」幼い児の手をしっかりと握りしめ、その女性は泣いて訴えた。何を言うか、頑張るんだ。一緒に行こう、さあ、と彼は声を励まして言い、ぐずぐずしている場合ではないので兵隊に泣きわめく子供と母親を背負わせ、再び行軍をつづけた。

だが一時間もしないうちにまた伍長が来て、兵隊も弱り果て今にも落伍しそうだと言う。叱りつけるが、飛来する銃弾の恐怖の中で邦人たちの動揺も大きかった。今はやむなし、彼は伍長にその処置を一任、遅れるなと叫んで先頭を進んで行った。が、五百メートルも進んだ時だったろうか、ふいにパーンッという銃声が轟いた。（ああとうとう。済まぬ、折角ここまで連れて来たのに。許してくれ）彼はボロボロ涙を流しながら、今はただ冥福を祈るばかりであった。

火の海の牡丹江市街で、逃げ遅れた在留邦人の家族が、美しい布団の上で一家円座し、自害しているのを目撃した候補生もいる。公園や庭など、至る所で刺し違えて自害している光景をも見ている。少しでも未練の残る人びとは、その殺し方を敗走して行く兵隊に聞き、遂には殺してくれと哀願する家族までいた。ただ一人取り残されたか老婆が、白髪をふり乱し、うつろな姿で立っているのを胸の引き裂かれる思いで見た候補生もいる。

山中で開拓団の大集団に遭遇したある候補生たちは、邦人たちが死の山中行で参り果てごろごろ寝転がっている者や、何やらわめきながらウロウロ歩き回っている者、口喧嘩している者など混乱の状態を見て、なだめたり仲裁したりしている時、パーンという鋭い銃声がすぐ間近で起こり、ギクリとしてそこを見た。五、六歳の男の子を膝の上に抱き上げた父親らしい男が、猟銃の銃口を子供の胸の上に押し当てて射ち殺してしまったのだ。「何をするッ」あわてて引き止めた時は、もう子供は膝の上から崩れ落ち、男は声を張り上げて男泣きに泣いていたという。

また、集団からだいぶ遅れて、ボロに身を包んだ婦人が何か胸に抱きしめてヨロヨロと酔っ払いのような足取りで近付いて来た。何気なしに見ると、抱いているものは赤ん坊だった。

しかも、恐ろしいことには首がなかったのである。愕然として棒立ちになった候補生たちの前を、まるで夢遊病者のように目を宙に据えたまま、頭のない赤ん坊の屍体を抱き締めて歩いて行ったという。

ある候補生の一行は同じく山中で、枕を並べて寝ている二、三十人の邦人たちを見た。身じろぎもせず、横たわっている同胞たち――だが、寝ているのではない死んでいるのだ。眠るように静かに横たわっているその中に、老人がいる。婦人がいる。子供を抱え込んで動かない婦人がいる。青年の顔も見える。荷物をきちんと枕許に整頓したこの最期は、一体なぜなのだ。誰かが急に言った。「おお青酸カリだ、あの瓶は」邦人たちは誰の号令一下、こうして自決したのだろう。何を思いつつ、死んでいったのだろう。

悲劇はさらにすぐ頭上にもあった。恐怖の声に振り返ると、すぐ頭上の木の下に三人の同胞が立っているのだ。いや、立っているのではない、木の枝に首を吊っているのだ。学童服の少年を真ん中にダランと下がった姿。少年のズック靴を履いた白い脚が、灼け付くように目に残る。候補生たちは泣きながら、この同胞の亡骸をおろし静かに寝かせたのであった。どこの開拓団の人たちだろう。苦悩に満ちた皺を刻んだ老人や婦人の姿から、開拓の辛苦の激しさが想像された。その人たちの命は、もうこの世にないのである。

百二十六師団主計、難波武成少尉も地獄を見た。牡丹江からハルビンに向かう途中にある小さな駅拉古の病馬廠跡で、彼は鉄条網に囲まれた難民収容所に見るも無惨な姿で次々に送り込まれて来る避難民の大群を見た。やっとしばしの憩いの場に辿り着き、気が一気にゆるんだのか、婦女子の中には馬房のワラの中に倒れ込んだまま、そのまま死んでいく人たちが日増しに増えていったという。

余りの悲惨な出来事に神経を侵され、あてどなくさまよう泥にまみれた幼子が、手にしっかりと握った頭のない千代紙人形には、この子の行先を案じながら死んでいったに違いない母の魂がこもっているように、難波は思えてならなかった。時折うつろな瞳であらぬ方を見つめては、ハハハ……と口だけが低く笑い、何事かブツブツと眩くその子の頬には、枯れ果てた幾筋かの涙の跡があった。難波少尉はその姿を見ながら、あの山中で戦いの最中、「兵隊さん、なんで僕たちを置いて先に逃げるんだよ」と軍刀にすがりついた子供たちの姿を思い出し、胸刺される思いがしたという。

「我々軍人は殺されようと傷つこうと、いかなる苛酷な試練に弄ばれようと武人の常と諦めることも出来る。しかしこの幼い子に何の罪があろう。日本人というだけで、侵略者の子として満州の大地に生を享けたというだけで、何故一人死の淵を彷徨せねばならぬのだ。今はもう暖かい母の懐に抱かれてまどろむこともなく、雨露をしのぐ術《すべ》も知らず飢えさらばえて、やがては北満の野に小さな骸を横たえるであろう。汚れを知らぬ魂に、捧げ得るものはただ涙と祈りだけである」――彼はこう手記に書いている。

悲劇は開拓団だけではなかった。敦化近くのパルプ工場に、占領ソ連軍から解体作業のため狩り出された小森保男候補生たちは、ある日工場の社宅らしき建物に何気なく入ってみた時、信じられぬ恐ろしいものを目撃した。一室内で数名の日本女性が、足を縛られて殺されていたのである。頭は断髪にし、死してなおソ連兵の辱めを受けまいと足を自ら縛り、恐らく同僚の日本人に殺してもらったものと思われた。思わず手を合わせ、冥福を祈った小森たちだったが、つい最近になって当時の記録を見ることがあり、そこが日満パルプという工場であることを知った。そして、そこではソ連兵が夜ごと社宅の女性を強姦したため、遂に対策つき、工場の留守役が女性たちの必死の願いを入れて射殺したという凄惨な事実を知ったのである。

石頭教育隊の職員家族たちもまた例外ではなかった。ソ連参戦の日、石頭には教育隊の家族と軍属が百八十名いた。家族の中には、妊婦、病人、子供もいて、その逃避行もまた言語に絶するものであった。ソ連軍の掠奪は連日のようにつづき、婦女子連行の恐怖が夜ごとつづいた。しかし、婦女暴行に対しては全員が死力を尽くして抵抗することを決意し、もし万一、連行されようとしたらその女性に全員ですがりつき大声で泣き声をあげようという方法をとった。発狂したかの如き抵抗に呆れたか、遂に最後までただ一人の凌辱者も出さずに済《ふ》んだのだが、その代わりに深夜ソ連軍のジープの音を聞くと子供たちが一斉に泣き出し、不憫《びん》でならなかったという。

十一月に入り寒気はいよいよ加わり、風邪はもとより発疹チフスに冒される者が続出した。子供だけでなく大人も斃れたのである。引率指揮に当たって来た細川栄一中尉（北海道出身・戦病死）も、一同の身を案じつつ不帰の客となり、その後を追うように夫人、子供も死んでいった。発疹チフスは日を追って猛威を振るい、ほとんど全員が高熱に悩まされた。無論、薬だにない。病人が病人をいたわり、その死に水をとったという。翌年六月、日本へ辿り着いた時、出発の日にいた百八十名のうち、五十数名がその中にいなかった。酷寒の地に斃れたのである。

掖河の軍タイピストもまた、凄惨な敗走をつづけている。「万一日本人として辱しめを受けるような事態があれば自決せよ」と、使い方も分からぬ手榴弾五個を手渡され、阿部久子軍属らは十三日の深夜、暗闇の中を掖河駅より満載の無蓋貨車に乗った。二キロの所までソ連戦車が来たので子供をおいて来たと泣き叫ぶ人。子供を兵隊さんに殺して下さいと頼みましたと素足の女。大半が開拓団の人たちだったようだという。駅に着けば、雪崩を打って中国人が乗り込んで来、掠奪が始まった。

遂に彼女たちは暴動を避けて好子山という吉林奥地の小部落に避難、ここで軍人家族や軍属、開拓団家族、看護婦たちとひと固まりになっての生活が始まる。毎日のように、幼児が飢え死にし、病弱者が斃れ、死体を埋葬するのが日課だったという。子供が泣くとソ連軍が入って来る。泣き声で全員に迷惑が及ぶことを恐れた母親が、泣き叫ぶ子を絞め殺すというこの世の出来事とは思えぬ凄惨な日もあった。顔にナベズミを塗り、ソ連兵を避けていたが、銃を発砲しながら三人の兵士がある夜押し入り、身振り手振りで赤十字看護婦を出せ、病人がいると言って引きずり出していった。その直後、五人いた看護婦はお互いに自決して果て、身を守ったという。阿部軍属もまた、何度自決を決意したか知らなかった。そして彼女たちの手で看護婦の遺体を葬ったのである。死を賭して身を守り抜き、辛うじて日本へ帰れたのは、敗戦の翌年も終わり頃のことである。

武装解除

ボロボロの兵隊。まるで幽霊のような姿で歩いていた。真っ黒な軍衣、足ははだし同然、巻脚絆はずり落ちて泥を曳きずっている。来る日も来る日も、同じ所をぐるぐる歩き回っているような錯覚にとらわれながら、同じような木立の中をあてどなく歩きに歩いて来た。溜まり水をすくい、草の茎を喰いながら、それでも歩きつづけた。有難いことに軍馬の野垂れ死にした屍体に、その後も何度か行き会った。帯剣でその肉を切り取り生身のまま頬張るのである。腸も肝臓も区別なく、手当たり次第に食べたのだ。チクワのように細く丸い輪になった途方もなく長い管――それは馬の食道だったが、それを喰いちぎって食べて来た。まるで餓鬼のように。

そして、間歇《かんけつ》的に襲って来る腹の痛みに悩まされては、ともすれば遅れがちな私であった。ときどきタラリと黒ずんだ血が出るのだった。一年前の昨年の夏、暑い暑いと太平を貪《むさぼ》っていたあの頃、戦争の熾烈《しれつ》さをよそに根津山に寝転びながら、くだらぬデスカスを友人と交わしていた学生生活から、わずか一年しか経っていないのに、この変わり様はどうか。学帽に日の丸を肩にして送り出された時、このように惨めな敗退は予期さえしなかった。所属を失い、愛する戦友候補生を次から次へと喪ってその亡骸さえ葬ることもせず、このような敗残の身を山中に徘徊させようなどとは、想像さえ出来なかった。数歩歩んではうずくまり、うずくまってはキリキリとしぼる痛みに悩まされる姿を、わが肉親は何と見るだろうか。

　また恐ろしい夜が近づいたようだ。二、三日、耳鳴りがつづき、聴覚が弱っている。その上どういうわけか目の前に始終霞がかかっていて、ぼんやりとしか識別出来なくなっていた。山中のどこかで近眼のメガネを失って以来、夜など前を行く戦友の姿を見失いがちで困っていたが、このところ急激に目がかすみ、白い霧の中をさまよっているようである。サアッと風が吹き始め、大粒の雨が落ち出す。ぞくぞく寒気がするが、熱した頭に心地良い雨の滴《しずく》である。しばらく体を佇ませていたが、見る間に雨量は激しくなっていく。力のない足はともすれば滑りがちで、思うように進んでくれぬ。地軸を流すような雨とは、こういう雨を言うのだろうか。木立を激しく揺さぶって肩に背にぶつけるように降りつづく中で、やがて痛さも寒さも全く感覚がなくなり、次第に気が遠くなっていった――。

　息が詰まりそうになりハッと気が付く。雨が口の中に流れ込んでいたらしい。ふとその時言い知れぬ恐怖を感じ、あたりを見回した。人の気配がない。驚愕して、手探りで歩き回る。何度か転び、滑り、つまずいて泥濘の中へ倒れる。漆黒の闇の中で目を見張りながら、気違いのように泥の中を匍いずり回り仲間を探し求めた。再び意識を失っていった。

　――先刻からカアッと頭の中が燃えるように熱く、目がぼんやりと明るくなって来たような感覚の中で、しきりに起きよう起きようともがいていた。眠ったら死んでしまう、眠っては駄目だ、さあ起きるんだと心のどこかで励ましながら、だがなかなか意識がはっきりしなかった。気のせいか、何か話し声が聞こえるようである。遠くなり近くなり、聞こえてくるのは確かに人声である。間違いなかった。私は夢中で起き上がろうとした。夜が明けたのか、見えない眼の前がひときわ明るくなったようだ。「オーイ」思わず叫んだが、声がかすれ声らしい声にならぬ。

突然、足音が頭上に迫って来た。「誰か！」と激しい誰何《すいか》の、それは懐かしい軍隊のあの声であった。こうして私は、友軍の捜索隊一行に出会い、無残にも日本敗戦を告げられたのである。

思えば磨刀石以来、ただひたすら友軍を求めて山越えして来た我々は、肉攻に生き残った敗残の身を、いま一度敵を求めて潔く身を散らそうとした願いも、遂に果たし得なかった。敵戦車をたとえ一輌でも、たとえ一時間でも敵を消耗させせようと、磨刀石離脱後も各個の判断で死闘した候補生たちの戦いは、死は、無駄だったというのか。山を越え、泥濘に伏せ、血便を垂れ流してわが身をここまで運び来た努力も、すべて徒労であったのか。満人に変装した日本兵の一群に憤り、鮮人たちの嘲笑を耐え、集団自決の邦人に全身で報復を誓ったあの決意は、一体何のためであったのか。目の眩むような悲しみが全身を走り、五体が崩れ落ちそうだった。あの飢餓と恐怖の山々へ、今は後ろ髪ひかれる思いを残しながら、足を曳きずりながら山を下ったのである。あれからひと月近くも経っていた。

ムーンと覚えのある重油の臭いが立ちこめていた。戦車群の激しい熱気の中を、私は歩いていた。がやがやと喧しくしゃべり合う声がすぐ傍らで聞こえる。視力の乏しい私は、爪先に全神経を集中して夢中でその中を泳いだ。いきなり哄笑が沸き上がると、突然肩にぶら下げていた銃をうしろからもぎ取られた。ハッとした私は、うしろを振り向きざま思い切り蹴り上げた。強く手を曳かれ、いきなり頭をガーンッと何かで撲られて気が遠くなった。

「クソッ、こいつ！」殺気にかられ、私は無我夢中でぶつかっていった。哄笑がまた沸いた。「よせッ、もうよせッ、日本は負けたんだ」うしろからそう言って、羽がいじめにする者がいた。頭は割れそうに燃えた。帯剣がもぎとられた。足をかけられ転がると、こんどは雑嚢もボロボロの上衣もむしりとられた。ああ、これが捕虜というものか！　歯を喰いしばり、見えない眼から涙がこぼれた。

容赦ない訊問があった。五軍とか、牡丹江とか、日本語を混じえたロシア語がまくし立てられた。傷つき破れくずれた姿に、交戦部隊第五軍生き残りの証《あか》しを見つけたのだろう。だが私は徹底的にふてくされ、どうでもなれと思いつづけた。私は捕虜になった。わが軍は武装解除を受け、わが祖国は無条件降伏したという。信じられぬようなことが現実に起こっている。「生きて虜囚の辱しめを受けず」と教えられた我々は、戦い半ばにして武器を放棄した。あの山中で捜索隊の将校は、陛下のご意向を体してと言われたが、陛下の命であればとて、捕虜の身分に甘んじて、よいものなのか。

学究の夢を無残に断ち切られ、敗戦の曠野に屍を曝す候補生たちを想う時、おめおめと生きながらえて捕われの身となったことを深く悔やんだ。希望も生き甲斐も、今はなかった。ひと思いに殺せ、と何度叫ぼうと思ったかしれぬ。

数日、泥のように眠りこけ、やがて邦人を満載した無蓋貨車に乗せられた。おびただしい荷物と人の間に割り込まされ、久し振りの日本人の匂いを嗅ぎながら貨車に揺られていた。聞けば満鉄の人たちで、これから横道河子へ集結、日本へ帰るのだという。靴下や、軍の営内靴まで包みの中から取り出し、ボロの私に譲ってくれようとする人もいた。そして恐ろしい話を聞いた。敵兵のために強姦された婦人、銃床で頭を叩き割られた日本人のことなど、慄然とする思い出ばかりだった。この貨車に揺られている人たちも、決して平穏ではなかったのだ。敗戦の混乱のため、という文句で片付けることの出来ない悲劇が、全満に満ち満ちて、呪いや恐怖に包まれていたのである。

荷車に家財道具を山と積んだ満人の群れが、憂いに閉ざされた面持ちで、力なく行き交っている。彼らは全く無表情であった。軍装を剝奪された関東軍の将兵が、今は見る影もない敗残の惨めさに包まれて犇めいている横を、蔑むでなし、嘲笑うでなし、感覚のなくなったような無気力な眼を落としながら、ガラガラと埃を巻き上げて車を曳いていく彼ら。折からの夕暮れの秋風に散っていく乾いたニレの落葉の中を、流民のように力ない影を曳きずっていた。

横道河子で邦人たちと切り離された私は、同じように軍服によって辛うじて象徴されている敗戦の兵の中にあって、悲憤とも悔悟ともつかぬ焦慮の中で、ある虚脱感にさいなまれていた。我々はここから海林《はいりん》または牡丹江へ出て、大隊に編成されるという。そして、ウラジオストックを経由して日本へ帰れるのだという噂が、相当な確実性をもって流布されていた。部隊残留、もしくは陣地構築中にあっけなく終戦を迎えてしまったらしい一部の将兵は、一抹の不安の影を漂わせながらも、ギッチリと膨らんだ雑嚢を抱えるようにしながら、これから帰れる故郷の山河に想いを寄せてか、三々五々軽い足取りを見せている。しかし、心頼みの戦友候補生に先立たれ、その骨をも野ざらしにして来た私にとっては、内地へ帰れるという現実を考えるだけで空恐ろしい罪悪感が先に立ち、胸の締め付けられるような苦しさを味わわされるのだ。何故あの時死んでしまわなかったのか、一緒に死んでしまえばよかったのだ、とまたもや思う。

山間の道を辿りながら、これから歩いて行かなければならぬ果てしない道が、もしもこのまま内地への途に通じるのであるならば、もっと苦悩に満ち、もっと悲しみや険しさに掩われた苦難の道であればあるほど、救われるのではなかろうかなどと考えていた。しかし、我々の眼前に展開される夕暮れの景色は、あの戦いの悲惨さも知らなかったかのように、今は静かで平和な北国の風物詩であった。白樺の林から、チラチラと目に飛び込んで来る、玩具のようにこましゃくれて美しいロシア風の建物が、谷間に薄赤く映えて油絵のような静かで楽しい桃源郷を点綴《てんてつ》している。それは、もしもこの惨めな我々の集団から袂を分かち得る幸運が私に与えられたとしたならば、このまま生涯をこの地に委ねてしまいたいほどの激しい誘いを見せていた。

しかし、現実に反抗する勇気も持ち合わさぬ私は、軍人という集団を無意識に構成するやはり一人の兵として、その群から取り残されまいとする歩みを、いつとはなしにつづけていたのである。

この辺も、激しい攻防が繰り広げられたのであろうか、友軍の旧式の三十七ミリ速射砲がおし潰された軍馬の傍らにひっくり返っている。ガラガラと転がっている大きな薬莢が、口を開けたばかりで手もつけていない弾薬函の周囲に散らばっており、戦い終わった空しさをさらしている。

「赤軍だ」「来た来た」という小さなざわめきが周囲で起こった。見ると、あの見覚えのある軍服に身を包んだ敵兵が、続々と部落を貫くこの道を歩いて来る。泥にまみれたルパシカ、黒ずんだ略帽を斜めに冠り、自動小銃あのマンドリンを首からぶら下げた彼らは、ぼんやりと見送る我々に心持ち胸をそらせて、どんどん通り過ぎて行く。足首に短く巻き付けたゲートルに泥がこびり付き、若者や老兵を混じえたその顔々は、戦塵にくすぶりやつれてはいるが、目を輝かせて南へ南へと進軍して行くのである。靴は破れ、繃帯で顔を包んだ兵までもが、胸を張り続々と歩きつづけていた。

彼らは国境から二百キロの道を、戦闘しながらこんな風に歩きつづけて来たのだろうか。思い起こせばかつてロシアが六十年来、満州征覇の唯一の拠点としていた北満鉄道を、わが手によって買収され、満州からその勢力を駆逐させられた昭和十年の春、彼らは退却しながら、「吾等赤旗ト共ニ再ビ来タラン」と叫んだその言葉通り、十年経った今、再びあの北満鉄道に沿って雪崩を打って進撃して来た赤軍なのである。彼らは一路、ハルビン目指して勝利の南下をつづけ、我々は北へ北へと敗残の途を辿っている。このような運命が、精鋭無双を誇った栄光の関東軍にもたらされようなどと、何人《なんぴと》が思い得たであろう。

部落の家々に手製の赤旗が翻り、満人たちは平気で我々の隊列を横切って行く。日本文字の道標は引き抜かれ、見馴れぬロシア文字によって新たな道しるべが打ち込まれていた。ああ、日本が作り上げたり満州帝国という新国家は、この世から永久に消え去って行くのだ。奉天郊外柳条溝（湖）の鉄道爆破に口火を切った大陸制覇の野望は、いま音を立てて潰《つい》え去って行く。これからの祖国日本は、筆舌に尽くし得ぬ苦難の道を歩まねばならないだろう。

ガヤガヤと騒ぐ群衆の一団があった。近寄ってみると、驚いたことに早くも露店が開かれていた。逞しい中国人の生活力よ。在留邦人の財産であったのだろう、大きなトランクやラッコの敷物などが地面の上へじかに拡げられ、満人の人気を呼んでいる。

だがそのすぐの溝の傍らに泥に干《ひ》涸《から》びた友軍の屍体が無残に転がっていた。戦い終わって日未だ浅いのに、このようなむごたらしい光景を満人も見馴れたのか、いささかの関心も示さぬ。友軍の軽機が弾薬倉を装塡したまま、脚《きやく》を開いてこちらを狙っている。この地で敵戦車を要撃したに違いない壮烈な様が手に取るごとく偲ばれ、胸が痛んだ。頭のつぶれた軍馬、紫色の満服を着た老爺の屍体までが、あちこちに散らばっている。死ななくてもよかったはずの人たちまでもが、戦争という呪わしい現実の中に、殺されていったのだ。なんという悲しいことだろう。

――こうして、行き着いた海林《はいりん》で敗残の一団は大隊（バタリオン）編成を受けた。

ああ磨刀石

およそ一ヵ月が経った頃、大隊に出発命令が出た。いよいよ日本へ帰るのだという。「ラース、ドバ、ツリ、チェットウィレ……」五列縦隊に並んだ我々の横を、コンボーイ（警戒兵）が一列ずつ指を当てながら数え始めた。バタリオン編成された集団は、すぐ前の海林停車場でさかんに蒸気を上げている貨物列車を前に、乗車の時を待っていた。あれに乗れば、という思いが苦しいほど胸を締め付ける。「ダワーイ、ヤポンスキー」コンボーイが手を前へ上げた。ぞろぞろ歩き出した我々は営門を出ると、コンボーイの静止も聞かず憑かれたように駈け出す。国防色のスカートを穿いた赤軍婦人兵が、呆れるほど肥満した体を小箱の上で泳がせながら、駅へ出る十字路で交通整理をやっていたが、駈けて来た我々に気が付くと箱を抱えてあわてて道路に走って行く。

五十余輌も連結した有蓋貨車には、三段装置の寝台が荒けずりの板で作ってあり、不思議なことにドラム罐のストーブが設置してあった。道中寒い日もあるのだと、その時は善意に解釈しながら、我々は貨車に満載されて出発を待ちつづけた。道中の食糧は各車輌ごとに自炊するということで、高粱《こうりやん》、大豆の麻袋《マータイ》が四つ五つ運び込まれていた。停車する駅では絶対下車してはならぬ。大小便は列車進行中に各自創意工夫して処理せよ、というまことに呆れ果てた命令が大隊本部から伝わって来た。しかし、そういう馬鹿げた指示さえ、ご無理ごもっともと納得せずにはおられぬ捕虜の浅ましさよ。かつて「生きて虜囚の辱しめを受けず」と教えられた戦陣の戒めも、生きて還れるという現実の前にはすっかり忘却の果てに押しやられ、恥辱という観念はさらさらなくなったのであろうか。

戦うことなくして終戦を迎え、天皇の命により武装解除され、皇軍再起のために故国へ帰ってさらに演練を重ね、などと考えている。いや、そう思わせられている兵士たちに、どうして日本が完全に降伏してしまったのだなどと思えようか。階級章を襟に光らせ、一装の軍服と新品の編上靴を身にまとい、内地に帰れると思い込んでいる。ましてや建軍いらい向かうところ敵なく、我に敵なびかざるはなかった皇軍の伝統の上に生きて来た日本兵士にとって、捕虜という屈辱が、どうして実感を伴って感ぜられようか。〝捕虜〟とは、こんなものではないのだという空気が、貨車の中一面に漂っていた。

しかし、ここひと月ふた月の間に、あまりにも多くの惨たる現実にぶち当たった私にとっては、甘い感傷など、さらに湧いて来なかった。雪崩のようなソ連赤軍の進撃の中で、蹂躙され圧死され壊滅させられたあの候補生たちの無残な最期の姿、敗退の山中で見た地獄のような出来事、部落に溢れる赤旗、鈴鳴りの邦人避難列車……これでも未だ日本は負けたと言わぬのであろうか。これでも未だ我々は〝捕虜〟ではないのだというのか。豚のように貨車の中に犇《ひし》めき、銃も帯剣も捨てた我々が〝捕虜〟でないはずはなかった。日本へ帰れるのだという。ウラジオに船が待っているのだという。だが、本当に帰れるのだろうか。信じていいのだろうか。捕虜という現実を、もう一度考えてみなくて大丈夫か？　私は、魂の抜けがらのようになった体を横たえながら、激しく自問自答していた。

こういう恐れは、やがて現実のものとなって我々に突きつけられた。泥酔ソ連兵による時計の略奪から、それは始まった。鉄扉が外側から施錠された気配が、それに次いだ。唖然として顔見合わす兵士たちを乗せた貨車は、すっかり陽の落ちた山の中を、あえぎあえぎ登り始めたようである。

山中彷徨いらい腹痛がやまない私は、そのうち便意を催し、兵隊に支えられて鉄扉を少しこじあけたところで、車外へ向けて尻をつき出した。ゾッとする冷気がたちまち全身を襲って、キリキリ痛む腹からは出たのか出ないのか判らぬまま、また引き起こしてもらう。だが、ひどい痛さだ。私は気が遠くなりそうだった。

「おい、ずいぶんトラックなんかがやられてるぜ、ここは」誰かが立小便をしながら垣間見《かいま》た車外を、振り向いて指さしている。「大分やったんだな、ここは。戦車もあるじゃないか」「磨刀石あたりかな、掖河かな?」その声に私は、愕然とした。本当に磨刀石か? 夢中で兵隊たちをかき分け、わずかな隙間に目を凝らした。暗闇でよく見えない。だが間違いもなく、月光に照らし出された山また山の静けさの中に、戦場が眠っている。磨刀石! 私は自分の胸にそう言い聞かせ、黒いむくろを凝視した。「おーい、おーいッ」私は、凍りつく鉄棒にしがみついたまま、呼べど応えぬ戦場に渾身の力をこめて呼びつづけた。だが、空しく寒風に吹きちぎられるのみ。死の静けさの中に、ボッボッ、ボッボッと罐から吐き出す蒸気の他は、何一つ聞こえて来なかった。

滂沱《ぼうだ》と溢れ来る涙の中に、月の光は消え去り、刺すような寒気だけがあの戦場からかえって来た。気が狂いそうになるほど、孤独感に包まれた私は、腑抜けのようにいつまでも呼びつづけていた。鉄棒を握りしめた手の感覚がなくなり、次第に気が遠くなっていった。

――磨刀石の戦場を徒歩で、国境へ向かわせられた大隊もあった。戦場を整理し、限られた時間に出来るだけ多くの候補生たちの亡骸を、土に埋めねんごろに葬っていってくれた候補生仲間もいる。この地で戦った小森保男候補生もまた、戦場跡をよぎった。たくさんの候補生が無念にも敵弾に斃れた陣地跡を望見するのが、彼は恐ろしく、また亡き戦友が不憫《ふびん》でならなかった。背負った南京袋に戦友の亡霊がのしかかって肩に重く喰い込み、後ろ髪を引かれるような思いだったという。見はるかすあちこちの台地に土が丸く盛られ、鉄帽や雑嚢がその上に置かれていたということである。

入ソ最後の頃のグループで、磨刀石を通過した候補生の一人に木屋隆安先任候補生がいる。彼は十一月の末、シベリア送りの隊列の中にあって、戦友が戦った跡をまざまざと見ている。その日、雪が降りしきり、かつての戦場は白一色に掩われていたという。その中に、真っ赤な十字架が林立していた。ソ連兵の墓である。おびただしい林のような、十字架の連なりであった。（いつの間に十字架を）木屋たちは、雪の中に踏み入ってその墓標をのぞき込もうとした時、雪に掩われ、こんもりした地面から、仰向けにのぞく兵士の顔が見えた。日本兵の、それは候補生の屍体であった。

顎は朽ち、眼窩《がんか》はくぼみ、真っ白な頰から骨が剝き出した候補生の姿である。（いたぞ、ここにも。ああ、ここにも……）木屋たちは、半狂乱のようになって雪の中を駈けずり回った。あそこにも、ここにも無数といっていいほどしゃれこうべが雪に埋もっていた。骸骨が、横たわっていた。

その軍服の襟には、くっきりとあの座金だけが光っている。階級章はむしりとられたのが多く、中には赤い階級章の布地は残っているのに、どういうわけか軍曹の星二つだけが付いていないのもまた多かったという。勝ち誇ったソ連兵が、日本兵の屍体から勝利の証《あか》しに階級章の「星」、彼らの言うズベズダを奪い去っていったのか。雪にじっとりと濡れて、黒ずんだ星なしの階級章――それは星の跡だけが残っている――と、鮮やかなあの座金が、骸骨と化した候補生たちの襟を飾っていた。

警戒兵に追い立てられる中で、木屋候補生たちは静止も聞かず夢中になって屍の埋葬に腐心した。雪を掘り、そこに亡骸を埋めた。それが何ほどの効果があろうか分からなくても、せめて屍体に雪のしとねを掛けてやりたかったという。哀れ候補生を見下ろすように、林立する赤い十字架の列……。これもまた、無数といってよいほど遙かな連なりを見せている。彼らもまた戦い、命を捨てたのである。しまいには、憎む気になれなかった。荒削りの板を真っ赤に塗った十字架の一基一基に、金色の塗料で墓碑銘が書いてあったという。ロシア語の判る木屋は、ある一基の銘をこう読んだ――。〈ここに一九四五年八月十五日の日本軍との戦闘に斃れし吾等が同志ウラジミル・J・イワノフの霊とわに眠る〉

シベリアへ

魂の抜けがらの私を乗せた貨車は、果てしもなく走りつづけた。あの死のしじまに閉ざされたかつての戦場を、月光の中に見た瞬間から、それまで耐え、生き抜いて来た気力も失った。呼べど応えぬ懐かしい戦友たちの、静かに眠る戦場に、私を招く声なき声を聞いた瞬間から、持ちこたえて来た私の肉体は死んだ。抜けがら学徒兵の自分を乗せた貨車は、ひたすら走りに走る。たとえ満載の兵隊たちが帰郷の夢を追いつづけようと、はたまた、この貨車の行く手に雪と絶望に閉ざされたシベリア流浪の旅路が待ち受けていようと、もはや抜けがらの私に関係はない。だが、貨車は走りつづける。その行く手は、線路だけが知っていた。

それから何日を走りつづけただろう。あてどなくさまよい走りつづけているように、鉄扉から垣間見る大平原の様は、来る日も来る日も白一色の中の立枯れの木と、灰色の大地だけであった。とある駅に着いた時、扉の隙間から見えた、異様な外套に身を包んだ駅夫の姿に我々は驚愕した。ガランとした白い停車場である。そして目に飛び込んで来た、あのロシア文字。間違いもなく我々はソ領へ入ったのだ。

長い茶褐色の外套（シューバ）を着たロシア人駅夫が、我々の貨車の下へもぐり込んで車輪を叩き回っている。反対側のホームへすべり込んで来た長い貨車があった。明らかにロシア人らしい一団が、その中に犇めいていた。「ヤポンスキーダア?（日本人か?）」車窓の中からこちらを眺めている彼らは、一体何者か。防寒帽を冠り、毛皮の外套を着ている。「クダー、クダー」とだみ声が聞こえて来る。行先を聞いているのだと、わけ知りの兵隊が言った。「ヤポンスキー、タコエダア？（こうか？）」と言うと、両手の指を二本、目の前で重ねて見せる。どっとどよめく騒ぎが聞こえる。その時突然、自動小銃を抱えて走り寄って来た警戒兵が、バリバリバリッと銃声を空に轟かせた。

後日判ったことだが、彼らは囚人であった。ザクリュチョンヌィと呼ばれ、赤軍の敗残兵や反政府分子が無数にシベリアへ送り込まれていたという。独ソ戦で、対日戦で、「勇敢でなかった」「敵にうしろを見せた」兵士たちは、囚人としてシベリアへ送られるのであった。指二本の記号は、このザクリュチョンヌィを意味するものだった。我らもまた、ザクリュチョンヌィというのか。

灰色ににぶっていた空から、また白いものがチラチラ舞い始めて来た頃、貨車は再びガクンと動き始めた。車内は、全く静まり返っていた。我々は今、ソ連領にいる。一度入り込んだら逃げ出すことの出来ない白魔に包まれたシベリア、と教えられたそのシベリアへ入った。我々の行く手には、一体何が待ち受けているのか。殺されるかもしれない。人のいない雪の中に……。空虚な頭の中に、銃殺される情景を描いてみた。それもまた今は救いだと思う。こんなボロボロの編上靴で爪先が飛び出し、袖は無残に引きちぎれている。赤痢で人ごとのような体で雪の中をさまようよりは、ひと思いに射ち殺される方がどれほど救いか。沈鬱な暗い箱の中で、湿った丸木がストーブからはみ出し燻っている。が、誰もいじろうとしない。

背中を、首筋を長い間さいなんだシラミも、姿を消したか襟はただ寒いだけである。

やがて鈍行をつづけていたこの輸送に、終止符の打たれる時が来た。外は一面の闇で、ビュウッと吹きまくる風が凍てつく雪の礫を頬に叩き付ける。ポケットに両手を差し込み、前屈《かが》みになった集団がレールの側に降り立って間断なく足を動かしていた。足を踏み付けながら、鼻の頭が灼けるような感覚を覚える。「前へーッ」遠いところで出発合図が聞こえる。目を半開きにし上半身を前へ屈《かが》めたまま、我々は前へつんのめるように歩き始めた。

この夜更けに、どこまで行くのか。だが歩かねば凍え死にそうである。爪先は、もはや痛さがなくなっていた。ときどき警戒兵が戻って来ては「ダワイ、ヴィストラヴィストラ！（早く早く）」とあおり立てていく。軍用犬らしい犬が、サッと雪の中を跳梁しけたたましく吠え立てる。吹雪はますます激しくなり、まつ毛が固くなって来た。一時間、二時間が経っただろうか。我々は隊列を見失うまいと雪の中をよろめいては歩きつづける。腹がまた痛み出し、軍袴の中を生温かいものが少しずつ下へ流れるのが分かる。

パーン、パハーンッ、無心に歩きつづける我々の遥か後方に鈍い銃声がしじまの中にこだました。思わずドキリとするが頭を上げて見ることも出来ず、胸を高鳴らせながら雪を踏んで行った。やがて行く手に、うっすらと大きな建物が確認され、次第に隊列の速度が早くなって行く。

こうして着いた見上げるように大きな構えのバラックは、冷え冷えと静まり返り、装具をおろす音だけが空しく天井にこだました。今夜はここで過ごすという。一枚の毛布もない凍

てついた床の上に腰を下ろし、もう物言う気力も果てていた。十二、三棟もあるだろうか、
ガランとした建物は先の尖った丸木を林立させた外柵を施し、屋内にはランプ一つなかった。
わずかにバラックの片隅に、壁に取りつけたペーチカがあったが、長らく焚きつけなかった
と見え容易なことでは燃え出さなかった。部屋の隅々には剝がれかかったトンボチキ（木製
の三段寝台）があり、どうやらここはシベリア流刑の囚人収容所らしかった。雪また雪のこ
の奥地に流刑されたロシア人たちは、どんな感慨でここにいたのだろうか。
飢えと寒さの長い夜が明け、我々は再び凍え死にそうな外へ整列させられた。一晩で凍り
ついたか、雪は我々の足を埋もらせはしなかったが、指先も爪先もちぎれるようにうずいた。
「ラース、ドバ、ツリ、チェットウィレ……」また、あの気の長い人員点呼が始まる。白い
息を吐きながら、何度もやり損なっては悠長に数え直していく。二名が足りず、脱走を企て
て射殺されたという。あの銃声がそうだったのか。
朝食は、飯盒の蓋にひとすくいの黒いお湯であった。高粱が十粒ほど底に沈んでいた。再
び、行軍が始まる。あてどもない流浪が、我々の身の上に始まったのである。谷川沿いに山
を降り、川を越えてまた山へ登り始める。ますます人跡未踏の奥地へ辿っているという感じ
である。雪はやみ、目の眩むような雪の照り返しの中を何度も転げながら歩きつづける。行
けども行けども部落はなく、人影はなく、物音も絶えてなかった。あるのは立枯れの木立、
雪に埋もれた湿地の灌木だけだった。

小半日も歩きつづけたが、蜒々とつづく隊列は一向に止まる気配がない。軍用犬がひとしきり吠え立て、暢気に鼻歌など歌うコンボーイたちが、時々自動小銃を肩にずり上げていた。脚の筋が吊り、胸が苦しくなって来るが、腰を下ろせばそれきり落伍だった。

突然、一群の小さな隊列が目に入った。山から分かれた道らしい凹みの上を、一列縦隊になった捕虜がこちらへ向けて歩いて来る。軍服を着ているが、意外にもそれはまさしく女であった。看護婦かそれとも？　何故シベリアへ来たのだ。どうしてなのか？　心なし足を早める彼女たちを見やり、目頭がどっと熱くなった。頭を坊主にし略帽を冠り、その上から風呂敷で防寒している女もいる。曳きずるように長い軍外套を着せられ、頬を真っ赤にしている。何処に行くのか。隊列がにわかにどよめき出した時、コンボーイは殺気立って中に割り込んで来た。わめき声をあげ、自動小銃を突きつけて彼女たちとの間を遮った。四、五十名もいたろう、斜《はす》かいに右へ下るあの道は、一体どこへ通じるのだろうか。

――開拓団の、いたいけな少年たちが軍服を着てシベリアを流浪していたのを、目撃した候補生たちも多くいる。戦闘帽を冠り、階級章こそないが同じ軍服様のものを着ていたばっかりに、十三、四歳の開拓団戦士たちは間違えられてシベリアへ送られた者もあったようである。ある候補生はのちに辿り着いた収容所で、この少年たちと一緒になり兄のように慕われたという。それも束の間、いつしか少年たちは引き離されていずこかへ去って行ったという。

やがて、大きな農場のように低い外柵のある所へ出ると、初めて大休止の命令が出た。食う物もなく煙草もない。雪の中へくずれるように隊列は沈んでいった。

ウトウトして、痺れるような凍てつきを感じた私は、またもや灰色に雪の落ち始めたのを知った。「出発――」号令が聞こえる。どこまで行ったら煖《だん》がとれるのか、目的地に我々を待っているのは何か。だが歩きつづけねばならないのだ。吹雪は刻一刻と激しくなってゆき、前を行く兵隊の、頭、肩、背中が真っ白に変わってゆく。凍てついた固い編上靴が、遂に底皮を剝がれて足指はたちまち感覚を失っていった。凍傷は間違いなかった。

我々の行く方向に、一人倒れている兵隊がいた。顔を雪の中へ埋め、少しずつ背中を白く塗られていくその兵隊は身動きもしなかった。それを知りながらも、ただぼんやりと見捨てていく隊列なのだ。シベリアの雪の中へ閉じ込められ、永久に葬られてしまう行き倒れの運命が、我々にも待っているのだろうか。辺りはすでに闇に包まれ、吹雪だけが流れるような白さを渦巻いていた。遅れまい、遅れまいと念じながら、次第に兵隊たちに追い抜かれ、警戒兵にダワイダワイと押されるが、つまずきそうな足は容易に前へ進んでくれぬ。

「灯りが見えるぞォ」前の方から、かすかにそんな声が伝わって来る。ぼんやりとした眼に、確かに灯りが映った。遙か彼方の高い所でたった一つ、しきりに瞬きしながら赤い灯が見える。こんな山の中にも灯があるのか。不思議に思えた。次第に頭が痺れ、目がかすんで来て、よろよろと雪の中へくずれ落ちた私は、誰かに引っ張られる肩の痛みを感じながら、意識を失っていった。

私が、シベリア抑留を終え故国日本へ帰って来たのは、それから四年後のことである。磨刀石の生き残りの仲間たちも、掖河に布陣した候補生たちも、東京城をめざして最後の砦となろうとした小松連隊の候補生たちもすべて、シベリアへ送られたのであった。私の辿った山中行はこういう全候補生の姿の、小さな一つの例に過ぎぬ。もっと苛酷に、もっと凄惨に敗戦後の運命は展開されていったのだ、候補生一人一人の身の上に……。

それが、関東軍石頭予備士官学校甲種幹部候補生たちの終焉の姿であった。

鎮魂

茫茫幾星霜

知られざる戦場――磨刀石に散った猪股大隊は、大隊長猪股繁策大尉以下、中隊長、小隊長、分隊長以下候補生に至るまで、ただの一人も職業軍人はいなかった。

すべては幹部候補生出身の出陣学徒であり、学業半ばにしてあるいは社会に出てすぐ臨時召集された若者の集団であった。そして、名にし負う〝無敵関東軍〟が南方に転戦し、本土防衛に転進して行ったあとの、文字通り形骸化した関東軍の最後の尖兵として、ソ満国境に戦い、ソ連軍をして恐怖と作戦齟齬《そご》に陥れしめた「関東軍」らしい最後を飾ったのだった。

関東軍は事実上いなかったはずの東満国境に、関東軍そのままの、いやそれ以上の頑強な抵抗線が布かれていたことを知った時、そして戦後その集団が実は幹部候補生隊の一団であったことを知った時、進撃して来たソ連赤軍はどう思ったことだろうか。「第五軍」「磨刀石」「幹候」――その呼称は、我々の想像以上にソ連を困惑させ、憤らせ、極度に神経を昂ぶらせたのではないか。

それが証拠に武装解除後、ボロボロの軍衣袴をまとった候補生たちに対する訊問は、苛酷なまでに徹底的であり、憎しみに満ち満ちていたのである。その憎悪はシベリアへつながり、幾冬にもまたがる重労働へと我々を追いやったのだとしか思えない。

我々石頭予備士官学校在学中の、十三期甲種幹部候補生隊に対する命令は、そして我々一人一人が胸に秘めていた使命は、冒頭の章にも記した通り急迫するソ連赤軍を国境最前線近くに喰い止め、軍主力の後方複郭陣地を構築する時間稼ぎであり、国境沿い各地域から南下避難する開拓団邦人たちを、身をもって防衛することにあった。磨刀石全滅すれば、掖河布陣の候補生部隊が阻止し、掖河蹂躙されれば東京城の主力候補生隊がソ連戦車軍団と刺し違える手筈で、三千六百の全候補生が肉弾抵抗の布陣を布いていたのだ。

戦いに破れ、故国日本は無条件降伏し、石頭予備士官学校は壊滅した。終章に当たり、磨刀石の最後と追憶を辿るのに象徴的な、ある二人のことを、それぞれの戦後のかかわり合いの中でご報告したいと思う。それは、一人の死が千余の人の心の遍歴にかかわり、一人の生死が母の慟哭を今なおやまさぬからである。茫茫三十余星霜の間、我ら生き残り候補生の心に宿る、鎮魂の祈りにも似たそれは追憶だからである。

一人は、猪股繁策大隊長、そしてもう一人は、端野新二候補生――。この二人とその周辺を見つめ、候補生の「戦後史」としたい――。

猪股大隊長とその家族

猪股大隊長の戦死した日は、前述した通り八月十四日のことである。

石頭教育隊を出発して磨刀石駅へ着いた時から、大隊長は「死」を越えていた。駅到着と同時にソ連空軍の空襲を受けた時、候補生を満載した無蓋貨車が爆破され、直撃弾でレールが天を突いて巻き上がり、貨車を叩き付けた時、まるで銅像のように立ち尽くしている大隊長の姿を多くの候補生はその時見ている。

本部付き奥山治候補生は、その日から十四日、大隊長戦死の瞬間まで終始、生死を共にした一人だが、彼は貨車の上に最後まで凝然と佇立している大隊長を見た。軍刀をしっかと支え、その両眼は襲い来る敵機をたじろぐことなく見守りつづけたという。貨車の回りから黒煙が吹き上がり、機銃掃射が激しく身辺に叩き付けられても、大隊長は頑として下車しようとしなかった。

そしてこの塑像《そぞう》のような阿修羅の姿は、死ぬその瞬間まで変わらなかったのである。

十二日夜、斬込隊が出撃する時、肉攻斬込隊員に配られた一つずつの握り飯を見た大隊長は、

「もう一つずつ持っていけ」と本部員に促している。すでに一つの握り飯が磨刀石では少ない手榴弾一個と同じように貴重品であった。教育隊を出る時各自に渡された一袋の乾パンが最後の食糧だったからである。しかも大隊長は布陣以来、ほとんど食べ物を口にしたことはない。奥山によれば、「全く食べていない」ようであった。月光を背に、出撃候補生を見送る猪股大隊長は泣いていたのだろうか。

十三日、十四日とつづいた激戦は、猪股大隊長の胸をどのくらい斬り苛《さいな》んだことだろう。

大隊本部の位置からは、眼下に候補生たちの戦車体当たりの姿が目撃されている。下半身だけ入る壕で大隊長は、ほとんど姿勢をくずすことなくこの姿を見守りつづけた。やがて大隊本部にも戦車砲弾が落下し始め、敵歩兵たちが肉迫して来た。が大隊長は、その姿勢を変えるどころか、ますます凝然と胸を張って矢継ぎ早に作戦命令を傍らの大山甲副官、鈴木乙副官らに下している。「猪作命第〇〇号……」落ち着き、澄き通った声で、それは激しい銃砲声の中に聞こえた。

猪股大隊長が最後の突撃命令下達を決意したのは午後四時前のことである。その決心を、指揮を仰ぐべき立場にあった第三野戦築城隊の小林達輔大佐のもとに伝えに前進する途中、戦車砲弾の直撃を浴び、一片の肉片さえとどめず、壮烈な散華を遂げたのだった。奥山たちは言う――大隊長には生も死もなかった。死を超えた尊厳無比の魂の権化のように、敵の前に立ちはだかっていたのだと。

猪股大隊長は、出撃のその日からすでに死を決していたに違いない。愛する部下、同じ甲種幹部候補生の部下たちと一緒に故国のために死ぬ時を全身全霊で待ったに違いない――。

猪股繁策大隊長は、大正四年六月二十五日に父粕太郎、母いその四男として、青森県南津軽郡富木館村大字水木字水元二十七番地に生まれた。郷里の村立育英尋常小学校を五年の時、弘前市立第二大成尋常小学校に移り、昭和三年三月卒業した。以後、大尉の経歴を当時の年表風に見れば次の通りである。

昭和八年　三月四日東奥義塾ヲ卒業　同日東奥義塾ニ於テ配属将校ノ行フ教練検定ニ合格
昭和九年　十一月三十日尋常小学校本科正教員免許状下附セラル
昭和十年　三月三十一日南津軽郡松崎尋常高等小学校代用教員ニ任セラル　十一月一日同校訓導ニ補ス　十二月一日現役兵トシテ近衛歩兵第一連隊ニ入営
昭和十一年　三月七日歩兵科幹部候補生ニ採用シ一等兵ノ階級ヲ与フ　三月二十九日第一期卒業　六月十一日甲種幹部候補生ニ採用　同日上等兵ノ階級ニ進ム　八月十五日歩兵伍長ノ階級ニ進ム　十月十五日歩兵軍曹ノ階級ニ進ム　十一月二十一日幹部候補生終末試験合格　十一月三十日満期退営　同日南津軽郡長峰尋常高等小学校訓導ニ補ス
昭和十二年　五月十四日ヨリ二ヵ月間歩兵第五連隊ニ於テ勤務演習　同日歩兵曹長ノ階級ニ進メ予備見習士官ヲ命ス
昭和十三年　八月二十三日臨時召集ノタメ歩兵第五連隊ニ入隊　八月二十三日ヨリ十二月三十一日迄歩兵第五連隊ニ在リテ支邦事変勤務ニ従事ス
昭和十四年　八月三十一日特別志願将校ニ採用　同日歩兵第五連隊留守隊附被仰付　一月一日ヨリ三月三十一日迄歩兵第五連隊留守隊ニ在リテ支那事変勤務ニ従事ス　八月三日第二十一軍迫撃砲第三大隊交代要員引率ノタメ青森出発　同七日東京芝浦港出発　同十三日呉淞港上陸　同二十一日武昌上陸　同二十三日金口鎮着　同二十四日内地帰還ノタメ金口鎮出発　九月九日上海出発　同十三日宇品港上陸　同十六日青森着
昭和十五年　四月一日機関銃中隊附ヲ命ス　同日ヨリ一ヵ月間第三次乙種学生トシテ歩兵

学校へ分遣ヲ命ス　八月一日歩兵第百三十二連隊中隊長ニ補セラル
昭和十六年　七月二十九日第一機関銃中隊長ヲ命セラル　八月十九日山形出発　同二十五日釜山港上陸　同二十七日満鮮国境（安東）通過　同三十日北安省北安着同地警備
昭和十七年　六月十八日黒河省瑷琿県神武屯ニ移駐ノタメ北安出発　同十九日瑷琿県境通過　同日神武屯着国境警備　八月三十日急性中耳炎ノタメ神武屯陸軍病院入院　十月六日治癒退院
昭和十八年　七月十日警備交代ノタメ神武屯出発　同十五日達音山着国境警備
昭和十九年　四月十日警備部隊交代ニ伴ヒ原駐地復帰ノタメ達音山出発　同十三日神武屯着国境警備　六月三日関東軍兵事部附ニ補セラレ学校服務ヲ命ス　同日安東中学校服務ヲ命ス　同日通化陸軍兵事部附　七月九日赴任ノタメ神武屯出発　同日黒河省瑷琿県境通過　同十二日安東着
昭和二十年　六月五日関東軍第二下士官候補者隊付　八月十四日満州国牡丹江省磨刀石附近ノ戦闘ニ於テ戦死

猪股大隊長は、こういった経歴に見る通り小学校の教員免状を持つ学識の士として、戦争さえなければ学校教師の道を歩くはずだった。それが幹部候補生として軍歴の第一頁を刻んでから、中国大陸、北満、南満と転戦し、天職の「教師」としての最後のご奉公は、異国の地の軍事教官であった。そして、教官としての安東《あんとう》での生活が家族水入らずで過ごした最後となった。その頃猪股大隊長には長男大策君が生まれており、石頭への転任命令が届いた時、国境近くの不穏な生活を予感して安東に妻子を置いたまま出征して行った。彼は安東に配属将校として赴任する前駐屯していた、北安や神武屯などの零下三十度から下がる酷寒の地で、東北の姉の家に預けてあった妻子を気遣い、まめに手紙を書き送っている。

――何時も大策坊や、ふさ子までご面倒に預ってゐます。殊に大坊は皆から可愛いがられて多幸者と喜んでゐます。病気のしない頑健な子供であればと思ってゐます。唯太っても、脚気太りではないかなどと心配したりしてゐます。（姉宛て・黒河省神武屯にて）

――母の愛は満洲も何処も同じです。若い女性には纏《てん》足など殆んど見られませんが、中年以上の人にはここでも見られます。一寸吾々には良い感じが持てませんが、然し纏足をしてまでも家を守り、夫に仕へると言ふ固い節操は、日本のある種の女性には大いに鑑《かがみ》とすべきであると思ひます。（妻宛て・北安にて）――ママ

次男の東策ちゃんが生まれる前、猪股大隊長は故郷から妻の実妹である昌子さんを、出産の手伝いに呼んだ。昭和二十年正月のことである。次男が生まれて一ヵ月経ったら、内地へ帰ってもらうからという約束で、当時二十歳の昌子さんは遥々姉の嫁ぎ先である満州の地へ渡った。その頃の思い出を昌子さんは、次のように私に書き綴って来てくれている――。

私が満州へ渡ったのは、昭和二十年一月のことでした。大尉の妻の房子が、東策をお腹に宿してつわりに苦しみ、家事の手伝いが必要になったのです。それで、房子の妹である私が、姉に対する心配もそうですが、大陸見たさもあり、東策誕生後一ヵ月したら内地へ帰るという約束で満州へ渡りました。

満州は寒く、そして広い――それが最初の印象でした。そして、そこで生まれて初めて地平線を見ることが出来ました。ある日、大尉が私を連れて安東の街へ出て、軍の酒保へ行く途中のことでした。道を隔てた歩道を反対側から、三、四人の兵士が歩いて来ました。その方がたは大尉を見ると、敬礼をいたしました。ところがどういうわけか、大尉はその方がたのところにとんでゆき、大声で何か叱咤したのです。どうしたのだろうと思い、だまって聴いていますと、どうもその方がたが歩きながら敬礼したのが悪かったらしいのです。私はなにかその方がたに、具合が悪くて悪くて困ってしまいました。戻って来た大尉は、私には何も言いませんでしたが、大尉は軍規厳正のあまりだったのでしょうか。それとも大尉は当時三十一歳、まだ若かったせいでしょうか、妻の妹である私に今風の言葉でいえば〝カッコイイ〟ところを見せようとして、あのような行動をとったのでしょうか。

慣れるに従い、満州での生活も楽しくなっていきました。しかし、内地を遠く離れているという寂しさは、どうしようもありませんでした。そんな時に郷里の友人から手紙が来たのです。手紙を受け取ったのは夕食時でしたが、私は嬉しさにたまらず、全くご飯を食べることが出来ませんでした。するとそれを見た大尉が、「毎日手紙が来ればいいな。そうすればご飯は全然いらないから、その分節約が出来るよ」と、大声で笑いながら言うのでした。大尉の勤める学校の校庭沿いに畑があって、私たちはそこで色々な野菜をつくっておりました。姉が大尉の授業時間を知っておりましたので、それに合わせて畑に行き軍事教練をする校庭での大尉の授業を、畑の中の草に隠れて姉と幼い大策、そして私の三人で垣間《かいま》見たこともありました。

いよいよ出征という前夜に、大尉は学校関係の人を自宅に呼び、ささやかな酒宴をひらきました。その時、姉はあの畑でこしらえた赤カブのサラダをつくったのですが、その鮮やかな赤と白との印象が忘れられず、今でも赤カブを見ると畑のことや、出征前夜のことが思い出されるのです。

大尉がこうして安東をあとに、出征していったのは昭和二十年六月中頃のことでした。もちろん私たちには、どこへ行くのか全く知らされませんでした。姉から聞いたのですが、家を出る時大尉は、一度も後ろを振り返らず、歩いていったそうです。そのうしろ姿が、姉の見た最後の大尉の姿となりました。

やがて、昭和二十年八月五日午後十一時、姉の子が生まれました。大尉は、出征する時、姉に「男が生まれたら東策、女が生まれたら行子《ゆきこ》にするように」と言い残していったそうです。生まれたのは男の子でした。当然、「東策」と名付けられました。直ちに姉は、大尉に手紙を書きました。姉が食事の準備をする間、いつも私は東策を背負い、外に出て子守りをしていました。やがて準備が出来ると、当時四歳の大策がずっと向こうからまんまるになって一生懸命走って来て、息をはずませながら言うのでした。「おばちゃん！　ご飯できたよ‼」そして、私の背の東策に「あかちゃん」と声をかけるのです。小犬のように走って来る大策のあの姿は忘れられません。その大策も、終戦後ジフテリアのため引き揚げを目の前にして満州で死亡いたしました。

昭和二十年八月の十日前後のことだったでしょうか、姉が東策誕生を知らせた直後のことです。大尉から姉へ来た手紙には、妙なことが書かれてありました。「妹を一人で帰してはいけない。絶対に二人は離れず、必ず一緒に行動するように」と。前にも書いたように私は、東策誕生後一ヵ月したら内地へ帰るという約束で満州へ渡ったのです。そして、そのことを大尉はもちろん知っていて安東を出たのでした。それなのに何故、その時になって、あのような手紙を書いたのでしょうか。姉も言っておりましたが、手紙が着いたのが八月初め、そして日本が敗れたのが八月十五日ですから、大尉はすでに日本の敗戦を「確信」していたのではないでしょうか。それで、一緒に行動するように、と書いたのだと思います。事実、その手紙が着いて数日後、私たちは終戦を知らされました。そして、その手紙が、大尉からの最後の手紙となってしまいました。ところで姉は、その手紙は東策が生まれたという手紙に対する返事だと思ったそうです。しかし、最後の手紙には、東策のことは全く書かれてはありませんでした。もちろん、姉からの手紙が大尉に届いたかどうかということも不明です。手紙が届いていないか、届いて返事を書いたが、こちらに届かなかったのか。つまり、大尉が東策の誕生を知って亡くなられたのかどうかは、全くわかりません。

終戦の年、十月初め頃から在留邦人たちの間に、ジフテリアが流行し出しました。まず、姉が罹りました。私が勤めていた病院に突然やって来て、窓ガラスに指で文字を書くのです。「コ、エ、デ、ナ、イ、ニュ、ウ、イ、ン、ス、ル」すぐ、満鉄病院に入院しましたが、十日間ほどでぶじ退院出来ました。しかし、姉が退院後二、三日で今度は大策が罹りました。ジフテリア特有の、犬の遠吠えのようなセキが出て、ノドは大きく腫れあがっているのです。不幸にもその時はすでに、病院は軍にとられ、また日本人の医師もどこへ行ったのかわからなくなっておりました。当然、大策は入院はおろか、診察もしてもらえませんでした。姉は必死でした。ニンニクが効くというので、箸の先にガーゼを巻きつけ、それにニンニクの汁をつけ、ノドに塗ったりしましたが、よくはなりません。私も、知っている薬店はすべて回りましたが、血清はどこにもありません。最後に、軍にとられ有刺鉄線で囲まれてしまった満鉄病院に行きました。門前の兵に、身振り手振り、片言の中国語で、診療、血清を訴えましたが、銃を向けられ追い返されました。病状は急激に悪化していき、呼吸困難の苦しさからか、大策は夜中に突然ふとんから飛び上がり、完全に立った後、再びうしろにバタリと倒れるのでした。中国人たちは、どこからかちゃんと血清を手に入れて来て、次々と回復していきましたが、どうしても私たちには、その血清を手に入れることが出来ませんでした。そして発病後わずか三、四日経った、昭和二十年十一月三十日午後四時十五分に、大策は姉の手の中で死亡いたしました。姉が口惜しそうに、「これでは、見殺しと同じだ」と泣いたのを記憶しています。どういうわけか翌日、いつも使っている目覚し時計が、四時十五分で止まっていました。その時計も、ある日の昼、裏口から入って来た中国人の泥棒に持って行かれてしまいました。

大策は、一時、土葬にし、内地引き揚げが決まりますと、掘り起こしたのです。土葬する時に、上げやすいようにと棺の下にロープを通しておいたのですが、土が硬く凍りついており、そのため棺がなかなか離れず、ロープを引くと棺がこわれてしまいました。そして、寒さのため霜が降りたように、真っ白になった大策の顔が見えました。その後、遺体は火葬され、お骨はつぼに入れて姉が首に下げ、東策を姉と私で交互に背負いながら、内地へと向かいました。

引き揚げの時、私たちのグループは三千人にもなり、列の長さは一里ほどにもなりました。そして山を越える時にだけ、列の最初から最後までを見ることが出来るという有様でした。こうして約二十日間、野宿をしながら歩きつづけ、内地へ送るという船の待つ港へ辿り着きました。青森へ降り立ったのは、敗戦の翌二十一年の十一月二十日のことでした。

こうして猪股大尉の夫人房子さんと、その妹昌子さんは、生まれてまだ一年目のいたいけな東策君を背に、長い苦難の旅路の末、故郷へ帰り着くことが出来た。その房子さんの胸には、薄汚れた白布に包まれた大策君の小さな遺骨がしっかりと抱かれていた。

大策君がジフテリアで死んだ時、同じようにたくさんの居留民たちが死んでいった。その土葬された遺体は何列にも埋められ、掘り出す時判ったことだが、大策君の凍りついた小さな棺は、次々に埋葬されるそういったおびただしい土葬の列に押されて、その中程の方にまで寄せられていたという。

前述の昌子さんの文中にある通り、次男の東策君は、遂に父子相見《まみ》ゆることのなかった父、繁策大尉により「東策」と命名された。東策さんが長じて、母から聞いたところによれば、大策と東策の名前は、父が大東亜戦争に勝つようにとの願いをこめて名付けたものだという。そして、もし女子であれば「行子」としたのは、前線へ行く父の心境から思いついたものだと聞かされる。

話は違うが東策さんはその後、妻敬子さんとの間に生まれた長男に「大策」の名を付けた。あの敗戦のさなか生まれた自分を、「あかちゃん」と呼んでニコニコと覗き込んだという兄大策を想い、そしてまるで身代わりのように死んでいった兄を慕い、彼は周囲の反対を押し切って兄の名前を自分の長男に命名したのである。

長女亜希子ちゃんの名前にもまた、謂われがある。亜希子ちゃんが生まれたのは昭和四十五年のことだが、折もベトナム戦悪化の頃で、警察官の父東策さんはアジアの共産化を憂え、アジアに希望をの願いをこめてこう命名したという。

ところで、猪股大隊長が安東に前述の最後の手紙を送った頃、前後して故郷の姉にも次のような書翰を書き送っている。たぶん、石頭から発信したものと思われるが、これが生前最後の通信となった。（以下ママ）

拝啓　戦局愈々重大を加ふる秋、皆様には御元気で戦力増強に邁進してゐる事と拝察致します。断じて勝たねばならぬ此の決戦の為に総ゆる御辛抱を御ねがひ致します。扨て小生、此の度は新任務に服する事になりました。気性に似合ぬ事ですが致し方ありません。大いに勉強して決勝の途を開拓したいと存じてゐます。大坊は安東に残置して来ました。長途の旅行には、房子の方が堪えないので止むを得ませんでした。子供の生れるのは、七月の中旬か下旬の筈ですが、健康回復してから呼べたら呼ぶ予定でゐます。状態に依っては安東に其の儘置かねばならぬとも思ふのですが、さうなりますと昌子さんが気の毒で、何れにしても内地にも帰れんと云ふ事になりましたらずっといて貰はねばなりません。それで、沖館の方にもよろしく頼むと云ふ意味の御礼を姉上の方から申上げていただきたいと存じます。又、安東にゐます昌子の方にも激励して慰めていただいたら心強く感ずる事と存じますので、呉々もよろしくおねがひ申上げます。生活上の事に就ては万全の策を講じてゐます。唯女子供ばかりで異国で留守を守るとなりますと寂しからうと思ひます。僕の事に就ては何も御心配は要りません。唯、不便は勝つ為に忍べば良いのみです。此の通りの元気で頑張っております。

よろしく御ねがひ申上げます。安東は良い処で、内地みたいでした。やはり、こんな処に来てゐますと満洲の感深いものがあります。向暑の折、皆様の御多幸を祈ってゐます。良弘君、おばあさんにもよろしく。

二伸　七月の中旬か下旬に生れて来る子供に名前を決めておきましたが御知らせ致します。男でしたら「東策《トウサク》」、女でしたら「行子《ユキコ》」と致します。御笑聞の上御含み下さい。何れ又その中に。

満洲第七六八軍事郵便所気付　　猪股繁策

敗戦後、一年待ち二年経っても、猪股大尉の消息をもたらす便りは、なかった。満州の戦場で軍人として最後を遂げたのだろうか、それとも噂に聞くシベリアへ抑留の身となったのだろうか。引き揚げて来た妻房子さんらは手を尽くし、帰還者を尋ね回って手がかりをつかもうとした。

だが、三年目に入ってある日、一通の恐ろしい告知書が届けられることになる。猪股大尉戦死の知らせであった。昭和二十三年三月のことである。故郷の仏壇の中に、今も大切に大切に仕舞われてあるその通知には、こうある。

青世一報南第七四号

死亡告知書

本籍地　青森県南津軽郡富木館村大字水木字水元弐拾七番地
陸軍大尉　猪股繁策
右昭和二十年八月十四日　満洲牡丹江省磨刀石附近の戦闘に於て戦死せられましたので御通知致します
昭和二十三年三月二十日
青森県知事　津島文治

告知書に添えて津島県知事名の書面には、こうある。

今般猪股繁策殿御陣歿遊ばされました公報を差し上ぐるに当り御遺族様の御心中寔に御同情に堪へませぬ。茲に謹みて御悔み申上げます。
唯この上は英霊御加護の下に御遺族様の御多幸ならん事を切に御祈り致します。

まだ四歳だった長男を満州の地に失い、その長男の死に先立って夫がかの地で戦死していたことを知って、房子さんはどのような思いだったであろうか。妹を先に帰さず、必ず一緒に内地へ帰るように、と敗戦直前書いて寄こした夫、男児出生の暁には東策と命名せよと言って征った父……すべては今生への遺言であったのだ、と思い至り、房子さんはこの告知書を手に号泣したのだった。幹部候補生出身とはいえ、元将校の妻であり敗戦の身となった房子さんにとって、時として世間の風は冷たかったようである。追放の身が、と辛い陰口を聞かされたこともあったらしい。が、房子さんは堪えた。その頃からである、馴れぬ歌に託して、秘かな思いを詠むようになったのは……。

幼い東策君は、それを知らなかった。房子さんの没後、長じてから東策さんは母の遺詠集をまとめ、供養のために親戚縁者に送ったようである。その一冊が昨年、私に送り届けられて来た。

やぶれるとつゆ疑わず逝きけるか
　昭和二十年八月十四日

一片の骨も残らぬ君よきみ
　このむなしさを知りもせずして

父さんどうしたか、とせがむわが子東策に房子さんは何度泣かされたことだろう。

汝が父のみたまは常に胸に生き
　死せるにあらずと子に語るなり

星空を眺め居たりき東策は
　我が父はあれに居るかと問うなり

五歳なる吾が子が言葉のかなしけれ
　父に逢ひたく星になるてう

不遇の死を遂げた長男の小さな遺骨を胸に、幼い次男を背に、妹と手に手をとって生死の境を彷徨したあの引き揚げ行は、房子さんにとってやはり最も辛い出来事だったようである。歌にこうある。

ふるさとへ還れるのぞみひとすじに
　吾が子を背負ひて徒歩《かち》し三十里よ
二千の人等きそいて徒歩しみち
　真白き小さき花の咲きおり
力つきたおれし人等埋めし丘
　今年も白き花の咲けるか
夫は征き児生《あ》れし女《ひと》のいまわなる
　まなこは何を想ひてありしか
声あげて泣ける女《ひと》あり又一人
　みまかりけんか果しらぬ丘の辺《へ》
みまかりし子は胸に抱き今一人

背負いて我等黙々歩めり
　無蓋車に還送《おく》られにつつ眺めたる
北斗七星ふるさとの星
　波止場まで着きたると今乗る船は
「V五六」とあり我生きてあり
　かにかくに生きて帰れる喜びに
日の丸の旗は目にしみていたし
　朝もやのかすむ祖国にむかいつつ
船上の合唱「君が代は千代に」

戦後十年、亡き夫へのひたむきな想いに生き抜いて来た房子さんに、やがて、神ならぬ身の知る由もなく、悲しくも冥土への旅立ちの日が来ようとしていた。その頃、すでに物心がつき利発な東策君は、父を慕うあまりか地図を眺める日がよくあった。

　亡父はこれ我生《あ》れしはここと赤丸を
地図にしるして一人笑む吾子よ
　世界地図枕辺ひろげいねる吾子よ
夢はいづこの空をかけるや

その子の寝顔を見守りながら、房子さんが亡き大尉の妻として、秘かな想いを詠んだのが生前最後の頃の歌となったようである。

汝にのこす何もなけれどそが父を
　生命のかぎり愛せしと知れ
その心乙女のごとに夫恋ふて
　十年となりぬ吾残されてより
永久に変わらぬ生命胸ぬちに
　夫生きてあり十年たちぬる
現世《うつせみ》のちぎり短かくありけるも
　永遠の国に夫待ちたまふ

猪股繁策大尉夫人房子さんは、こうしてこの世を去った。力の限り愛児とともに生き抜いた末にである。享年三十六歳。昭和三十年四月二十六日のことである。

私が猪股大隊長の遺児・東策さんに初めてお会いしたのは、昨年夏、東京で開催された「石頭会第五回全国大会」の時である。若く美しい妻敬子さんと二人の可愛い子供を連れて、青森県警巡査部長という東策さんは、やや緊張した面持で会場に臨んでおられた。私服をスポーティーに着こなした清潔でフレッシュな好青年であった。

実はのちに知ったことだが、東策さんは、父大隊長の部下であったという私に、石頭大会へ行けば必ず会えると思い、それを楽しみに上京して来たのだという。東策さんは、私が以前出版した『肉弾学徒兵戦記』（昭和三十一年、鱒書房）を中学生の頃に読み、以来私に会いたいと思いつづけて来られたのだという。私はむろん、そういう東策さんの気持をその時知らず、六百名から出席した会場のうしろの方から、壇上に荒木連隊長らといる東策さん一家をじっと見守っていただけである。

だから東策さんは、探し求める私が会場にいたことをその時知らなかった。こういう東策さんの気持や、東策さん一家を取り巻く美しい友愛の輪のあることを知ったのは、その後来たある教え子の手紙によってであった。大隊長がその昔、青森県の長峰小学校で教鞭をとっていた頃学んだという教え子の一人、桜田ハチヨさんによって知ったのである。そして、戦後三十余年の歳月が経っているというのに、猪股大隊長をめぐって様々に心美しい交流が芽生え、光り輝くようなふれあいがみちのくの地にあることを私は知った。心打たれた私は、世の中にはこういう出会いもあることを人びとに知ってもらわなければならぬと思い、桜田さんたちの住む地方の新聞に一稿を送ったのだった。

みちのくからの手紙に涙

◇旧ろう、南部大龠町に住む桜田ハチヨさんという方からお手紙を頂いた。戦時中、私の上官だった猪股繁策大隊長の教え子だという。そして本欄に掲載されたいくつかの切り抜きを送って来られた。遠いみちのくからのお便りを拝読しているうち、私は何度か目がしらが熱くなるのを抑えることが出来なかった。◇本欄でも、かつて紹介されたとおり、猪股大隊長は終戦直前、ソ満国境でソ連戦車軍団を迎え撃ち、戦車砲弾の直撃で壮烈な戦死を遂げられた方である。

私は当時、その人が中隊長だった石頭予備士官学校の候補生として直接教育を受け、その人が大隊長だった対ソ戦では直属の部下として戦った生き残りの一人である。

◇桜田さんは、猪股大隊長がその昔、長峰小学校で教鞭をとっておられた頃の児童なのだという。本欄への元部下の投書が機縁となって、桜田さんたち教え子は、猪股大隊長の遺児である東策さん一家を囲むつどいを持つことが出来た。そのつどいの席上、東策さんは桜田さんたちに「戦争中の私の父を偲んで下さるなら、この本を読んで欲しい」と言って一冊の本を手渡された。それが、私の書いた本だったというのである。私が昭和三十一年に出版した本で、猪股大隊長を中心にした学徒兵の戦闘記録なのである。◇この本を、当時中学生だった東策さんが上京して靖国神社に参拝した帰路、神田の書店で見つけたのだという。桜田さんは、この本によって私の住所を知ったのである。そして「この本を東策さんが、どれほど繰り返し読まれたことか、表紙の折り目がすっかりすり切れて落ちそうになっていた」と書いておられた。そして、一つでも二つでもよいから、猪股先生についての思い出を東策さんに知らせてあげて欲しいと、手紙で訴えて来られたのである。桜田さんにとって、すでに四十年もの歳月が経っているのに、今も恩師をひたむきに思う心に、私は本当に打たれた。

◇桜田さんとは、こうして何度かお手紙を交わし合い、東策さんとも文通することが出来、警察官らしい折り目正しい立派な人柄を偲ばせるお手紙も頂いた。東策さんは、今は亡き母堂が満州から引き揚げ途上、その母の手の中で幼い命を失ったという当時四歳の長兄大策さんのことを思い、やがて生れた自分の子供に、同じ名前を付けたという。その大策くんのすこやかに育っている姿が、送って来て下さった一葉の写真にうつっていた。東策さんから頂いたお手紙の末尾にこうあった――「いつの日か、南さんたちと、父の戦った戦場へ訪れる日のあることを心待ちに……」と。

◇亡き父を思う子のひたむきな心、亡き恩師を今にしのぶ教え子の美しい師弟愛――私はみちのくからの手紙を前にして、心を洗われる思いだった。（東奥日報・昭和53年1月27日付所載）

猪股大隊長と、この桜田さんたち教え子の出会いは、昭和十一年から十三年にかけてのことだから、大尉がまだ弱冠二十歳の頃である。

晴れの見習士官となるまで近衛連隊でバリバリ鍛えあげて来た逞しい風貌は、さぞかし幼い彼女たちの憧れの的だったろう。当時近衛歩兵連隊に入隊するのは、家門の誉れと言われた時代である。まして花のお江戸の近歩一連隊、そこは陛下のお側で禁衛警固に当たる名誉の連隊である。そこを一選抜の甲幹で任官し、郷里の教壇に錦を飾って帰って来たのだから〝猪股見士〟の得意や思うべしだったと思う。

小学三、四、五年を受け持たれた桜田さんたちに、猪股先生は軍人上がりらしく厳しかった。間違ったことは絶対許さず、身だしなみと清潔にはとくにうるさかった。反面思いやりのある温かさで児童たち一人一人の生活をきめ細かく見守ったという。

臨時召集を受けて長峰小学校を去る時、先生は「身だしなみとともに自分の心を見つめてほしい」と言って、大きな鏡を学校へ贈っている。一緒にホウキやジョウロなども贈って、学校をよく掃除するように言い残し、出征していった。その頃はまだ、全身が映るような大きな鏡が珍しく、飾られた階段の正面に集まっては鏡一杯に映る姿にワイワイガヤガヤ騒いだものです、と桜田さんは懐かしがる。

昨年のこと、ちょうど学校が創立百年祭の日に、桜田さんたち教え子は東策さんと一緒に学校を訪れ、この懐かしい鏡に対面して来た。古ぼけてはいたが、さほど傷《いた》んでいなかった大きな鏡を見つめ、東策さんは長いことそこを去らなかったらしい。時々、小さい生徒たちが駈けって来ては鏡の前でチョコンと立ちどまり、ちょっと気取って駈け去って行く姿に、桜田さんたちはかつての自分の姿を見るような思いがして涙ぐんでしまったという。

桜田さんが、猪股先生から貰った最後の便りは昭和二十年三月のことである。安東中学校軍事教官の肩書であった。その頃十七歳の乙女になった教え子たちの近況を、桜田さんは縷《る》々《る》書き送ったらしい。それに対する返事だった。「……細々とお知らせ下さいまして感謝しています。それこそ何辺も読み返しています。北満から南満に来まして学兵の錬成に努力しています。時局下、青年達の意気には感服しています。内地の皆さんもこんなだろうと想像しています」そして最後に「お元気でね」と結んであった。先生こそお元気で、と返事へ返事をまた書いて送ったが、遂に再び先生の肉筆に触れることは出来なかった。こういう便りのかずかずや、軍刀姿凛々しい写真を今でもそっと大事にしまっている彼女たちなのである。

それにしても、かつてのこの教え子たちが先生を今に慕う気持は、私の想像を越えるものであった。猪股大隊長のことを私が執筆することを知った桜田ハチヨさんは、すぐ級友たちと連絡し合い、次々に思い出の記が私に送り届けられて来た。その美しい気持を粗略に扱うに忍びず、いくつかを紹介したいと思う——。

大館市に住む阿部とみゑさんは、娘時代家庭的に悩みが多く、思い余って満州にまで先生へ手紙を出した。そのつど励まされ、本当に助けられたという。現在の自分があるのは先生のお陰ですと、今でも毎日猪股大隊長の写真に朝な夕なご飯を供えているのだという。姉妹が多く生活が苦しくて、いつも子守りばかりさせられて欠席がちだったある教え子に、猪股先生は自費で教科書を買い求め、その子の両親の許へ学校に出してくれるよう頼みに来て下さった、と今も感謝しつづける人もいた。

埼玉に住む下山きぬゑさんにも涙の思い出がある。小学四年の学芸会に、クラス全員参加で「きつねの嫁入り」という劇があったが、出演寸前風邪のため登校出来なくなった。先生は下校途中、必ず病床に寄って励ましつづけてくれたそうである。その恩情が今も忘れられず、去年青森で開かれたクラス会に馳せ参じた下山さんは、席上でこのきつねの嫁入りを歌ったが、涙がこらえ切れず絶句してしまったという。「こんこんきつね、きつねの嫁入り、はじまりはじまり、嫁は花嫁三国一よ、白粉つけて紅つけて、乙に澄ましてこんこんこん」こういう歌だそうだ。必ず毎年二度、靖国神社へ参詣して昇殿参拝を欠かさず、また、あの〝岸壁の母〟の端野いせさんを何度も訪ねては慰めているのだという。

いたずらをして、一列縦隊に並べられ、軍隊式に頰を叩かれ恐ろしかったけれども、今にして思えば〝良薬口に苦し〟だったのですネと懐かしそうな教え子。私生活でも厳格だった先生は、学校では必ず黒の詰め襟の服、下宿では久留米がすりの着物を着て、誰が訪れても膝をくずさず何時間でも正座していたという。教育も徹底したスパルタであったらしく前任者の先生と違い、軍隊上がりのまことに厳しい先生で、びっくりするやら怖いやら大変なことになったと大さわぎ。試験、宿題の連続でバラバラになっていた桶が急に締め上げられたような気持だったと、阿部とみゑさんは言う。教室で整理整頓が厳しく、チリひとつ落ちていても机の上を鞭でバシッと叩かれたそうである。生徒の一人が落としたホウズキを、誰かが踏んづけてしまった時、「こんなことをした人は誰か。犯人が名乗るまで授業はやめ！」、そして「人間というものは、自分に正直でなければだめなんだ」と睨みつけ、あとで某生徒は頬が赤く腫れるまで叩かれていた、と青森の水木イ子さんは言う。「強く正しく」あれという教訓を、毎日のように叩き込まれ子供心にも本当に強く正しく生きなければ、とそれを念頭に四十年が過ぎ、未だに忘れ得ぬ師です、と阿部とみゑさんは書いている。

これほど子供心に厳格端正に映った猪股先生も、少年期は手の付けられぬほどやんちゃな子供であったらしい。教え子の一人で弘前に住む成田幸子さんは、こんな話を猪股先生から聞いたことがあると書いて来た。

「ある時先生はしんみりと、自分は小学校を出て中等学校に入っている時、手も付けられないほどヤンチャだったと。学帽をわざわざ裏をはがし上に油を塗り付けて冠り、ワラの緒の付いた高下駄をはき、本はナワでしばり担いで歩いた時もあったと申しておりました。その頃、先生のお母様が亡くなる前だそうでした。あと幾ばくもない自分の命を知っていたのでしょうか、先生を枕元に呼んで『繁策、お前がそのような態度でいたらお母さんは死んでも死にきれない。どうか立派な人になって欲しい』と涙ながらに言われたそうです。その時初めて、こうしてはいられないと悟ったそうです。先生のお母様も立派でありましたから、私たちも猪股先生に教えを受けられたことを心から幸せに思っております」

厳しさの反面、生徒と常に過ごすという温かみを綴っている人も多い。お菓子を自分の小遣いでどっさり買って来て、一緒に山登りをした思い出、学芸会や運動会で父兄の来ない子供のところへ入り込んで一緒に食事をしてくれた先生、と思い出は尽きないようである。今は農家にあって毎日畑に出ているという水木イ子さんは、畑仕事をしながら軍歌「戦友」を口ずさんだりすると先生のことが思い浮かび涙がとまらなくなってしまうという。胸に秘めている恩師猪股先生の姿は「口や筆には言い現わせないほどに大きいものです」と書いていた。

桜田ハチヨさんの思いも深い。昨年暮れからこの春までにもう二十数通からの手紙を私は貰っている。そのどれにも必ず、大隊長の思い出がつい昨日の出来事を書くように文字が弾《はず》んで躍っているのである。

その桜田さんに、今も悔やまれてならないことがある。小学四年の時、全校大会で行なわれた運針早縫い競争で一等賞になったことがあった。教員室に呼ばれ、ニコニコと嬉しそうな猪股先生は彼女に「努力をすることによって必ず一等を貰えるんだよ。これ書いたからお祝に持っていきなさい」と、三冊のノートと〝少年よ大志を抱け〟と墨くろぐろと大書した巻き紙をくれた。

敗戦後、桜田さんの住む小さな村にも米軍が駐留した時、こういう物を持っていると米軍に連行されるそうだというデマに不安となった家人の手で、青森県号という献納飛行機を廃品回収で送った時もらった感謝状と一緒に、燃やしてしまった。それが残念でならないのだという。桜田さんはまた、こうも書いて来た――。「猪股先生は長峰小学校教師時代、青年学校の指導官もなさっておられ、当時教練を受けたという方から伺ったのですが、先生の青年たちへの教訓は『死んで惜しまれる人になれ』という言葉だったそうです。この言葉は、まさに猪股繁策先生自身のものだった、と感ぜざるを得ません」と。

戦死せる師の夢かなし明け易し　ハチヨ

この稿を書き上げた頃、青森市から部厚い封書が届いた。見れば、亡き猪股大隊長の姉上、太田みほさんからのものである。それは悲しみと感謝のあけくれに満ちた、胸に迫るお手紙だった。敢えて掲載させて頂こうと思う――。

「……亡弟が在世中は一方ならぬお世話様になりました。どんな言葉で何と申し上げましたら心からの御礼の言葉になりますか、私にはとても言い表わすことが出来ません。唯々皆様、有難うございましたの一言に尽きるものでございます。（略）弟は何事につけ几帳面で努力型の人間ではないかと思います。家は農家でありますため、人手不足であり常時借子《かりこ》二人ずつが居りましたが、子供達にもそれぞれ仕事が割り当てられ、弟は学校から帰りますと馬の飼草を翌日の分を押し切り機で切ること、これは一日も欠かしたことはありませんでした。それが終わると庭の木、花の手入れと、それは念入りで感心したものでした。毎年夏になると朝顔を植え、開花の瞬間を見るとかで十数本の縄にからませたのを毎朝四時頃起きていちいち記録し、同じ種子でも肥料をやったのと、味噌汁をうすめてやったのと、全然何もやらないのと、花の大きさを比べては記録をとり、翌年の参考にするとかで一生懸命でした。後年山形連隊に居りました時も、その朝顔作りを延長させて居りました。当時としては大輪になるのは珍しく、直径十センチ位もある見事な花を咲かせて満足の様子でございました。几帳面さのほんの一例を申し上げますと、山形連隊時代に実家の土蔵の二階にリンゴ箱四、五個の本を整理して行ったのですが、必要になった本を送らせるのに言って来ることが感心してしまいます。何番の箱の何段目の右から何冊目に、なんとかの本があるから送ってくれというのであり、その通りなのでございます。（略）成年に達し、初年兵として近衛歩兵一連隊に入隊し、翌年でしたかはっきり記憶しませんが、二・二六事件が起きました。その時は山階の宮家の警護に当たったとか聞いております。除隊後はあの昭和初期の不況時代でしたので、教員資格取得のため一生懸命でした。オルガンを買って練習したりして資格を得て、教員をしていた時召集を受け、軍人として運命への道を走り始めたのでございます。結婚して何ヵ月振りかで満州に出動してから、長男が青森で生まれました。それから妻子を呼び、内地から連れて行った長男を終戦後現地で亡くしました。（略）あちらで生まれた次男東策を連れ、終戦後妹さんとぶじに帰ってくれた二人を見て、どんなに泣いたことか、幸いなことに妻子を呼び寄せたおかげで、東策が残ったことを運命の神に深く感謝致しております。唯あきらめ切れないことは東策の母を死なせたことでございます。戦乱の異国に妻子を置き去りにして死んでいった亡弟の心情の辛さも、何としてもふびんでなりませんけれども、女二人幼児二人と放り出されて、あの恐ろしい時機を乗り越え生き抜いてくれた二人には、何と申してよいか分かりません。私達内地にいた者にはとても想像も出来ない苦労の連続、妹さんにはとくに大変なご苦労、ご迷惑をおかけし、ほんとうに申し訳なくお詫びの申し上げようもございません。その苦労のしるしに、帰った当時東策は、白米のご飯を食べることを知らなかったのです。輸入とうもろこしを混ぜたご飯を食べさすと、そのとうもろこしばかりを拾って食べるのです。（略）」

戦後三十三年、今に弟を誇りに思い、弟の心情を不憫《ふびん》に思い、苦労をかけた義妹たちに詫びつづける文面に、私は泣いた。そして、白米を知らず、白米の中から固いとうもろこしだけをさがして食べた東策さんのことを知り、涙をこらえることが出来なかった。

お手紙の最後に太田みほさんは、石頭会と教え子たちのことを繰り返し感謝され、どちらを向いても有難いことばかり、地下の弟夫婦もどんなに喜んでおりますことか、と結んでおられたのである。

――猪股大隊長は戦陣に散った。二度と再び生きて還らぬ人となった。だが尊くもまた健気な大隊長の生き様、そして死に様はかくも多くの人たちの心に迫り、心を打って魂をゆさぶらずにはおかない。そして、その魂は遺児とその家族に受け継がれ、大隊長にゆかり深い無数の人たちを、戦後三十余年経った今も時に励まし、時に鞭打って心の支えとなっているのである。これは、猪股大隊長だけではない。磨刀石で散った数多くの候補生一人一人の死が、それぞれにゆかりある人たちの今日と深く結び合い、無数の人びとの心をゆさぶり、亡き候補生の声なき声が人びとの生き様に強くかかわっているのだ。

それが、〝磨刀石の戦後史〟なのである。

岸壁の母きょうも

〝岸壁の母〟——戦争を知らない世代の人たちも、まだ異国の地に囚われて還らぬ息子を岸壁に立ち、待ちつづけた老婆、岸壁の母のエピソードを知らぬ人はあるまい。

その岸壁の母、今年（注・一九七八年）八十歳になる端野《はしの》いせさんの一人息子、端野新二候補生もまた、我々の同期生なのである。函館に生まれ、東京に育った彼は、旧制大成中学校を経て立教大学文科に入った。だが折しも戦局苛烈であり、学徒の兵役延期は中止された時である。彼は、どうせ兵隊にとられるならと、知人のいる満州へ旅立ちを決意する。新二が五歳の時、主人に先立たれたいせさんは、それまで女の手一つで育てて来た手塩にかけた子であるだけに、彼の渡満に戸惑ったが、新二の意志は固く立教を退学して遂に満州へ一人渡って行った。そして奉職した先は、奉天の満洲銅鉛鉱業という会社だった。そして間もなく彼に、軍隊の徴兵検査の通知が届く。

端野候補生が徴兵検査を受け、甲種合格となった時、親思いで甘えっ子の彼は東京にいる母、いせさんにこんな便りを認《したた》めている。検査を受けた満州奉天の本渓湖で泊まったホテルの一室からであった——。

前略。母さんその後躰の工合は如何ですか。一昨日今日兵隊検査でしたが、僕も甲種になる事が出来ました。これと云ふのも一重に母さんの努力の賜と深く感謝して居ります。甲種合格の宣告を受けた時は何とも云へず只々嬉しく、今本渓湖ホテルの三号室に居るのですが、泣けて〳〵仕様がないんです。皆母さんのお蔭と思って母さんの恩に感謝して居ります。悦んで下さい。母さんの悦んでくれる顔を思うと何とも云へずうれしく、只涙が出る丈けです。二十年もの間苦労に〳〵を重ね育ててくれた母さんの恩を思ふと本当に只泣ける丈けです。嬉し泣きと云ふのは本当にこの事を云ふのでせう。有難う御座いました。何時入営だか判りませんし、又兵事官から帰る事を禁じられて居りますので帰る事が出来ず、もう母さんの顔を見られない事と存じます。それが一番の辛い事であり悲しい事ですが致し方ありません。嬉しくて〳〵只唯泣きながらこの便り書いて居ります。有難う御座いました。立派な男になれたのも母さんのお蔭です。自分も立派に甲種になれたかと思ふと泣けるんです。もう一度逢ひ度いとは思ひますが、仕方ありません。どうか、元気に躰に気を付けて長生きする様、僕は唯それ丈けを祈る丈です。僕は甲種になる位ですから勿論元気です。だから決して心配しないで下さい。これで端野の家も立派になりました。唯立派にあとは御奉公するのみです。どうか、近所にも肩身広く歩いて下さい。一人息子も立派になったと、これは決して自分が偉いのではない母さんが偉かったからです。よかったですね、厳密な検査でしたが無事パスでした。あとは幹候のパスだけです。左様奈良

（ママ）

こうして入隊した彼は、満州の地で初年兵教育を受け、晴れて甲種幹部候補生に採用されて石頭の校門をくぐったのである。長身で色白の端野候補生は、ひときわ目立つエリート候補生でもあった。親孝行の彼は、どんなにか自分の晴れ姿をいせさんに見せたかったことだろう。そして、戦争が始まった――。

端野新二候補生は、磨刀石で大隊本部近く歩兵砲中隊に配属されていた。ソ連戦車砲により速射砲、大隊砲とも壊滅せしめられたあの悲劇の歩兵砲中隊である。彼の役割は肉攻手であった。

――八月十四日、早朝から再び熾烈《しれつ》な猛砲撃が開始された。その時、梅津中隊長の命令により斥候に出たのが端野候補生の親友、米山猛候補生である。彼は後方からの敵襲を警戒するため、約百メートルほど真東に、匍匐《ほふく》前進、敵状偵察を行ない引き返して来たが、敵弾はますます激しく中隊長のいる壕まで近付くことが出来なかった。米山は目前にあったタコツボに飛び込み、そこから大声で「後方、敵状異状なし！」と叫んだ。その壕にいたのが、端野候補生であった。だが、タコツボに二人いては狙われやすい――そう判断した米山は、そこからさらに四メートルほど下のタコツボに移動、肉攻の機会を待ったのである。

しばらくすると、端野が乾パンを投げて寄こした。戦車は刻一刻迫って来る。二人の壕の側にも何度か近付いて来ては、眼前で戦車砲を射ちつづけていた。本部前は、すでに地獄の様相を呈している。候補生たちのいる壕がシラミ潰しと言ってよいほど蹂躙されていく。小銃、手榴弾、棒地雷――わずかな反撃に猛烈な砲撃が叩き込まれて来る。満人部落に突入したソ連兵らは、土塀に穴をあけそこから銃撃を加えて来る。米山たちは遂に包囲された。

――夜暗に乗じ陣地撤退が開始されたのは、十一時過ぎのことである。裏山目指しじりじりと後退して行く候補生たちを、激しい弾雨が包んだ。翌早朝、米山たち十一名が浅い壕にいるところへ、敵歩兵二百数十名が殺到して来た。完全な包囲攻撃であった。

戦闘約十五分――候補生の反撃は終わった。米山は足に四発の手榴弾を受け重傷だった。戦友の様子を探ろうにも動くことが出来ない。全員戦死、と判断、夜の更けるまで彼は壕に止まったのである。深夜になって米山は、ほとんど匍うようにして山中を辿り始める。出血は多量であった。愛河北方の山中で、やっと梅津中隊長たちに出会ったのは二十日頃のことである。彼を五日の間も支えたのは、気力ただ一つであった。

――昭和二十三年夏、シベリアから還って来た米山候補生は探し求めた戦友端野候補生の母にその後会うことになる。彼は、端野があの撤退時に先頭にあって皆を励ましつづけたことや、最後の壕の戦いの状況を話し、恐らく端野候補生も戦死したものと思う、といせさんに告げた。だがいせさんはこう聞いた。「新二の最後の脈を取ったのですか」

「私は足に手榴弾を受け動けなかったが、夕刻私があの壕を脱出するまで、あの壕の中では物音一つしなかったので全員戦死したものと思う」こう米山は答える他なかった。その後、端野候補生の生存の噂が立った時、米山は、あの時それでは負傷して一時的に気絶していたのだろうかと思い、もし生きているなら一日も早く帰って来てくれ、と未だに彼のあの時の姿を追いつづけている。

こういう端野候補生の戦闘を、母親いせさんは終戦後、むろん知るよすがもない。きょうは還って来る、明日こそ還って来る、と心に念じ、新聞に報道される帰還者名簿を目を皿のようにして見守りつづけた。満州にいた部隊はシベリアへ送られたというニュースを聞き、その復員列車が着くたびに品川駅へ駈け付け、軍服の大集団を血まなこで探し求めつづけた。遂には、憑かれたようにあの舞鶴の波止場へ出掛けていくのである。

だが旅費とて、一人暮らしのいせさんには容易なことではなかった。着物を質に置き、爪に火ともすようにしてこつこつと貯めたご近所の仕立て代を寄せ集めては、東京から西舞鶴駅行きの切符を買うのであった。日の丸の旗を掲げた引揚船が、ナホトカ港からの兵士たちを満載して入港して来ると、いせさんは兵士の隊列に向かって「端野新二はいませんか。端野新二を知りませんか」と半狂乱のように探し回った。来る日も、来る日も懐の許す限り舞鶴の宿屋に泊まっては息子新二を探しつづけた。その宿屋で、どんなにいせさんは泣いたことだろう。来る日も、来る夜も夢に出て来るのは、あの新二なのである。岸壁の母は、こうして何年も何年も、舞鶴の波止場に立ちつくしたのだった。

昭和三十一年になって、いせさんには心外にも戦死公報が届けられた。むろん、受け取れるものではない。いせさんは、新二の生きていることを信じつづけた。絶対に生きている、あの子が死ぬはずはない——それがいせさんの信念だった。

昭和四十九年夏、新二候補生と中国で戦後四年間一緒にいた、という一人の元軍医が現われた。中国の軍病院で、滝沢千秋さんというその人を手伝っていたのが端野新二だったというのである。そして、その人はパンイエーともハタノとも名乗っていたという。いせさんは躍り上がった。次いで訪中団の中に、端野候補生と会った、という人が現われた。岐阜県の友好訪中団が団長、平野知事引率で訪中すると聞くと、在県の候補生たちは大急ぎで東京のいせさんに連絡、すぐ駆けつけて来たいせさんは直ちに知事に会い、新二の消息調査を嘆願した。一方では石頭教育隊で生死を共にした候補生たちが、いせさんを助け、駐日中国大使や当時の三木首相に宛てて嘆願書を差し出している。陳楚駐日大使（当時）には次のような筆書きの書面だった——。

お忙しい大使閣下にこのような私事をお願い致すべきではないと存じましたが、この際非礼をわきまえず敢えて嘆願書を提出し、閣下のご仁慈とご指導、ご協力をお願い致す次第でございます。

私は端野いせと申す七十七歳の老女でございます。私には今生きていれば四十九歳になる新二と申す一人息子がおりましたが、過ぐる一九四五年八月十三日の貴国東北地方牡丹江付近で、ソ連軍戦車群との戦闘で重傷を負い、爾来今日まで消息不明であります。その間一九五六年には日本政府厚生省より新二の「戦死公報」が届けられました。でも私は、新二の死を絶対に信じませんでした。私は新二が「きょう帰るか、あす帰るか」と、胸に淡い期待の灯をともして、舞鶴に復員船が着くたびに、空しい出迎えを繰り返したこともございました。

ところがこのたび待ちに待った朗報が伝えられました。愛児新二が貴国浙江省の杭州市に無事生きて暮らしていることが、九分九厘確認されたのでございます。

大使閣下、どうかこの老女に一目だけでも無事な新二に会わせて下さいませ。幸い日本の岐阜市と新二がお世話になっている杭州市が、友好都市の交わりを結び、近く岐阜県知事平野三郎先生を団長とする同県代表団が貴国および杭州市を訪問致します。私は厚かましく思いましたが、平野先生ご一行に新二の消息を確認して頂くようお願い致しました。また日本社会党成田知己先生ご一行の貴国訪問団にも同趣旨のお願いを致しました。

新二がすでに貴国の人民となり、貴国の偉大な建設のお役に立っているのでしたら、私は、それでも満足でございます。許されますなら、私が出向いて新二に一目会いたいものと念じています。万一、新二が老母の許に帰ってくる意志がありますなら、私は病弱の身に鞭打ち、その日の来るまで生きているつもりでございます。

大使閣下、息子新二は当時牡丹江市付近にあった石頭予備士官学校（職業軍人の養成学校ではありません）の生徒でありました。当時の有資格青年は、ある水準以上の能力があれば、甲種幹部候補生として予備士官学校に入校しなければならなかった事情を何卒ご賢察下さいませ。

どうか大使閣下のご仁慈とご指導のもとに老母と一人息子の再会を実現させて下さいませ。本日は右のお願いのため、新二の当時の先輩、同期生代表の方々と共に非礼を顧みず参上致しました。中華人民共和国の偉大なる発展と大使閣下のご健康、ご活躍ならびに貴国との間に一日も早く平和友好条約が結ばれんことを心からお祈りしてやみません。

一九七五年五月

だが、いせさんの祈りも空しく、中国から返事は届かなかった。訪中した平野知事も、中国側で充分調査したが、杭州にはいない、という悲しい情報しか告げられなかったのである。マスコミが挙げて、と言ってよいほど、いせさんの息子の消息探しに立ち上がり、いせさんを励まし勇気を与えてくれた。全国から、おびただしい手紙がいせさんに届き、傷心の老母をいたわったのであった。

こういう傷心のいせさんを、陰になり日向になりして励まし慰めつづけているのが、竹下定候補生たち石頭の生き残り候補生である。候補生たちにいせさんは、時に自分の息子に訴えるように、時に息子に胸を張るように、折にふれ便りを綴って思いを寄せているのである。竹下候補生に宛てられた中から幾つかを抜すいしよう――。

……十九年に家を出て早や三十年。月日の経つのも早いものでどうして今日まで暮らして来たかと思います。一日も一時も息子のことが頭から去らず自分ながら考えております。主人が亡くなってから四十五年経ちます。私も早や七十六歳です。六歳から一人で育て上げましたのに。私は仕立物を沢山残したまま七月三日に入院。八月三十一日に退院いたしましたが、まだ通院しております。九月中はずっと仕立物を休みましたが、十月の声を聞きましてからは、またおあずかりしております。冬物だけ仕立てにかかりおりますが、休み休みやっております。年内で止めてと思いおりますが、何もせずにはおられません。又私の顔を見ると頼まれますので、仕方ありませんが、年齢的にも無理ですからボツボツ仕立てるつもりでおります。胃潰瘍ですが手術をのがれ、食事と薬でどうにか退院致しました。もう仕立て物をすることは体に無理なのです……（四十九・十二・二）

体をこわしていたいせさんに、中国生存の朗報が伝わったのは翌五十年のことである。

……今又、一生懸命住居を探しております。この半年間に本人のことがわかり三十年間の苦労も無駄ではなく一安心しております。生きていてくれたかと思うと泣きました。私も体が悪くともできるだけ大切にして仕立て物もせずにおり、住居がわかりましたら出かけます……（五十・四・三）

……去る二日、皆様お集まりの時私はわがままで住居がわからなくとも他方面に探しに出かけたいと無理を申し上げましたが、昨日と昨夜考えました。日本と違い広い中国を自分だけでなく皆様にもご迷惑をかける。又幾日かかるかわかりません。私は心が落ち着きませんので考えて泣きました。眠られません。子供にこのような思いをして泣いて三十余年。でも生きていてくれたと思うと尚更可愛いやら悲しいやら、私も三十余年待った。そして生きてきた。何時か会えると思って心を落ち着け、本人の住居を知るまで待ちます。わかりましたら出かけて行くことにします……（五十・八・二十）――（ママ）

二年ほど前、いせさんは「岸壁の母」の作詞家、藤田まこと氏に誘われて夜の銀座を見たことがあった。その時七十八歳の老母にとって銀座の灯はどんな感慨であったろう。いせさんにとって、まばゆいほどのその灯は愛児新二君への切ない想いをこの上なくかき立てたようである。その夜いせさんが綴った一篇の散文がある――。

息子よ　新二よ　別れて早三十余年
母は待つのも疲れたよ
聞こえるものなら大きな声で叫びたい
新二よ　母を助けてくれ　生きて帰れと願うのみ
見知らぬ人の親切に生きながらえている我が身
力の限り生きようと　母の悲しみ聞いてくれ

どこで暮しているのか　見せてやりたい戦後の夜の銀座の星空を
その日の早からんことを祈るのみ
母や学友　戦友と語る日を楽しみに待っている
一時も早く　母さんと呼ぶ声が聞きたいよ
そして　あなたの歌声を聞ける日を待っている
母さんと呼ぶ声を聞くのは　いつの日か
母は疲れた
生命あるうちに帰ってくれ
待ちくたびれたよ

いせさんは、きょうもなお新二候補生のことをあきらめてはいない。端野が東京・大森の自宅を出た時、玄関に掲げてある「端野新二」の表札は、色こそくすみ褪せたが、その本人を待ち侘びるように今も掲げてある。そして、もしかしたら中国で子供が生まれているかもしれない、と考えているいせさんは、自宅の二階を誰にも貸さず、そのまま空けている。小さな二間の部屋に、いつ新二が帰って来てもよいように、いせさんは毎日掃除をし、きれいに片付けて待ちつづけている。

——端野候補生は、まだ消息未確認のまま還って来ない。日本を出て三十四年という年月が経ってしまっているのに、その生存の確たる証《あか》しは届いていないのである。

そして、実は端野候補生と同じく、敗戦後生死未確認のまま「戦死公報」を受け取らざるを得なかった遺族もまた、数限りなく多いのだ。重傷を負い、磨刀石の陣地に取り残された戦友候補生――あれほどの重傷であった、もしかしたらあの壕でそのまま死んだのかもしれない。いや、きっと壕を脱出して満人部落に辿り着き、もしかしたら満人にかくまわれて生きのびているかもしれない、そういう真剣な論議を生き残り候補生たちは、戦後どれほど繰り返したことだろう。だが探すに手だてなく、調べるに彼の地はあまりにも遠い。異国の地での日本敗戦、という現実の前に我々はただ歯がみするのみである。

戦いに敗れ、傷つき磨刀石から脱出した候補生の中には、前章でも触れたように武装解除を肯んぜず、軍服をぬぎ捨てそのまま中国の軍隊に入った候補生もいる。故国日本へ奇しくも生還出来た候補生は別として、もしかしてそのまま大陸の地に今なお生き抜いている候補生も、あるいはいるのではないか――そういう思いを巡らし合って、いまだに還らぬ、あるいは生死不明の候補生たちのことを我々は考えつづけている。

そして、巻末に謹書した「戦没者名簿」の、その一人一人の候補生の死を、我々は襟を正し、刮目《かつもく》して見つめている。一人一人の死は、あの時の一人一人の最期はどうだったのか。熾烈な銃砲火と戦車の蹂躙の中で、遂にその最後を見届けることの出来なかった候補生も多い。そういった候補生の、最後の姿を我々は胸に思い浮かべるのみである。

いつの日か、と我々は思う。いつの日か我々は彼の地、磨刀石へ行き、亡き戦友の亡骸を弔い、その遺骨を集め祖国日本へ連れ帰りたいのだと。だが、その所は中ソ国境、今は恐らく対ソ戦に備え堅固な要塞陣地と化しているかもしれぬ。してみれば磨刀石への道は、遠いかもしれぬ。だが、いつの日か必ず我々は彼の地へ行く。それでなければ、死んだ戦友候補生たちは永久《とわ》に安らかに瞑《ねむ》ることは出来ない。そして、磨刀石の〝戦後〟は終わらないのである。

――最後に、戦友木屋隆安候補生より寄せられた「鎮魂賦」を掲げ、終章を結ぶこととしたい。

鎭魂賦

想起す　昭和乙酉炎暑の候　兄等の満洲帝國牡丹江方面に於ける死闘を　吾等　兄等の犠牲に依り生きて虜囚となり　圖らずも白皚々の古戦場に兄等の亡骸を見る　蘇聯兵の赤墓叢林たる中に涙《なんだ》流しつ白雪にて兄等を覆し　深く合掌したり　筆を投じて戎軒に事《つか》へし兄等其の身を鴻毛の輕きに置き　壯烈祖國大日本帝國に殉じたるも　嗚乎　其の心中如何許りか察するに餘りあり吾等命長らへ　今民主日本國の國民なるも　其の偏《かたよ》りたる國力に加へ　吾等の力餘りに弱く　兄等の亡骸を収め得ざるのみか　魂魄をも鎭め得ず　誠に慙愧痛恨の極みなり　然れ共茲度《このたび》　兄等の戦友南雅也氏等相集ひ　兄等殉國の烈々たる實相を苦心上梓し其の勲《いさおし》を久遠に顕彰すると共に兄等の鎮魂を圖る　之れ軽佻浮薄の世相に對する壯擧畢と言

はずして何ぞ　希《こいねがはく》は兄等今暫くの猶豫を　吾等茲に厳かに誓ふ　必ずや兄等の亡骸を謹収し靖國の御社に隣る千鳥ケ淵英霊の塔に祀らむ事を　之れ悠久の大義に殉じたる兄等への　吾等に残されたる聖にして且つ最大の責務たり　希は兄等以て暫《しば》し瞑せよ

昭和戊午八月

木屋　隆安

（注＝牡丹江方面で戦死した学徒兵には、現在の軽薄なる当用語をご存知ないと思います。よってあえて往時の正しい日本語で亡き戦友に呼びかけました。ご了承下さい）

＊編集部注――端野いせさんは、息子との再会を果たさぬまま昭和五十六年（一九八一年）七月一日に死去した。

あとがき

昭和二十四年十月二十五日、私は故国へ還って来た。学徒出陣で東部六部隊へ入隊した日から数え、六年ぶりのことである。

八路軍の蠢動《しゅんどう》する中国大陸の北支から、ソ満国境へ転戦、磨刀石陣地で生き残り、次いで丸々四冬のシベリア抑留と、再び生きて還れる日のあろうとは思えなかった日本へ帰って来た。父、母が生きておわすかどうか、消息だになかった日本へ帰って来た。だが愛する祖国は、かつての日本ではなかった。ナホトカから、引揚船明優丸で舞鶴へ上陸し、波止場で係官から「隊伍を組んで歩いてはいけない。歌を唱ってはならない。これはダグラス・マッカーサー司令官の命令である」という、不思議な〝命令〟を聞き、それから数日間アメリカ二世の情報官による心外な〝調査〟のためバラックに留め置かれたあと、私たちは復員列車の待つ西舞鶴駅へ向かった。

ところが駅頭近く、黒っぽい二重廻しを着込み、ステッキを振りあげている異様な大男が目に飛び込んだ。彼はウォーウォーと叫んでいる。そして心なしか、私の名、〝マッちゃん〟とも呼んでいるようである。やがて隊列がその男に近づき、私は愕然とした。父なのである。父が生きでいた！　父が、ここに来ている。私は我を忘れて隊列を飛び出し、二重廻しの中に飛び付いた。ムウと、あの懐かしい父の匂いが私を包み込んだ。父の眼鏡は白くもり、黒い口ひげは涙の鼻水だらけであった。「マッちゃん、雅也！」と、父は激しく私を抱き締めて離さない。（生きていてよかった、只今お父さん、只今お父さん）と私は心の中で叫びつづけたのを覚えている。

その十日ほど前、父は東京新聞紙上で帰還者名簿の中にある私の氏名を発見、矢も楯もたまらず舞鶴へ来たのだという。しかし、ダモイの船はとうに入港して来たというのに、セガレは一向に出て来ない。よし、出て来るまで待つ、と駅前の宿屋に陣取り、毎日毎日引揚者の大群を駅頭で見守りつづけたという。あの日の父の血走った目と、異様な熱気を今も忘れられない。その父が改札口で駅務員と大ゲンカをやった。復員列車だから一般乗客は乗せない、いや俺は乗る、の押し問答である。父は、私の片腕に太い手を挟み込み、改札口でもみ合う。挙げ句の果て、父は一喝した。「何を言うか。ワシがワシのセガレと乗る。間違っとるか」父はこうして車中の人となり、遂に品川の駅に着くまで私の真ン前に坐り込み、私から目を離そうとしなかった。

昭和三十一年、はじめて磨刀石の戦闘を綴った私の『肉弾学徒兵戦記』が出版された時、父の喜びようはなかった。大量に版元から買い込み、てがみを付けて親戚縁者に毎日のように送りつづけていた。青春を支那大陸に生き、動乱の満州を歩いた父にとって、わずかでも似たような体験をして来た私が、殊の外いとおしかったようである。やがて私以上に磨刀石の攻防にくわしくなり、それを人びとに語り伝えに歩いた。

父はその後、私がルポライターとしていろいろなルポルタージュや人間ドキュメントを誌上に発表しても、あの肉弾学徒兵の戦記の出版ほどには喜んでくれなかった。そして死ぬ頃には、時折思い出したように「あの本を、もういっぺん世に出せないものかなあ」と、縁側の籐椅子にもたれながら独りごちていることが、よくあった。父が死んで、十年近くが経ってしまったが、今遅ればせながら〝あの本〟に代わってこのような形で出せることになったのを、一番喜んでくれているのは、泉下の父のような気がしてならない。

思えば昭和三十一年、あの本の原稿を脱稿したのは、父が還暦の日であった。そして、ごんどのこの本は、もし生きていれば父八十二歳の誕生の日に脱稿したことになる。何か不思議な因縁のように思う。

――私事にわたり書き過ぎた。この本を世に出すに当たり一言記しておきたいことがある。

昭和五十三年四月十六日――磨刀石生き残りの候補生たちが東京・渋谷の宿舎に集まった。磨刀石戦記の出版に際し、がくがくの論議がなされた中で出席の候補生たちから、私に強く命令されたことは、あの戦闘に身を投げうった学徒兵たちの生き様、死に様を、徹底して透徹した目で活写してくれ、ということであった。我々は、次の世代の生きる糧《かて》になるものを残しておきたいのだ、ぜひとも我々の次の時代に役立つ碑《いしぶみ》として作ってくれ。

夜を徹し、時の経つのを忘れて一人一人が激していた。それは、激しいほどの魂の叫びであった。そしてこの本を、あの思い出の八月十三日、磨刀石陣地に死の攻防を繰りひろげたその日に焦点を合わせ、ぜがひでも出版を間に合わそう、八月十三日には猪股大隊全国大会を九段の靖国神社で開催する、その日に本を間に合わそう、というのであった。

戦友たちの大車輪の活躍がその日から始まった。岡山に住む山本雄吉候補生は、磨刀石の生き残り候補生二百十名に檄を飛ばし、資料提供を呼びかけてくれた。そして、届いた資料をそのつど速達便で送って来てくれた。それはぼう大な量であった。岐阜に住む竹下定候補生は、何度も深夜長距離電話をかけて来ては受話器から励ましつづけてくれた。そして、彼が長年にわたってコツコツと集め整理して来たぼう大な戦闘資料をトラック便で送って来てもくれた。マスコミの重鎮、木屋隆安先任候補生は、心臓を病んで入院中の身なのに、出版社の策定と本文校閲に心を砕いてくれた。在京の加藤修、今井真澄、土本吉夫、勝又庄一郎各候補生たちが事あるごとに私を鞭打ってくれた。そして、全国各地の戦友候補生から相次いで資料や原稿が寄せられて来た。

我らの戦友会「石頭会」が、昨年夏第五回全国大会の記念出版誌として発刊した『楨幹《ていかん》』は、まさに宝物であった。この大冊に寄稿した各候補生たちの珠玉の手記も使わせて頂いた。『楨幹』編集に従事された椋代孝区隊長、竹下定、真田幸雄、山本雄吉、橋爪正雄、牧岡準二、緒方武各候補生たちへの深甚な敬意とともに、石頭会幹部の諸兄――新田律六、更科信義、石橋次郎、柴田直輝、芳賀隆吉、照沼勝男、佐藤清、大嶋功、田村嘉朗、吉田誠昭、礒崎浜男、西淳、梅野始、小西敏照、武知陽正、青沼文四郎各候補生たちの多年の活躍に感謝の念を捧げるものである。

この本は、こういった候補生たち一人一人の協力と、心のほとばしりで埋め尽くされた。生き残りの一人一人が思いをこめて、死んでいった隣りの候補生一人一人の死を賭けた願いを、ここに身代わりとなって書き綴っている。私は、そういった候補生たちの心の叫びを筋とし、あとは私自身の小さな体験を織り交ぜながら文章を運んだに過ぎない。

こういう壮烈なまでの戦友愛に支えられ、励まされてこの本は出来上がったのである。

昭和五十三年七月

南　雅　也

＊本書初版は昭和五十三年（一九七八年）八月に泰流社より刊行。
平成二十五年（二〇一三年）六月、潮書房光人社より復刊。

石頭予備士官学校 第十三期甲種幹部候補生

戦没者名簿

〔北海道〕

阿曽信一郎	20・8・13	戦死	1中	二七九	幌別市
東　正義	20・8・15	戦死	3中	一七一	小樽市
阿部　政一	20・8・13	戦死	1中	三六五	函館市
秋田　栄司	20・8・13	戦死	5中	二七九	函館市
伊藤　千秋	28・2・11	戦病死	2中	二四六	空知郡
大西　義雄	20・8・16	戦死	3中	一三五	美唄市
荻野　茂治	20・10・23	戦死	6中	三六五	余市郡
樺沢　幸次	20・8・13	戦死	3中	三六五	札幌市
北島　春夫	20・8・17	戦死	3中		上川郡
久保　芳三	20・12・11	病死	1中		上川郡
小田中　稔	20・8・14	戦死	5中	二七九	小樽市
坂井美能留	20・8・13	戦死	1中	三七〇	札幌市
白石　秀男	(戦病死)			三六五	上川郡
久保田一雄	20・8・13	戦死	1中	三六五	札幌郡
末長　文夫	(死亡)		5中	職	帯広市
高橋　秀夫	20・8・13	戦死	1中	三六五	豊平町
武田　晴光	20・8・13	戦死	1中	三六五	檜山郡
滝谷　義男	20・8・13	戦死	1中	七八六	札幌市
高橋　伝治	21・3・7	戦病死			小樽市
田畑　武	20・8・12	戦死	5中	二七九	小樽市
田中　亀蔵	20・8・13	戦死		二七九	小樽市
辻　篤造	20・8・13	戦死	1中	三六五	小樽市
寺山　哲堂	20・10・4	戦病死	3中	一三四	小樽市
寺崎　正	20・8・13	戦死		二九〇	函館市
出河　鉄三	20・8・13	戦死	1中	三六五	岩内郡
中野　忠良	20・8・13	戦死	1中	二八九	小樽市
名取日出雄	20・8・13	戦死		二七九	函館市
納谷勇治郎	20・8・13	戦死		二七九	函館市
納谷　吾一	21・1・1	戦病死	2中	三六六	天塩郡
西村　精二	20・8・13	戦死	1中	二七九	上磯郡
西中　幸夫	20・8・14	戦死	5中	三六五	札幌郡
細川　栄一	20・12・2	戦病死	本部	職	網走郡
堀田　信男	20・8・17	戦死		七八四	夕張市
前田雄五郎	21・1・13	戦病死	1中	一一三	札幌郡
吉田　寿雄	20・8・13	戦死	1中	三六五	空知郡
吉田　源一	20・8・13	戦死	1中	三六五	函館市
渡辺　隆	20・8・13	戦死		二九一	室蘭市
若槻　秀雄	20・8・13	戦死	1中	7区隊長	網走郡
加藤　秀夫	20・8・13	戦死	1中	三六五	札幌市
岩島　勇馬	20・8・13	戦死	2中	二四七	札幌市

〔青森県〕

猪股　繁策	20・8・14	戦死	1中	中隊長	南津軽郡
工藤　三男	20・11・5	戦病死	3中	二七五	黒石市
高木　春雄	20・8・14	戦死	3中	二七五	上北郡
名久井正治	21・1・14	戦病死	3中	二七五	八戸市
鳴海　恭一	21・1・19	戦病死	3中	二七五	中津軽郡
中野　敏男	20・8・13	戦死		二六九	三本木市
三上　徹治	20・8・14	戦死	1中	一七七	北津軽郡
森田　幸男	20・8・13	戦死	1中	二七一	上北郡
太田　兵吾	22・1・10	戦病死	3中	一二四	南津軽郡
畑中　登	20・8・14	戦死		二七五	八戸市

〔岩手県〕

一條武四郎	20・8・15	戦死	1中	二七五	盛岡市
久保田健吉	20・8・13	戦死	1中	一七七	盛岡市
上野　広次	20・8・14	戦死	5中		盛岡市
鈴木　孝秀	20・8・17	戦死		二四二	上閉伊郡
吉田　正幸	20・8・13	戦死		九〇	胆沢郡
菅原　正二	20・10・15	戦病死			西磐井郡
小野　喬	20・8・13	戦死	1中	七九五	胆沢郡
佐藤　重雄	21・11・21	病死	1中	一七八	江刺郡
鳥畑　芳雄	20・8・12	戦死	1中		東磐井郡

〔秋田県〕

相沢　幸造	20・8・13	戦死	6中	七九	南秋田郡
池田　清吉	20・8・13	戦死	1中	七九五	北秋田郡
佐藤　友治	20・8・13	戦死	5中	二七四	秋田市
中沢　修一	21・9・1	戦死	4中	七八六	鹿角郡
小野　武光	20・8・12	戦死	1中	一七八	平鹿郡
鳥潟　宏之	20・8・13	戦死		一七八	北秋田郡
九嶋　正直	20・8・15	戦死	1中	二七四	北秋田郡
芹田　千之	20・8・22	戦死		二四二	山本郡
小林　甚市	22・1・26	戦病死	6中	二七九	山本郡
越後谷順二	20・8・13	戦死	6中	二六七	秋田市
北村勇次郎	20・8・16	戦死	3中	一七四	能代市
添岡　貞雄	20・8・13	戦死	1中		北海道様似郡
浜野　民也	20・8・17	戦死	4中	一二五〇	能代市

〔山形県〕

菅野　憲一	20・8・13	戦死	1中	一〇八	西村山郡
長沼　繁夫	20・10・21	戦病死	3中		最上郡
渡辺　康吉	23・1・20	死亡			南村山郡
奥山　吉造	20・8・13	戦死		一〇八	酒田市
門屋　隆平	21・11・3	戦死	3中	一〇八	東京都
加藤　喜好	21・10・4	戦病死	2中	二四八	西田川郡
安孫子政蔵	20・12・27	死亡		職	愛知県
都倉　寛	20・8・13	戦死	1中	一〇七	酒田市
阿部　岩雄	21・2・18	死亡		三六九	東田川郡

松田　清	20・8・13	戦死	6中	二四二	北村山郡
飯沢　芳太	20・9・10	戦病死		二四二	西置賜郡
渡辺助三郎	20・11・3	戦病死	6中	二四六	東村山郡
阿部　静雄	20・8・17	戦死	4中	砲連	酒田市
木村　晴一	20・8・13	戦死	1中	職	南村山郡
進藤　正	20・8・13	戦死	1中	一〇八	飽海郡
手塚　仁	20・9・1	戦死	5中		西置賜郡
山内　澄夫	20・8・13	戦死		七八五	山形市
斉藤　源次	23・8・14	死亡	1中		西田川郡
〔宮城県〕					
相沢　功一	20・8・13	戦死	6中	三七〇	遠田郡
岩渕　岩雄	20・8・13	戦死	6中	七九	栗原郡
石川　克己	20・8・13	戦死	1中	二八九	志田郡
小野　馨	20・8・13	戦死	2中	一一七	栗原郡
落合　憲夫	20・8・13	戦死		二八九	石巻市
笠原省一郎	20・8・17	戦死	4中	二四一	石巻市
小浜　利男	20・8・13	戦死	1中	二八九	加美郡
斉藤　十郎	20・8・13	戦死	1中	二八九	玉造郡
高橋　幸輝	20・8・13	戦死	1中	二八九	加美郡
三浦　桂	20・8・13	戦死	1中	二八九	加美郡
牛渡　良男	20・8・13	戦死	1中	二八九	遠田郡
阿部　俊一	20・8・13	戦死	1中	二八九	牡鹿郡
勝又　健哉	20・8・15	戦死	2中	一一七	石巻市

杵渕　勇吉	21・1・24	死亡			登米郡
菅井　嘉蔵	20・9・5	戦死		二四六	仙台市
佐々木信一	20・8・13	戦死	2中	二八九	志田郡
星　富之助	20・8・13	戦死	1中	二八九	石巻市
勝又　輝夫	20・8・13	戦死		二八九	石巻市
田山　善正	20・8・13	戦死	1中	野砲	柴田郡
尾山　隆	20・8・16	戦死		二八一	仙台市
高橋　博	20・7・7	死亡			桃生郡
阿部　貴夫	20・8・13	戦死		二八九	牡鹿郡
高橋新二郎	28・7・1	死亡		二四一	名取郡
鴇田　隆志	20・8・13	戦死	1中	七八五	黒川郡
佐藤　邦夫	20・8・13	戦死	1中	二七二	仙台市
〔福島県〕					
遠藤喜七郎	20・8・14	戦死		二九一	耶麻郡
杉原　正茂	20・9・10	戦傷死	1中		安達郡
鈴木　正之	21・1・11	戦傷死	1中	職	伊達郡
宮森　信蔵	20・8・13	戦死	1中	二〇R	若松市
高沢清三郎	20・12・22	死亡		七九	伊達郡
蓮沼　次男	20・8・13	戦死	1中	二九一	河沼郡
坂本　六郎	20・8・13	戦死	1中	二九一	郡山市
久保木広臣	20・8・13	戦死	1中	二八九	いわき市
内藤　文弥	20・8・13	戦死	1中	二九一	耶麻郡
斉藤　清助	21・9・22	死亡		二四六	若松市

佐浦 泰一	20・8・13	戦死		二四一	郡山市
渡部 寅雄	20・8・25	戦死		一三五	若松市
高野 秀夫	20・8・14	戦死		一七	伊達郡
大竹猪一郎	20・8・14	戦死	1中	六四	西白河郡
霜重 芳信	20・8・13	戦死	1中	七四	東白河郡
岡崎 幸吉	20・12・25	戦死	4中	二四二	福島市
渡辺 好忠	20・8・13	戦死		七八三	いわき市
原田喜七郎	20・8・14	戦死			耶麿郡
〔茨城県〕					
宇梶 周道	20・8・13	戦死	1中		下妻市
海老沢一三	20・8・8	戦死	2中	二四	東茨城郡
黒沢 正義	22・9・2	戦病死	2中	二四	勝田市
小泉 正利	21・11・21	戦病死		二八五	東茨城郡
園部 厚	20・12・25	戦病死	2中	七七	東茨城郡
堀江 光一	20・8・13	戦死	1中	砲兵	真壁郡
宮本 義司	20・8・13	戦死	1中	七八六	結城郡
綿引 正夫	20・8・13	戦死		二四二	那珂郡
広瀬 廣		戦病死	1中	二六九	水戸市
浅野 利夫	20・8・11	戦死	1中	九〇	結城郡
立原 卓	20・8・13	戦死	5中	二四	東茨城郡
〔栃木県〕					
菊地 誠治	20・10・15	戦病死	2中	二五	宇都宮市
吉田甲子郎	20・8・13	戦死	1中	七八六	栃木市
上田 賢次	20・8・13	戦死		三六七	鹿沼市
家泉 武次	20・11・14	死亡	6中	二八六	足利郡
磯 清	21・12・13	死亡		職	那須郡
〔群馬県〕					
荒木 義久	20・12・26	戦病死	2中	七九	前橋市
笹沢 亥作	20・8・13	戦死	5中	一八一	群馬郡
宮島 一郎	20・8・14	戦死	1中	4区隊長	桐生市
天田 幸男	20・8・11	戦死	1中	四六	群馬郡
高見沢安富	20・8・16	戦死	6中	一	多野郡
大葛 茂雄	21・2・25	戦病死		二四二	利根郡
加部 良治	20・11・8	戦病死			碓氷郡
佐藤 保	20・8・13	戦死	1中	二〇一	高崎市
矢野 義雄	20・8・13	戦死		二五野	碓氷郡
長坂 明	20・8・13	戦死		七九六	群馬郡
〔東京都〕					
高原 正雄	20・10・30	戦死	3中	四一	渋谷区
溝口 吉広	20・8・17	戦死	6中	職	松山市
吉川 治	（死亡）		2中	重砲	文京区
河合信一郎	20・8・13	戦死	3中		港区
前 七郎	20・8・16	戦死	1中		横浜市
原 代志夫	20・8・11	戦死	1中		新宿区
山田 一雄	20・12・7	戦病死	4中	一〇	栃木県
山田 豊	21・2・11	戦病死	6中	一〇九	港区

今野	精一	21・2・11戦病死		四三	新宿区
米山	一部	21・4・8病死		二九一	豊島区
小暮	儀雄	20・8・13戦死		二〇四	新宿区
野田	重信	20・8・13戦死		二〇四	足立区
森田	能成	20・8・17戦死		五八	港区
佐久間	鉦作	23・8・13死亡	1中	二〇三	渋谷区
端野	新二	20・8・15戦死	6中	二四〇	大田区
中里	清秀	20・8・13戦死		二七〇	荒川区
前沢	好幸	22・2・20死亡		一七	大宮市
森田宗一郎		22・2・18死亡		輜	杉並区
山田	幸男	21・9・11病死	4中	四三	荒川区
石川	正司	20・8・13戦死	1中	輜	江戸川区
京極	欣造	20・8・13戦死	1中	輜	新宿区
中	実	20・8・13戦死			練馬区
原	与吉	20・8・13戦死	5中	二七〇	群馬県
羽部房太郎		20・8・13戦死		二〇三	品川区
窪寺	正次	20・8・13戦死		一六	中野区
久保田	実	20・8・13戦死	1中	一七八	目黒区
宮崎	恵治	20・8・13戦死	1中	二七一	杉並区
黒田	房之	20・8・18戦死	2中	二五	墨田区
桐山	福郎	20・8・13戦死	1中	二〇五	港区
〔山梨県〕					
田草川一道		20・8・17戦死	3中	七〇	東八代郡
中山	定吉	20・8・18戦死	4中	四三	西八代郡
名取	五平	20・8・13戦死	1中	七八〇	中巨摩郡
中山	保雄	20・8・13戦死	1中	二六九	韮崎市
藤巻	久善	20・8・13戦死	1中	七九	東山梨郡
八田	茂雄	21・1・28戦病死	4中	四三	北都留郡
一瀬	貞雄	20・8・14戦死	5中	一三四	西八代郡
駒井	喜典	20・8・13戦死	1中	二六九	北巨摩郡
土屋	勇	20・8・12戦死	1中	七八四	甲府市
〔神奈川県〕					
笹野	要一	20・8・14戦死		一三三	高座郡
中村	茂	20・8・13戦死	1中	二〇	横須賀市
原田	健治	20・6・26戦病死		二五三	平塚市
吉橋	幸一	20・8・12戦死	1中	1区隊長	横浜市
皆川	正	20・8・14戦死		二六八	静岡県
鳥海	恒男	20・8・13戦死	1中	二〇	泰野市
宮崎	浩一	21・2・19死亡			藤沢市
村沢健一郎		20・10・19病死	2中		東京都
松崎	智照	20・8・13戦死	1中	四四	横浜市
〔埼玉県〕					
高橋宮次郎		20・8・13戦死	6中	独歩	入間郡
豊田	勲男	20・8・13戦死	1中	七八三	北足立郡
村田	利次	21・11・21戦病死	3中	二〇五	浦和市
横山	元司	20・8・14戦死	6中	職	児玉郡

高野　邦治　20・8・13戦死　二四六　比企郡
山崎　勝俊　（死亡）　三九一　大里郡
松本　信夫　20・8・13戦死　一G　東京都
斉藤　操　21・4・23戦病死1中　秩父市
新島　俊雄　21・2・19戦病死6中　二四六　北葛飾郡
高山　幸雄　20・8・13戦死　砲兵　比企郡
園部　明　20・8・13戦死1中　一G　浦和市
〔千葉県〕
中川　晋治　22・6・26戦病死3中　三八八　山武郡
村上　三郎　21・5・8戦病死2中　二〇四　香取郡
木島嘉太郎　24・4・30死亡　長生郡
松丸　清治　23・8・13死亡　二〇〇　印旛郡
仁木　義勝　（死亡）　一〇七　市川市
根本　四郎　21・3・26戦病死　長生郡
山本　浩之　20・8・13戦死1中　二〇三　八千代市
秋葉　善一　20・8・13戦死1中　二〇五　夷隅郡
小安　信行　20・8・13戦死1中　二〇三　山武郡
田村　操　20・8・13戦死　二〇四　安房郡
椎塚　一二　23・8・13死亡　香取郡
小高　秀彦　24・4・30死亡　長生郡
斉藤　幸一　20・7・18戦病死4中　長生郡
岡野文之助　20・8・17戦死　香取郡
〔新潟県〕
小川　洋一　20・8・13戦死1中　二九〇　中魚沼郡
下妻　秀夫　20・8・13戦死1中　二九〇　新発田市
山岸　栄松　20・8・14戦死6中　二九一　東頸城郡
和泉　寿　20・8・14戦死　職　中頸城郡
大竹　勲治　（死亡）　一六四　南蒲原郡
平本　稔　20・8・13戦死1中　新潟市
河原　新一　20・8・13戦死　七八六　新発田市
森本　栄　20・8・13戦死6中　一四二　中頸城郡
黒岩　省三　20・8・13戦死　二九〇　糸魚川市
佐分利恒夫　20・8・19戦病死　二九〇　北蒲原郡
中沢　真策　20・12・20戦病死1中　二九〇　北蒲原郡
近藤　和夫　21・10・19病死　二九〇　北蒲原郡
小海貞次郎　20・8・13戦死　二九〇　中魚沼郡
吉田　清　20・8・13戦死1中　野砲　柏崎市
波田野　弘　22・1・7戦病死6中　七八　新潟市
佐藤　勝也　22・7・5病死　二四七　古志郡
田所徳十郎　20・10・30戦病死4中　柏崎市
安達　一雄　20・8・13戦死5中　新発田市
吉楽　林作　20・8・14戦死　中魚沼郡
坂井　文雄　20・8・17戦死4中　北蒲原郡
〔長野県〕
内川　満　23・2・29戦病死4中　東筑摩郡
上條　元義　20・12・19戦病死5中1区隊長　松本市

春日　譲	20・8・13	戦死	1中	二九〇	上伊那郡
堀籠　四郎	22・9・23	戦病死	4中	二四〇	北佐久郡
望月　亮	20・8・14	戦死	5中		南安曇郡
佐野　紀二	21・1・10	戦病死		独輜	南佐久郡
鳥羽　幾男	20・8・13	戦死	1中	二八九	南安曇郡
原　幸志	20・8・12	戦死	1中	輜	上伊那郡
北原　文正	20・9・1	戦病死	4中	二四二	上伊那郡
若林伊知男	20・8・13	戦死			東筑摩郡
岩間　康則	21・1・14	戦病死			北佐久郡
務台　秀美	21・8・16	戦病死		二九一	南安曇郡
横田　漸		戦病死	4中	輜	上水内郡
麻原　邦人	20・10・5	戦病死		二四八	東筑摩郡
大島　強	21・1・6	戦病死	3中		埴科郡
重田　純人	21・10・10	病死	4中	一二二	北佐久郡
浦野　幸夫	21・5・25	戦病死		二七二	北佐久郡
興水　理	20・12・6	戦病死	6中	二八一	南佐久郡
山崎　徳芳	20・8・13	戦死		一八三	松本市
〔愛知県〕					
榊原　東次	21・4・16	戦病死	5中	五五	知多郡
中川　康雄	20・8・14	戦死	1中	二〇三	知多郡
飯田　一美	20・9・30	戦病死	1中	二〇四	知多郡
一柳　嘉平	20・8・13	戦死	6中	二九一	丹羽郡
浦野　良二	20・8・13	戦死	6中	野砲	西加茂郡
柴田　一郎	20・12・5	戦病死	6中		豊橋市
酒井　増雄	20・8・16	戦死	1中	三六九	名古屋市
榊原　俊男	21・1・10	戦病死	1中	二九〇	半田市
鈴木喜代治	20・8・13	戦死	1中	二〇四	海部郡
古橋　時男	20・8・23	戦病死	5中	五二	名古屋市
長谷川敏男	22・9・1	戦病死	3中	二〇六	丹羽郡
水野　忠夫	21・9・11	戦病死	5中		海部郡
山本蔵之助	21・8・10	戦病死			額田郡
小嶋守満洲	20・8・13	戦死	6中	二五五	額田郡
山中　治	20・8・13	戦死		二〇四	東春井郡
丹羽　栄治	21・2・20	戦病死		七九	丹羽郡
関谷　真一	21・9・12	戦病死	4中		北設楽郡
島田　正夫	21・4・23	戦病死			中島郡
加藤　治一	20・11・3	死亡	3中	一三四	名古屋市
棚橋　保三	21・1・19	戦病死		七八四	岐阜羽島郡
長谷川　淳	21・2・20	病死		二七四	西春日井郡
吉川　清治	21・2・25	戦病死	5中	二七四	名古屋市
〔岐阜県〕					
安藤　哲資	20・8・13	戦死	1中	二〇五	恵那郡
加藤　緑	20・8・13	戦死		一〇二	郡上郡
纐纈　倍範	20・12・20	戦病死	3中	三八八	加茂郡
後藤　治	20・12・25	戦病死	6中	一一九	土岐郡
酒井　隆雄	21・4・8	戦病死	3中	二〇六	恵那郡

田中　英三	20・8・14	戦死	1中	二〇五	恵那郡
豊田　定男	20・8・13	戦死	1中	二七三	本巣郡
水野　親治	20・8・13	戦死	6中	野砲	土岐郡
鈴木　秀美	20・8・13	戦死	6中	二六九	恵那郡
大門　昇	20・8・13	戦死		二九〇	吉城郡
永田　幸男	20・8・13	戦死		二〇四	岐阜市
稲垣　義純	20・8・13	戦死		二〇四	岐阜市
渡辺　信幸	21・5・22	戦病死			多治見市
蒲　巌	20・8・24	戦死		一一九	郡上郡
増田　俊一	21・1・8	死亡		二〇四	不破郡
樋口　勤	20・8・13	戦死	1中	二〇三	加茂郡
山田　道明	20・8・13	戦死		七八五	郡上郡
小野　文雄	20・8・17	戦死	3中		加茂郡
林　鉄夫		戦死		二七二	多治見市
〔静岡県〕					
石野　圭司	20・8・13	戦死	1中	三三二	磐田郡
入江　準	23・5・17	戦病死	4中	一二八	三島市
木野　栄一	20・8・19	戦死	4中	二四〇	藤枝市
斉藤　重男	20・8・13	戦死	1中	二〇四	清水市
高石　好文	20・8・13	戦死	1中	二〇四	沼津市
中村　淳次	20・8・13	戦死	5中	二〇六	引佐郡
永田　俊一	20・8・16	戦死	1中	一一九	浜松市
森島　俊雄	20・8・13	戦死	1中	二七一	引佐郡
藤田　実	20・8・14	戦死	1中	二七三	浜松市
三枝　文雄	20・8・13	戦死		三六七	伊東市
鈴木繁三郎	20・8・13	戦死		一七八	静岡市
天野　昭	21・1・7	戦病死	4中	一二八	磐田郡
堀池　静雄	20・8・13	戦死	1中	二〇三	庵原郡
豊田　実	20・8・13	戦死	1中	一〇三	引佐郡
明石　重男	20・8・15	戦死	3中		小笠郡
須山　正男	20・10・10	戦病死		三六七	賀茂郡
山梨　伴雄	20・8・16	戦死		二〇四	庵原郡
渡辺　和作	20・8・13	戦死		七八三	吉原市
野沢　芳朗	21・12・31	抑留死			静岡市
佐野　總夫	20・11・14	抑留死		野砲	富士宮市
〔三重県〕					
尾関　豊儀	(死亡)				伊勢市
箕田　仁志	20・11・22	戦病死			(不明)
有城　邦彦	20・8・16	戦死	1中	七九	(不明)
小林周次郎	21・1・26	戦病死	2中		福岡県
〔石川県〕					
山近　浩	20・8・13	戦死	5中		能美郡
西　博	20・8・13	戦死	1中		金沢市
鶴来外与二	20・8・14	戦死	1中		石川郡
清水　進	20・8・13	戦死		三六七	小松市
田形　忠	20・8・13	戦死	1中		鳳至郡

柚木　耕輔	20・9・10	戦死	1中	二七一	金沢市
二口　実	20・8・13	戦死	1中	一〇七	石川郡
〔富山県〕					
神田　保	20・8・14	戦死	6中	一一九	東礪波郡
西島　助松	20・8・14	戦死	2中	二七一	下新川郡
藤井　祐朔	20・8・17	戦死	4中	五八	氷見市
高瀬　松男	20・8・14	戦死			下新川郡
〔福井県〕					
辻　治	20・8・15	戦死	5中	二八九	足羽郡
細川　寛次	21・7・6	戦病死	1中	七九一	今立郡
亘　清二	20・8・14	戦死	1中	二七二	三方郡
山形　重男	20・8・13	戦死	6中	二四六	武生市
佐藤　政雄	20・8・13	戦死		二九〇	坂井郡
川井　繁	20・8・13	戦死	1中	七七五	吉田郡
〔京都府〕					
上野　正	21・9・9	戦病死	2中	七八三	与謝郡
坪倉喜八郎	20・8・15	戦死	3中	一四九	中郡
俣野小十郎	20・8・13	戦死	6中	二七五	南桑田郡
岩本　茂	20・8・13	戦死	1中	六四	北桑田郡
中川　彰幸	21・1・9	戦病死		二七五	京都市
中村　政一	20・8・14	戦死	1中	七八五	京都市
奥　省吾	20・8・13	戦死		二七九	宇治市
〔滋賀県〕					
高田　歌三	20・8・16	戦死	3中	二五五	坂田郡
広田　俊一	20・8・13	戦死		二四七	高島郡
小杁　晃	20・8・13	戦死		七七	神崎郡
松岡　定吉	20・8・13	戦死		七九	甲賀郡
服部　孝志	20・11・17	戦病死	6中	二四七	蒲生郡
堀　五郎	21・11・10	死亡		二四〇	彦根市
井口　吉也	20・8・13	戦死	1中	七八六	草津市
林　安雄	20・8・13	戦死	1中		蒲生郡
高橋　文也	20・8・13	戦死	3中	一〇八	坂田郡
〔奈良県〕					
岡本　誠祐	21・12・16	戦病死	4中	二六七	吉野郡
藤田　秀夫	20・8・13	戦死	1中	二七八	奈良市
松山　耕作	23・11・7	戦病死		二六七	生駒郡
吉川　英夫	20・8・16	戦死	3中		大阪府
吉岡　義哲	21・4・5	死亡	4中		生駒郡
村島　醇三	23・8・11	抑留死			五条市
〔大阪府〕					
泉　和光	21・2・20	戦病死		二四二	香川県
黒田　三郎	21・1・13	戦病死	5中	二四〇	浪速区
小倉　菊雄	20・8・16	戦死	3中	一〇一	東住吉区
佐治　俊朗	21・5・12	戦病死		一一九	神戸市
城野　晴夫	20・11・10	戦病死			岡山県
清水　英夫	20・8・13	戦死	1中	七八三	神戸市

田中孝次郎 20・8・13 戦死 6中 二六七 南河内郡
篠野 宏 20・8・13 戦死 七八五 神戸市
原 嘉彦 21・1・30 戦病死 4中 一四九 東住吉区
坂田 光男 20・8・13 戦死 1中 七八三 中河内郡
山口 傳 21・9・9 戦病死 1中 七八三 北河内郡
中沢 要 20・8・13 戦死 1中 二八九 泉南郡
武村栄一郎 20・8・13 戦死 一〇一 北九州市
冷泉 賢亮 20・8・14 戦死 1中 二七二 山口県
小畑 正義 20・10・1 戦病死 3中 一一九 港区
田中 修 20・8・20 戦死 二四二 堺市
平野彦太郎 20・8・16 死亡 一八 豊中市
片山 幸次 22・3・12 戦病死 6中 七八三 阿部野区
山森 隆 20・12・21 死亡 3中 一一九 中河内郡
鹿田 幸雄 20・8・16 戦死 3中 二五四 浪速区
村元 良三 20・8・13 戦死 1中 七八六 南河内郡
生田 勲 20・8・13 戦死 一三二 広島市
藤田 茂 20・8・13 戦死 二六八 守口市

〔和歌山県〕

橘 弘 20・8・13 戦死 二四七 伊都郡
磵 昌博 20・8・16 戦死 6中 二八九 伊都郡
青木 重夫 20・8・15 戦死 4中 職 和歌山市
岡本 龍一 20・8・13 戦死 二八九 田辺市

北村 洋平 20・11・25 戦病死 3中 神戸市
谷 成三 22・4・9 死亡 一二六 那賀郡
岩本 定雄 抑留死 1中 一七二 和歌山市

〔兵庫県〕

浅田 虎行 21・9・11 死亡 一〇 出石郡
有末 利夫 20・8・13 戦死 1中 一七九 姫路市
岩崎 睦 21・1・10 死亡 四三 神戸市
石原 孝祥 20・8・13 戦死 1中 四四 芦屋市
石井 幸夫 （死亡） 1中 四四 揖保郡
飯田 豊 21・1・13 戦病死 1中 二七九 揖保郡
井関 昌三 20・8・31 戦病死 2中 一一七 大阪府
伊塚 誠一 20・8・13 戦死 5中 二七五 宍粟郡
井上 勉 20・8・19 死亡 3中 二七〇 養父郡
浦上 和生 20・8・13 戦死 1中 二八九 神崎郡
大杉 勉 21・5・18 死亡 4中 一一一 朝来郡
奥田 公明 22・9・11 死亡 3中 二七五 赤穂郡
大村 幸男 （死亡） 1中 三六五 尼崎市
岸本 龍一 20・8・13 戦死 6中 二七四 加古川市
草壁 昇 20・8・13 戦死 1中 二九一 神戸市
国本 明 20・8・13 戦死 1中 三六五 明石市
小林 仁 20・8・13 戦死 1中 三六五 明石市
小松 重喜 20・8・13 戦死 1中 三六五 神戸市
後藤 利介 20・8・17 戦死 3中 一四九 神戸市

幸王　克己	20・8・14	戦死	1中	四四	赤穂郡
斉藤　公雄	20・10・30	死亡		二九〇	明石市
庄司　敦一	20・8・13	戦死	1中	三六一	神戸市
杉野　亮平	20・8・17	戦死	5中	二七五	神戸市
高槻　恒司	20・10・5	戦病死	6中	三六五	氷上郡
田川　重男	20・8・14	戦死	6中	七八六	朝来郡
登日　義寛	21・1・2	死亡		二七四	津名郡
戸澤　保	20・8・13	戦死	1中	二八九	神戸市
西村喜八郎	21・3・20	病死	1中	三六五	明石市
新岡　貞夫	20・8・14	戦死	1中	三六五	洲本市
浜田　繁一	21・3・8	戦死	1中	輜	香川県
平野　次郎	20・11・30	死亡		三九一	津名郡
藤井　仁	20・8・13	戦死	1中	二七九	揖保郡
不死原三典	20・8・13	戦死	1中	三六五	朝来郡
舟起　英忠	21・3・28	死亡	3中	二六五	神奈川県
正木　昇	20・8・13	戦死			伊丹市
宮下　基	20・8・14	戦死	6中	二七四	城崎郡
水野治郎一	20・8・13	戦死	1中	三六五	揖保郡
目面上松次	20・8・13	戦死	1中	三六五	西宮市
森内　正	20・8・17	戦死	6中	三九一	神戸市
籔田　栄	(死亡)		3中	三八八	神戸市
多畑　茂樹	20・8・13	戦死	1中	四四	揖保郡
改発　権人	20・8・13	戦死	6中	二七五	揖保郡

藤岡　武治	20・8・13	戦死	5中	二七五	姫路市
森　重一	20・8・15	戦死		二七五	神戸市
長田　一二	21・9・8	病死	3中	三八八	神戸市
藤本　徳七	20・12・28	戦病死			有馬郡
宮前　旭輝	20・10・16	戦病死	4中	二二八	佐賀藤津郡
〔岡山県〕					
佐藤　映文	21・1・10	戦病死	4中	二四一	都窪郡
諏訪　守平	20・11・21	戦病死	2中	三六六	倉敷市
福武　邦夫	20・8・13	戦死	1中	一〇一	浅口郡
松浦　元	20・8・13	戦死	1中	一〇一	笠岡市
山本　盛通	20・8・13	戦死	1中	二七二	勝田郡
甲元　仁	20・11・3	戦病死	3中	二四一	久米郡
広野　秀郎	21・3・10	戦病死	1中	二八	津山市
羽場　義雄	23・1	死亡	3中		岡山市
小野　道男	20・8・11	戦死	1中	二七三	都窪郡
平田　正一	21・1・2	戦病死		二七九	倉敷市
大爺　抱三	20・8・13	戦死	6中	二七二	勝田郡
武本　久輝	20・8・17	戦死	6中	一九	吉備郡
〔広島県〕					
佐伯　勲	22・9・20	戦病死		一二二	広島市
佐渡　好秋	21・1・21	戦病死	1中		山縣郡
菅原　信岡	20・8・16	戦死		二	呉市
瀬川　幸男	20・12・15	戦病死		二八〇	甲奴郡

瀬戸　清	20・8・14	戦死	2中		広島市
中本　豊	21・6・1	戦病死	4中	二八四	呉市
藤村　武司	20・8・19	戦死	6中	二八〇	甲奴郡
益田　義忠	20・8・11	戦死	3中	一三三	八重町
山本　義夫	20・8・13	戦死		一〇一	広島市
白兼　輝儀	20・12・16	戦病死		一二七	呉市
仁賀伊三郎	20・8・13	戦死	1中	二九一	鹿児島県
藤本　芳男	20・10・17	戦死		三七〇	芦品郡
新田　三寿	20・8・13	戦死	1中	一一九	豊田郡
石原　保	20・12・1	戦病死	1中	二八九	芦品郡
角川　直	20・8・13	戦死		二九〇	広島市
大久保三郎	21・6・2	戦病死	6中	四二	広島市
柏原　弘	20・8・13	戦死		一一三	因島市
進藤　克臣	20・8・13	戦死		一一三	加茂郡
森田　守	20・10・30	戦死		二八一	広島市
山崎　伸弥	20・8・13	戦死		一二七	広島市
松本　実	21・5・15	死亡	4中	二三三	豊田郡
坂井　正司	20・8・13	戦死	1中	一一三	安芸郡
山崎　舜造	20・8・13	戦死		一七七	沼隈郡
林　広雄	20・8・18	戦死	1中	二九〇	広島市
木ノ原千蔵	20・10・9	戦病死	6中	二八〇	深安郡
池田　義男	20・8・13	戦死	6中	二八〇	深安郡
向井　彰	20・8・13	戦死	1中		広島市

〔鳥取県〕

立木　宏	20・12・1	戦病死	5中	一七九	東伯郡
中村　久	20・12・28	戦病死		二四〇	鳥取市
吉田雄二郎	22・2・17	戦病死	2中	二四六	鳥取市
問口　喜平	20・8・13	戦死	6中	九〇	鳥取市
足立　優	22・11・28	戦病死	1中	九〇	西伯郡
富山　藤義	20・8・14	戦死		一八九	鳥取市
鎌谷　国雄	20・8・14	戦死	1中		岩見郡
野島　延夫	20・8・13	戦死	1中	二七二	北海道
岩田　敬治	20・8・13	戦死	1中	一七八	米子市
山崎　明	20・8・13	戦死	1中	一七八	八頭郡
森田　義尊	20・8・14	戦死	本部	職	東伯郡

〔島根県〕

岩田　由治	20・8・13	戦死		一〇一	安来市
繁浪　安玄	20・8・14	戦死	1中	二九〇	周吉郡
平垣　大心	20・8・13	戦死	2中	二	松江市
二岡　志郎	20・12・28	戦病死	2中	三六六	能義郡
周藤　良次	21・9・9	戦病死	4中	二八〇	簸川郡
木戸　和彦	20・8・13	戦死	1中	二八九	大田市
西尾　秀幸	20・8・20	戦死		二四六	松江市
高井三子男	21・3・9	戦病死	3中	二五五	松江市
渋谷　進一	20・8・13	戦死		二九〇	弥摩郡
有田　正弘	21・9・18	戦病死		二九一	松江市

頼田　忠行	20・8・15	戦死	1中	二七二	大田市
福原　氏昌	22・8・3	戦病死	6中	二七五	邑智郡
宮原　恒夫	23・2・8	死亡	2中	二	能義郡
加藤　林祐	20・8・13	戦死	1中	二七一	美濃郡
高下　正雄	20・8・13	戦死	1中	二一三	邑智郡
〔山口県〕					
横田　俊夫	20・8・17	戦死	2中	二	萩市
藤原　満菜	20・12・21	戦病死	5中	一〇一	厚狭郡
竹下　信二	22・6・7	戦病死		二一七	山口市
五島　正夫	21・1・10	戦病死	2中	七大	下松市
柳原　松夫	20・8・17	戦死	4中	二四二	大島郡
岡尾　茂	20・8・13	戦死		二九〇	玖珂郡
清弘　誠一	20・8・13	戦死	1中	二八	大分県
岡田　武宣	23・12・20	戦病死	6中	二四一	玖珂郡
今本　正	20・8・14	戦死		二四六	厚狭郡
高岡啓太郎	20・11・2	戦病死	6中	二四二	玖珂郡
有馬　清	20・8・14	戦死	1中	二七二	萩市
桑野　俊雄	20・9・1	戦死		五二	大島郡
中島　次郎	20・10・14	死亡	3中	二三四	萩市
有田　五郎	20・8・13	戦死	6中	二五五	豊浦郡
河本　等	20・8・16	戦死	6中	七八四	熊毛郡
三戸　淑	20・11・27	戦病死			美禰市
長尾　喜一	20・8・14	戦死	1中		下関市
山根　直之	21・2・10	戦病死			柳井市
〔香川県〕					
石井　敏行	21・7・21	戦病死	3中	三六九	三豊郡
近藤　安太	20・8・13	戦死	1中	七五九	木田郡
大林　慶也	20・8・13	戦死		一〇一	愛媛県
三谷　勝美	20・8・15	戦死		一〇一	丸亀市
山端　秀雄	20・12・24	戦病死			大川郡
大島　修	20・8・13	戦死	6中	七八四	大川郡
蓮井　正澄	20・8・22	戦死	4中	独輜	大川郡
三好　恒市	22・4・23	戦病死	1中	二四〇	木田郡
大原　保正	20・12・25	戦病死	4中	二四一	高松市
大西　俊雄	20・11・16	病死	1中	二七一	丸亀市
大井　義国	20・8・17	爆死	3中	二五五	木田郡
早馬　善信	20・8・15	戦死	5中	二四八	丸亀市
〔徳島県〕					
森　映夫	20・8・13	戦死	1中	二八九	阿波郡
青木　実	20・8・14	戦死	1中	二一四	那賀郡
福島　敏治	23・4・10	戦病死	3中		板野郡
矢野　祐幸	20・8・13	戦死	6中	一〇一	三好郡
浜本　安雄	20・8・13	戦死	1中	七九	三好郡
蔵本　裕	20・8・13	戦死	1中	七九	麻植郡
磯崎　俊雄	22・3・22	死亡			板野郡
松谷　光夫	20・8・13	戦死	1中	七八三	福岡県

〔愛媛県〕
上松　太平　20・8・13　戦死　1中　三六五　松山市
大目　達見　20・8・12　戦死　1中　二七三　南宇和郡
小玉　卓弥　20・8・20　戦死　3中　一〇八　松山市
林　実　20・8・20　戦死　3中　新居浜市
藤田　勲男　20・8・17　戦死　二四一　温泉郡
林　大六　21・1・7　戦病死　三六九　越智郡
松岡志成雄　20・8・13　戦死　1中　一七八　松山市
保田　義光　20・8・15　戦死　本部　職　宇和島市
酒井　邦雄　20・8・13　戦死　七八五　宇和島市
〔高知県〕
山崎　好雄　20・9・5　戦病死　二四八　香美郡
山本　利春　20・8・13　戦死　二七二　吾川郡
松本賢太郎　20・8・17　戦死　4中　二四二　安芸郡
中山　泉　21・9・13　病死　4中　二四一　吾川郡
〔熊本県〕
江崎　建男　21・9・26　戦病死　天草郡
吉村　文也　20・8・18　戦死　2中　三〇六　下益城郡
喜多　隆雄　21・1・13　戦病死　職　牛深市
花山　正則　20・8・15　戦死　二五三　球磨郡
倉岡　康法　20・8・13　戦死　九〇　球磨郡
志垣真守身　21・3・10　戦病死　2中　二四六　八代市
生駒　武彦　20・8・13　戦死　四六　宮崎県
今村　四郎　20・12・25　戦病死　一〇一　阿蘇郡
東　典雄　20・8・13　戦死　1中　一一九　飽託郡
植田　譲　20・8・13　戦死　一九〇　八代郡
佐々木晃耀　21・3・14　死亡　6中　二九　玉名郡
金子　泰司　20・8・13　戦死　1中　二R　熊本市
中島　健治　20・8・13　戦死　6中　二五三　玉名郡
木野　靖雄　23・9・7　戦病死　二七七　菊池郡
川上　正利　20・8・13　戦死　一五三　熊本市
井芹　幸雄　20・8・13　戦死　6中　一五三　上益城郡
平石方章夫　20・8・17　戦死　3中　一五五　球磨郡
今野　敬未　20・12・6　死亡　3中　一一九　上益城郡
岡　久史　20・8・13　戦死　一一九　人吉市
平井　信安　20・8・13　戦死　一一九　菊池郡
藤田　孝一　20・8・13　戦死　二四〇　熊本市
益崎　巌　20・8・17　戦死　二七一　本渡市
坂上　春義　20・8・13　戦死　五八四　天草郡
志賀　四郎　20・8・17　戦死　一二八　熊本市
堀　孝生　20・10・10　戦病死　九〇　熊本市
松本　巌　20・8・13　戦死　二九一　天草郡
〔大分県〕
石井　喜徳　22・3・20　戦病死　4中　二四一　日田市
栗生　尊　20・8・13　戦死　1中　大野郡
高橋　三郎　22・2・6　戦病死　2中　東国東郡

姫野　弘	21・3・11死亡	1中	二五五	北海部郡
大汐　貞男	20・8・17戦死	4中	二四二	中津市
佐藤　哲郎	20・8・13戦死	1中	九〇	別府市
伊藤　次郎	20・8・15戦死	5中	二五五	大分郡
山本　定	20・8・13戦死	6中	二五五	中津市
後藤　止吉	22・12・5戦病死	5中	二五五	宇佐郡
堤　正人	21・9・29戦病死	3中		大分市
石川　礼之	20・11・9戦傷死	6中	二五五	下毛郡
赤嶺　憲士	20・8・13戦死	6中	二九	大野郡
佐藤　篤	20・10・27戦傷死	1中	一一四	大分市
浜崎　道雄	20・8・13戦死	2中	三六六	大分市
中山　敏	（死亡）			下毛郡
中山　英男	沙河沿にて歩行困難		二五五	日田市
後藤　伸生	（死亡）	2中	二七八	大分市
武内　又男	20・9・1戦病死		七八三	日田市
山本　宏	20・8・13戦死	1中	七八五	大分市
安東　幸吉	20・9・17戦死	1中	七八四	大分郡
佐藤　半治	（死亡）	東寧重砲		中津市
〔宮崎県〕				
入佐　喜行	20・8・13戦死	1中	二五五	西諸県郡
白石　徳明	20・8・17戦傷死	3中	二五四	延岡市
姫田正十三	20・8・13戦死		一一七	延岡市
和田　猛	20・8・17戦死	4中	二四一	都城市
富山　道春	21・1・18戦病死		一〇一	東臼杵郡
中川甲子郎	20・8・13戦死		二四〇	児湯郡
東園　久男	20・8・13戦死		一一九	西諸県郡
井上　智	20・8・13戦死	1中	二七三	児湯郡
財津　寿郎	20・8・13戦死	1中	九九	児湯郡
田中　進	（死亡）		二五四	南那珂郡
〔鹿児島県〕				
井手上義照	20・8・13戦死		一一九	囎唹郡
伊牟田望達	20・8・13戦死		三六七	阿久根市
上平田幸男	20・8・13戦死	1中	輜	姶良郡
魚谷　孝夫	20・12・24死亡			大島郡
潟永　良夫	20・8・13戦死		一一九	串木野市
竹浴　勝夫	20・8・13戦死	1中		（不明）
徳田　裕光	20・8・13戦死	6中	二四二	名瀬市
福岡　篤志	20・10・12戦病死	6中	二五三	薩摩郡
星原　保	20・8・13戦死	6中		日置郡
宮園　捨夫	20・8・13戦死	1中	一一九	鹿児島市
室屋　秀一	21・4・1戦病死	1中		囎唹郡
富村　盛保	20・8・17戦死	4中	独輜	鹿児島市
伊集院信雄	20・8・19戦死	4中	二四二	鹿児島市
宇部野幸治	22・11・25死亡	4中	五二	出水市
玉利　文雄	20・8・29死亡			鹿児島市
東　勇	21・11・15戦病死	6中	二七二	川辺郡

検崎 時治	20・8・13	戦死	6中	職	囎唹郡
中原 俊夫	20・8・15	戦死	2中	二四〇	揖宿郡
上村 徳治	20・10・13	死亡			鹿児島市
岩切 正治	21・5・18	死亡	2中	輜	囎唹郡
竹内 進	20・8・13	戦死	1中	一一二	鹿児島市
山内 武次	20・8・17	戦死			鹿屋市
〔福岡県〕					
田中 辰夫	20・9・4	戦死		二四〇	遠賀郡
藤井 義夫	20・8・14	戦死		一〇一	筑紫郡
松尾 俊郎	(死亡)			二五五	糸島郡
西永 俊幸	21・1・3	戦病死			北九州市
稲富 哲	20・11・19	死亡		一一八	八女郡
山下 賢一	21・2・18	戦病死		二七四	久留米市
有家 正治	20・7・4	戦病死	3中		北九州市
矢岡 明	20・8・13	戦死	1中	二九一	築上郡
古藤 重勝	20・8・16	戦死		職	嘉穂郡
三坂 博之	20・8・13	戦死		七九	三井郡
松尾 一二	21・1・10	戦病死		一〇一	豊前市
楠野 忠	20・8・13	戦死	1中		京都郡
北島 正義	20・8・13	戦死			北九州市
宇野 淑郎	20・8・16	戦死	6中		(不明)
児玉 正夫	20・11・16	戦病死			大牟田市
安河内 邦臣	20・8・13	戦死		一〇一	飯塚市
菊 勝己	23・8・16	死亡			北九州市
有田 能登	(死亡)			二六五	遠賀郡
西 潔	(死亡)			一八〇	山門郡
水上 正剛	20・8・13	戦死		七九	甘木市
浅川 清	20・8・13	戦死	1中		久留米市
古賀 豊	20・8・13	戦死			久留米市
桜木 政俊	20・8・13	戦死	6中		糟屋郡
三坂 巌	20・8・13	戦死			久留米市
藤川 達麻	20・8・18	戦死	4中		鞍手郡
野田 兼人	21・4・29	戦病死		二五五	久留米市
仲野 猛	20・7・21	戦病死		二五〇	北九州市
小宮 栄一	20・8・25	戦死	1中	二〇五	大牟田市
古賀 五男	27・10・13	死亡		二四一	山門郡
竹内 良人	20・8・13	戦死		三六七	行橋市
谷口 末喜	20・8・13	戦死		二七二	宗像郡
奥 正之	27・8・1	死亡		二六六	築上郡
〔佐賀県〕					
宮崎 正人	20・8・13	戦死	5中	二八二	佐賀郡
江頭 三郎	20・8・16	戦傷死		一一七	杵島郡
大坪 邦夫	20・11・15	戦病死		二四〇	神崎郡
藤田 泰雄	21・1・3	戦病死		一〇一	唐津市
長谷川 一好	20・12・19	戦病死	6中	二四八	熊本市
前山 高義	20・8・13	戦死	6中	七八五	西松浦郡

高島今朝吉	20・12・24戦病死				藤津郡
小島　敏春	20・8・13戦死			二四一	杵島郡
久原　繁男	20・8・13戦死				藤津郡
中村　秀喜	20・8・18戦死	1中		二四二	杵島郡
紀伊　嘉	20・8・13戦死	1中		二八九	佐賀郡
池田　博	20・8・19戦死			二九〇	小城郡
岩村　忠	27・5・20死亡			七八〇	佐賀郡
〔長崎県〕					
諸田　筆夫	20・8・13戦死			二八〇	島原市
山本　治	21・1・25戦病死			二八二	下県郡
古瀬　兼富	20・8・13戦死			二八九	上県郡
福田　肇	(死亡)	3中		二九一	佐世保市
三木　真一	(死亡)			二九一	下県郡
七里　覚	20・8・14戦死	1中		七九	南松浦郡
長谷川　徹	21・11・10戦病死	5中		二四七	大阪府
半田　辰雄	21・12・7病死			重砲	西彼杵郡
川井　久男	(死亡)	6中		三六七	島原
大川　勝義	20・12・21戦病死			七九〇	長崎市
荒木　慧雄	20・12・30死亡			二七二	南高来郡
阿比留賢一	28・11・1死亡				下県郡
草野　誠	23・1・20戦病死			二四七	諫早市
中村　健	(死亡)		混	一〇一	壱岐郡
馬場　二郎	21・6・11戦病死				大村市
吉田　繁人	20・8・13戦死	6中		二八一	長崎市
古賀　安美	20・8・13戦死			二九一	佐世保市
中村　茂豊	21・2・5戦病死	4中			島原市
鵜殿　滝美	20・8・13戦死	1中		七九	南高来郡
山田　勇	20・11・11戦病死	4中			大阪府

注・名簿は上より氏名、戦没年月日、所属教育中隊、原隊、本籍又は復員先の順。

この資料は昭和49年、厚生省引揚援護局調査課に田代弘範、牧岡準二、佐藤清、新田律六各候補生が11日間出向し、原簿に基づき謹書したものである。

NF文庫

われは銃火にまだ死なず

二〇一七年十二月二十四日　発行

著　者　南　雅也

発行者　皆川豪志

発行所　株式会社　潮書房光人新社

〒100-8077　東京都千代田区大手町一-七-二

電話／〇三-六二八一-九八九一代

印刷・製本　モリモト印刷株式会社

定価はカバーに表示してあります

乱丁・落丁のものはお取りかえ致します。本文は中性紙を使用

ISBN978-4-7698-3044-3　C0195

http://www.kojinsha.co.jp

NF文庫

刊行のことば

第二次世界大戦の戦火が熄《や》んで五〇年——その間、小社は夥しい数の戦争の記録を渉猟し、発掘し、常に公正なる立場を貫いて書誌とし、大方の絶讃を博して今日に及ぶが、その源は、散華された世代への熱き思い入れであり、同時に、その記録を誌して平和の礎とし、後世に伝えんとするにある。

小社の出版物は、戦記、伝記、文学、エッセイ、写真集、その他、すでに一、〇〇〇点を越え、加えて戦後五〇年になんなんとするを契機として、「光人社NF（ノンフィクション）文庫」を創刊して、読者諸賢の熱烈要望におこたえする次第である。人生のバイブルとして、心弱きときの活性の糧《かて》として、散華の世代からの感動の肉声に、あなたもぜひ、耳を傾けて下さい。